AF306854

Der Schriftsteller **Stefan S. Kassner** hängte im Oktober 2022 seinen Arztkittel an den Nagel und lebt seitdem als hauptberuflicher Autor mit seinem Hund Goliath auf der Sonneninsel Mallorca. Im Oktober 2020 wurde er in die Agentur Ashera aufgenommen und veröffentlich seit 2021 Romane, Novellen und Kurzgeschichten in unterschiedlichen Genres, unter anderem Thriller, Krimi, Cosy Crime, Familiengeheimnis, Familiensaga, (Gay-) Romance, (düstere) Phantastik, Horror, Steampunk und Humor. Dies prägte auch den Slogan des Schriftstellers: „Vielseitigkeit hat einen Namen – Stefan S. Kassner".

Inselliebe auf vier Pfoten

STEFAN S. KASSNER

Erstausgabe Juni 2024

Copyright © 2024 dp Verlag, ein Imprint der
dp DIGITAL PUBLISHERS GmbH
Made in Stuttgart with ♥
Alle Rechte vorbehalten

Inselliebe auf vier Pfoten

ISBN 978-3-98998-337-3

E-Book-ISBN 978-3-98637-951-3

Covergestaltung: Buchgewand
Umschlaggestaltung: Thorsten Sohrmann

Unter Verwendung von Abbildungen von
stock.adobe.com: © framarzo, © krsprs, © Dasya - Dasya
shutterstock.com: © kavram, © fokke baarssen, © tcareob72,
© lunamarina

Lektorat: Daniela Guse
Satz: dp DIGITAL PUBLISHERS GmbH
Druck und Bindung: Books on Demand GmbH, Norderstedt

Für unsere befellten, gefiederten, geschuppten und in sämtliche andere Gewänder gekleideten Mitbewohner.

Habt Geduld mit uns Menschen – zu selten verfügen wir über eure Fähigkeit, den Augenblick als das zu begreifen, was er ist: ein Geschenk, für das man lebensfreudig dankbar sein sollte.

„Ich fiepe einmal, zweimal. Dann spüre ich etwas Warmes, das mich liebevoll am Kopf berührt und streichelt. Stefan. Er spricht leise mit mir. Alles verstehe ich nicht, aber es beruhigt mich. Und so verbringe ich die erste Nacht zwar etwas traurig, aber mit dem Gefühl, dass das etwas werden kann mit Stefan und mir."

Aus „Stefan S. Kassner – Fledermausohren lügen nicht (Islanddog Goliath Band 1)" erschienen im Ashera Verlag.

1

„Würden Sie mir einen Gefallen tun?", hörte Caro in dem Augenblick, als sie über die Treppe in die Lobby kam. Vor dem Rezeptionstresen stand ein Paar reiferen Alters, und dahinter saß Cynthia, ihre Angestellte. „Würden Sie das, was Sie mir eben gesagt haben, noch mal für meine tolle Chefin wiederholen?", fragte Cynthia die Gäste.

Die Dame und ihr männlicher Begleiter, Caro schätzte sie auf Mitte siebzig, fuhren herum und sahen sie an. „Burgmeister ist unser Name. Noemi und Karl."

Caro ging auf die beiden zu und schüttelte ihnen die Hand. „Herzlich willkommen in der Villa Caro. Sie checken gerade ein?"

„So ist es", entgegnete Noemi.

Karl stieß ihr sanft den Ellenbogen in die Seite. „Du solltest doch etwas wiederholen."

Caro musste grinsen, denn die Geste, die bei einer anderen Person womöglich bestimmend gewirkt hätte, hatte hier etwas Rührendes, was an der Art lag, wie Karl Noemi dabei ansah.

Er kennt sie nicht nur, sondern liebt sie noch so wie am ersten Tag. Der Gedanke wärmte Caros Herz.

„Selbstverständlich. Ich danke dir", wandte Noemi sich an Karl, um dann Caro anzusehen. „Wir sind zwar gerade erst angekommen, aber jetzt schon begeistert. Wie alles hergerichtet wurde – das stammt von jemandem, der mit Herzblut und Liebe dahinter steht."

„Vielen Dank! Das bedeutet mir viel, dass Ihnen das auffällt."

„Und viel Arbeit steckt dahinter. Das sieht man außerdem. Und ich weiß, wovon ich spreche. Ich bin nämlich Architekt", sagte Karl.

Noemi hakte sich bei ihrem Partner unter. „Du warst Architekt, Liebster."

„Ich wüsste nicht, dass mein Diplom ein Ablaufdatum hat." Karl grinste schief. „Aber meine Frau hat selbstverständlich recht, wenn sie meint, dass ich seit einigen Jahren nicht mehr in dem Beruf arbeite."

„Einige Jahre." Noemi grinste. „Es sind fast zehn."

„Wie ich sagte: ,einige Jahre'." Karl grinste ebenfalls, und die Art, wie sich die beiden dabei in die Augen sahen, löste in Caro das Bedürfnis aus, sie zu umarmen.

Da wäre die Überraschung sicherlich groß, dachte Caro und war froh, dass ohnehin allgemeines Lächeln angesagt war, und das Breiterwerden ihres nicht auffiel.

„Hier wären dann Ihre Schlüssel." Cynthia reichte diese über den Tresen.

„Zwei Schlüssel?", fragte Karl.

„Na, wenn ich abends noch spät aufs Sträßchen gehe und du schon in den Federn liegst, muss ich ja reinkommen", entgegnete Noemi.

„Ohne mich? Das hättest du wohl gern." Ein weiteres Mal stieß Karl ihr den Ellenbogen in die Seite.

„Immerhin bin ich drei Jahre jünger als du."

„Was ja im Grunde gar nichts ist, wie du aus meinen Ausführungen zur Aufgabe meines Berufes weißt." Karl drückte Noemi einen Kuss auf die Wange. „Dann nehmen wir die zwei Schlüssel, damit meiner Gattin nichts im Wege steht, ‚aufs Sträßchen zu gehen'." Bei den letzten Worten zeichnete er mit den Fingern Gänsefüßchen in die Luft.

„Hier ist auch einiges los", sagte Cynthia und warf Noemi einen verschwörerischen Blick zu.

„Aber keine Sorge, alles in einem vernünftigen Rahmen. Partyschuppen oder so etwas gibt es hier in der Ecke nicht", sagte Caro.

„Schade." Karl legte eine gespielt betrübte Miene auf.

„Wenn Sie Halligalli wollen, müssen Sie nur die Promenade runter. In Magaluf können Sie feiern." Cynthia zwinkerte den beiden zu.

Noemi hob abwehrend die Hand. „Vielen Dank für den Hinweis, aber eher, weil wir dieses Gebiet dann meiden werden."

Alle Anwesenden lachten.

„Im Ernst, Sie haben hier im Umfeld viele Restaurants, auch Cocktailbars mit Livemusik, aber das hier ist keine Partymeile, deshalb habe ich die Villa auch ausgesucht", sagte Caro.

Noemi berührte sie am Unterarm. „Und das haben Sie gut getan." Sie wandte sich an Karl. „Und wir zwei inspizieren jetzt unser Zimmer, das sicherlich genauso schön ist wie der Rest des Hauses, und lassen die beiden Damen mal wieder ihrer Arbeit nachgehen."

„Benötigen Sie Hilfe mit den Koffern?", fragte Cynthia.

„Ich bitte Sie. Sie sagten ja, wir müssen keine Treppen hoch?" Noemi sah Cynthia an, die nickte. „Dann ist das kein Problem, die haben ja Räder und lassen sich mit einer Hand fahren. Wenn ich da an früher denke, wo Koffer noch getragen werden mussten." Sie vollführte eine wegwerfende Handbewegung. „Aber nun ist es wirklich genug. Vielen Dank für den freundlichen Empfang."

„Schön, Sie als Gäste begrüßen zu dürfen, und sollten Sie irgendetwas brauchen, wir sind gerne für Sie da", sagte Caro.

Karl und Noemi bedankten sich und gingen dann mit ihren Koffern, die sich tatsächlich mit einer Hand schieben ließen, in Richtung der Zimmer.

„Süß, die beiden", sagte Cynthia.

„Total. Ich hoffe, wenn Juan und ich deren Alter erreicht haben, sind wir auch noch so liebevoll miteinander."

„Und glücklich." Cynthia presste die Lippen aufeinander.

„Du machst das übrigens wirklich super", sagte Caro. Einerseits, weil Cynthia das Kompliment verdient hatte, andererseits, da sie wusste, dass das Thema Zweisamkeit ein schwieriges für sie war. Seit sie vor zwei Wochen ihre Arbeit in der Villa begonnen hatte, war die Sprache nur selten auf Tims Vater gekommen, der wohl ihre letzte wirkliche Beziehung gewesen war. Anfangs hatte Caro sich eingeredet, dass es daran lag, dass sie Cynthias Chefin war, aber sie verband darüber hinaus ein eher freundschaftliches Verhältnis. Während

Cynthia in anderen Themenbereichen mitteilsamer war, schien es doch in der Angelegenheit selbst begründet zu sein, dass sie kaum darüber sprach.

„Vielen Dank! Muss auch ehrlich sagen, dass ich nicht erwartet habe, wie viel Freude mir der Kontakt mit den Gästen bereitet. Wahrscheinlich war ich da durch die Callcenterarbeit falsch geprägt.“

„Ging mir ebenso. Meinen früheren Job als Krankenschwester habe ich anfangs geliebt, besonders den Umgang mit den Patienten. Aber die Arbeitsumstände, der Schichtdienst, Dauerstress und schließlich auch die hohe Anzahl unzufriedener Patienten haben irgendwann fast dazu geführt, dass ich mit niemandem etwas zu tun haben wollte.“

„Bin ich froh, das zu hören“, sagte Cynthia, schlug sich dann die Hand vor den Mund und riss die Augen auf. „Sorry! Das hörte sich jetzt seltsam an. Natürlich nicht, dass es dir so ergangen ist, nur, dass jemand anderes ebenfalls diese Gefühle hatte wie ich. Dachte schon, ich wäre ein schlechter Mensch.“

Caro, die hinter den Tresen getreten war, streichelte Cynthia über die Schulter. „Das kann ich nun wirklich nicht bestätigen. Außerdem glaube ich, dass tragischerweise diese guten Menschen besonders anfällig dafür sind, im allgemeinen Stress und der Unzufriedenheit zu ertrinken. Eben weil sie sich die zu Herzen nehmen und versuchen, daran etwas zu ändern.“ Sie sah auf die Uhr. „Jetzt sollte ich aber wieder hoch, gleich ist Mittagspause, und Felipe steht mit hungrigen Kursteilnehmern auf der Matte.“

„Dann werde ich dich nicht aufhalten.“

„Hättest du Lust, im Anschluss wieder mit mir die Reste zu essen?" Caro lachte. „Das hört sich mal verführerisch an."

Cynthia nickte grinsend. „Aber wenn die Reste so gut sind wie bei dir, ist mir die Bezeichnung dafür herzlich egal."

„Gut gesprochen." Damit wandte Caro sich zum Gehen und erklomm die Stufen, die ins Obergeschoss führten.

Cynthia erledigte ihre Arbeit nicht nur hervorragend, es tat einfach gut, Unterstützung zu haben. Auch jemanden, mit dem sie sich austauschen konnte. Mittlerweile hatten sie sich die Aufgaben aufgeteilt. Caro kümmerte sich um die Küche und die Organisation im Hintergrund, während Cynthia die Rezeption betreute und die Buchhaltung übernommen hatte.

„Und, Rodrigo? Kommst du voran?", fragte Caro auf Spanisch, als sie die Küche betrat.

„*Si, jefa!*", entgegnete der fünfundfünfzigjährige Exil-Kubaner und zwinkerte Caro zu.

Seit einem Monat arbeitete er nun hier, ebenfalls eine Entscheidung, über die sie sich täglich freute.

Rodrigo war nicht nur freundlich und bei den Gästen durch seine höfliche und stets fröhliche Art beliebt, er konnte auch kochen. Außerdem brachte er durch seine Herkunft geschmacklich eine exotische Note ein, die ihre Art der Zubereitung auf hervorragende Weise ergänzte. Außerdem war er sich nicht zu schade, Julia, dem Zimmermädchen, unter die Arme zu greifen, wenn es beispielsweise an einem Tag durch viele Abreisen zu einem erhöhten Arbeitsaufkommen in diesem Bereich kam.

„Das sieht super aus", sagte sie, als sie die Teller betrachtete, die Rodrigo vorbereitet hatte. „Und genau pünktlich. Die Teilnehmer sollten jede Minute eintreffen."

Wie aufs Stichwort ertönte Stimmengewirr, das sich die Treppe hinaufbewegte.

„Dann mal los." Caro nahm sich drei Teller, die Art, die zu tragen, hatte Rodrigo ihr beigebracht, und verließ damit die Küche.

Die von Felipe angeführte Künstlergruppe war bereits dabei, ihre Plätze einzunehmen. „Ich hoffe, Ihr habt Hunger?", fragte Caro den Kursleiter.

„*Por cierto,* Caro." Felipe machte eine ausholende Bewegung, die alle im Raum befindlichen Personen einschloss. „Waren alle fleißig, da haben sie sich das hervorragende Essen verdient."

„Da bin ich mir sicher." Caro servierte die drei Teller, die sie hereingetragen hatte, und wandte sich dann erneut an Felipe. „Ist alles in Ordnung mit unserem Kunstwerk?"

Felipe nickte eifrig. „Das lasse ich nicht mehr aus den Augen."

„Glaube ich dir. Ich kann mir zwar nicht vorstellen, dass einem so etwas im Leben zweimal passiert, aber wir wollen das Glück nicht herausfordern", entgegnete Caro.

Nach der Beichte ihres ehemaligen Mitarbeiters Benjamin hatte Señora Gasperro von der Denkmalschutzbehörde zwar anerkannt, dass Caro keine Schuld traf, dennoch war man nach dem, was passiert war, umso wachsamer, was den Schutz des Mosaiks im Künstlerzimmer anbelangte. Nachdem die defekte Fliese durch einen fachkundigen Restaurator ersetzt worden war, hatte Señora Gasperro darauf bestanden, die Kameraüberwachung beizubehalten. Zumindest in den Zeiten, in denen niemand zur Aufsicht da war. Außerdem mussten nun regelmäßige Protokolle mit Fotonachweisen an die Behörde geschickt werden.

Dies bedeutete natürlich Mehrarbeit, die Caro jedoch gerne in Kauf nahm, da sich dadurch die horrende Strafe umgehen ließ. Ob und in welcher Form Benjamin für die Beschädigung des Kunstwerkes zur Rechenschaft gezogen worden war, entzog sich ihrer Kenntnis, und sie hatte sich auch nicht getraut, Gasperro danach zu fragen.

Als sie zur Küche zurückkehren wollte, wäre sie um ein Haar mit Cynthia zusammengeprallt, die an sie herangetreten war. „Cynthia, sorry. Habe dich nicht kommen hören. Alles in Ordnung?"

Wie ihre Mitarbeiterin den Ellenbogen umfasst hielt und von einem Bein auf das andere trat, verriet Caro, dass dem nicht so war. Dennoch wartete sie ab, bevor sie die junge Frau mit weiteren Fragen löcherte.

„Da ist jemand unten und will mit dir sprechen."

Caro fasste sie an der Schulter und führte sie in Richtung Küchentür, damit sie außerhalb der Reichweite der Ohren der Kursteilnehmer waren. „Wer ist da unten?"

„Das ist genau der Punkt. Du hast es mir gegenüber nur mal angedeutet, aber ich denke, das ist der Mann, der dich vor wenigen Monaten verlassen hat."

Als hätte ihr jemand mit einer Keule einen Schlag auf den Schädel verpasst, taumelte Caro zurück. Froh, dass sie nahe an der Wand standen, und diese somit zum

Abstützen da war. Ihre Beine fühlten sich weich an. Die Heftigkeit der Reaktion überraschte sie ebenso wie Cynthias Aussage, dass er da war.

„Daniel", flüsterte sie, als sei der Name selbst eine Zauberformel, die nicht zu laut ausgesprochen werden durfte.

„Ist mit dir alles in Ordnung?", fragte nun Cynthia.

So schnell können die Rollen getauscht werden, dachte Caro. „Ja." Sie räusperte sich. „Nein. Ich weiß es nicht."

„Soll ich ihn wegschicken?"

Caro schüttelte den Kopf. „Was hat er gesagt? Was will er?"

„Hat nur nach dir gefragt, dann gesagt, dass ihr euch sehr gut kennt und er mit dir sprechen will."

„Hat er sich vorgestellt?" Auch wenn es unwahrscheinlich erschien und nicht zu Cynthia passte, keimte Hoffnung in ihr auf, dass es sich lediglich um ein Missverständnis handelte und unten ein anderer Mann wartete.

„Daniel Micks, und ehrlich gesagt, hat er nicht nur gesagt, dass ihr euch sehr gut kennt, sondern ein Paar wart."

Caro presste die Lippen zusammen und nickte knapp. „Ich sage Rodrigo eben Bescheid." Kurz verschwand sie in der Küche, um Rodrigo zu bitten, das weitere Servieren zu übernehmen. „Okay." Ihre schweißnassen Handflächen wischte sie an der Hose ab. „Dann los."

Ohne eine Erwiderung Cynthias abzuwarten, ging Caro los. Eine Nachfrage, ob sie wirklich bereit sei, hätte nur das Zaudern in ihr befeuert.

Doch es ist Zeit, ihm entgegenzutreten, sagte sie sich, während sie ihren Oberkörper straffte und die Stufen hinabstieg.

2

Obwohl ihr der dunkelgelockte Hinterkopf über dem breiten Kreuz wohl bekannt war, redete sie sich ein, dass es ein Irrtum war. Sich jemand einen Scherz erlaubte. Doch dann drehte sich Daniel um, was sich in Caros Wahrnehmung in Zeitlupe abspielte. Als sei sie Protagonistin in einem Liebesfilm und träfe ihre große Liebe wieder.

So ein Quatsch! Du hast keinerlei Gefühle mehr für ihn. Ihr Herz jedoch, das einen Sekundenbruchteil aussetzte, als das Gesicht ihres Ex-Freundes vom Glanz seines Grinsens geflutet wurde, schien da zumindest geteilter Meinung zu sein.

Wochen und Monate, Ungewissheit, Wut und Verzweiflung, für diesen kurzen Augenblick wurden sie zu Schemen, die der Teil in ihr, der an einer nostalgischen Erinnerung ihrer längst vergangenen Beziehung festhielt, ignorieren wollte.

„Caro! Wie schön dich wiederzusehen." Er kam auf sie zu, breitete die Arme aus.

Schluss jetzt!, schrie eine Stimme in ihrem Kopf und war ein Weckruf, der sie zusammenfahren und zurückweichen ließ.

„Was ist los?", fragte Daniel, und Caro dankte ihm für diese blödsinnige Frage, die ihrem Ärger, der sich endlich wieder brennend in ihr eingenistet hatte, eine Steilvorlage bot.

„Was los ist?", zischte sie. „Das fragst du?" Sie sah sich um, erblickte aber nur Cynthia, die in etwas Abstand hinter ihr stand und betreten zu Boden blickte. „Komm mit!" Sie packte Daniel am Arm und zog ihn in das kleine Büro hinter der Rezeption.

Dort angekommen, schloss sie die Tür. „Was los ist, kann allenfalls ich fragen. Wobei es für diese Frage viel zu spät ist. Was zur Hölle willst du hier? Das ist die einzige Frage, die ich dir stellen will."

Daniel kratzte sich am Hinterkopf und betrachtete seine Schuhe. „Ich kann verstehen, dass du sauer bist."

„Sauer?" Caro rieb sich die Augen. „Ich gebe dir zwei Minuten, um zu erklären, warum du hier bist. Das ist mehr, als du verdient hast."

„Du hast recht. Ich habe Scheiße gebaut, große Scheiße. Vor allem hätte ich mit dir reden sollen."

Sie biss die Zähne zusammen, um ihm nicht an den Kopf zu schleudern, dass dies eine großartige Idee war, die ihm hätte früher einfallen sollen. „Deine Zeit läuft ab", sagte sie stattdessen und genoss die Genugtuung, die sie empfand, als Daniel auf ihre Äußerung zusammenzuckte.

„Es gab einen Notfall in Deutschland. Meine Schwester hatte einen Unfall."

„Deine Schwester?" Caros Augen verengten sich. „Die, mit der du seit Jahren nicht mehr in Kontakt stehst?"

„Das stimmt, aber ich bin weiterhin ihr Notfallkontakt."

„Was bedeuten würde, dass sich jemand meldet, der deiner Schwester zu Hilfe gekommen ist, und nicht deine Schwester selbst."

„Sorry, das habe ich falsch ausgedrückt." Er wollte weitersprechen, aber Caro erhob die Hand, um ihm Schweigen zu gebieten.

„Genug, Daniel. Was auch immer zwischen uns war, es ist vorbei und das ist auch gut so. Du hast mich im Stich gelassen und mich dadurch tief verletzt, aber ich habe weiter gemacht, und weißt du was?" Sie tat einen Schritt auf ihn zu und breitete die Arme aus. „Mein Leben ist besser denn je zuvor. Mir ist egal, warum du abgehauen bist, und mir ist ebenfalls egal, warum du zurückgekehrt bist. Ich weiß nur, dass du keinen Platz mehr in meinem Leben hast."

„Aber Caro. Ich ..."

„Spar dir das! Es hat mich Zeit gekostet, wieder zu Menschen Vertrauen fassen zu können. Es gibt neue und besondere Menschen in meinem Leben, die mir dabei geholfen haben. Einen ganz besonderen, meinen neuen Freund."

„Du hast einen neuen Freund?" Daniel kaute auf seiner Unterlippe.

„Allerdings. Ein Mann, dem du nicht das Wasser reichen kannst. Aber das ist auch egal." Sie ging zur Tür. „Du wirst jetzt gehen und nicht mehr herkommen. Ich habe dich aus meinem Leben gestrichen und würde dir empfehlen, dass du das auch mit mir tust."

Er vergrub die Hände in den Taschen und schob die Unterlippe vor, und einen Moment glaubte Caro, dass er sich weigern würde, das Büro zu verlassen. „Es tut mir wirklich leid", sagte er.

Sie öffnete die Tür, und er ging, ohne ein weiteres Wort zu sagen, an ihr vorbei. „Cynthia. Würdest du Herrn Micks bitte hinausbegleiten?"

Cynthia, die am Rezeptionstresen stand, nickte.

Caro schloss die Tür und lehnte sich mit dem Rücken dagegen. Ihr Herz raste, und sie rang um Atem. Bist du zu hart gewesen? Sollte er nicht die Möglichkeit bekommen, sich zu erklären? Nein!, entschied sie dann. Es ging nicht nur um das plötzliche und unangekündigte Verschwinden, sondern auch darum, dass sie, bis auf die eine Textnachricht, nichts mehr von ihm gehört hatte. Und nun, einige Monate später, spazierte er in die Lobby und wollte ihr alles erklären?

Du hast dich korrekt verhalten, sagte sie sich und massierte die Schläfen. Juan hatte recht. Daniel war ein Windei und würde auch stets eines bleiben. Sei froh und dankbar, dass nun ein Mann anderen Kalibers an deiner Seite ist. Der Gedanke ließ eine Frage aufblitzen: Sollte sie Juan von Daniels Auftauchen erzählen? Nicht, weil sie glaubte, noch ernsthafte Gefühle für ihren Ex-Freund zu haben, dies war ihr klar. Und den kurzen Augenblick beim ersten Zusammentreffen konnte sie sich, ihrer Überraschung und kurzzeitiger Nostalgie geschuldet, verzeihen, sondern, da Juan sicherlich außer sich wäre.

Ein Klopfen an der Tür riss sie aus ihren Gedanken. Es war Cynthia.

„Ich weiß, dass ich dir die Frage vorhin schon mal gestellt habe, aber geht es dir gut?"

Caro zuckte die Achseln. „Ich muss oben sehen, ob bei Rodrigo alles in Ordnung ist. Wenn wir zusammen essen, erzähle ich dir ein bisschen was, okay?"

„Gerne." Cynthia strich ihr über den Arm. „Aber nur, wenn du das möchtest, und es dir hilft."

„Ich denke, das tut es. Und außerdem", Caro stieß einen Laut aus, der eine Mischung aus Schnauben und Lachen war, „bist du ja jetzt ohnehin schon mittendrin. Unfreiwillig natürlich, was mir leid tut."

„Das muss es nicht. Du kannst ja nichts dafür. Die Dinge kommen, wie sie kommen." Ihr Blick ging in die Ferne. „Das muss man leider akzeptieren."

„Ist wohl so." Caro sah auf die Uhr. „In einer Stunde? Dann kann ich mit Rodrigo noch die Küche aufräumen und sauber machen."

„Prima."

Ihr Geist zeichnete Daniels Gesicht, vor allem den traurigen Blick seiner braunen Augen, als sie ihn und seine Erklärungsversuche abgewürgt hatte, in ihr Bewusstsein. Während sie die Stufen erklomm, ließen die Gedanken daran den Eispanzer, den sie ihm gegenüber um ihr Herz gelegt hatte, zwar nicht vollkommen schmelzen, sorgten aber für feine Haarrisse darin. Hättest du dir nicht wenigstens die ganze Geschichte anhören sollen?

Nein!

Doch die Risse im Eispanzer blieben sichtbar und bargen die Möglichkeit, diesen zu sprengen.

3

„Der hat ja Nerven!" Juan ließ seine Faust auf den Küchentresen prallen.

„Was ist denn los?" Caros Großmutter kam mit großen Augen in die Küche.

„Nichts weiter", beeilte Caro sich zu entgegnen. Da sie ohnehin schon mit sich haderte, ob die Entscheidung, Juan von Daniels Auftauchen zu berichten die richtige war, hatte sie vor, dies gegenüber ihrer Oma zu unterlassen. Was würde es auch bringen, außer sie in Unruhe zu versetzen?

Aus dem Augenwinkel registrierte sie, dass Juan ansetzte, etwas zu sagen, und sah ihn daraufhin vielsagend an, was der verstand und stumm blieb. Ihre Großmutter, die nicht auf den Kopf gefallen war, begriff die Situation ebenso.

„Dann lass ich euch mal weiter unterhalten. Ich werde mich oben auf die Terrasse setzen", sagte sie.

„Mach das. Wir gesellen uns gleich zu dir mit dem Abendessen." Caro wartete ab, bis ihre Großmutter die Treppe zum Obergeschosse erklommen hatte. „Ich will nicht, dass sie sich unnötig Gedanken macht." Sie erfasste Juans Hand. „Und du ebenfalls nicht."

„Es ist nur – ich habe dich erlebt, als er abgehauen war. Und ich ziehe wirklich meinen Hut vor dir, wie du damit umgegangen bist, und dennoch alles gemeistert hast." Er sah ihr in die Augen. „Ich sorge mich nur, dass dieser unheilvolle Geist aus der Vergangenheit dir deine Zukunft versaut."

Das wird er nicht, dachte sie, und ihr Mund war bereit, dies auszusprechen. Doch, war Juans Sorge nicht berechtigt? Erinnere dich an deine Reaktion, als du ihm gegenüber getreten bist, mahnte sie sich. „Ich verstehe dich, und du hast recht."

„Nicht, dass du denkst, es geht mir um Eifersucht." Juan führte ihre Hand zum Mund und küsste sie. „Wobei ich lügen würde, wenn ich sagte, dass die sich nicht auch meldet. Aber darum geht es nicht. Sondern, dass der Kerl dich fast in einen Abgrund gerissen hätte. Wie ich schon sagte, das liegt nicht in deiner Person begründet, ganz im Gegenteil. Daran hätte jeder zu knabbern gehabt, und du hast das bravourös gemeistert. Aber du bist auch nur ein Mensch." Wieder küsste er ihre Hand. „Verstehst du, was ich dir sagen möchte?"

„Klar."

„Du weißt, dass ich dich nicht bevormunden möchte und dir zutraue, damit umzugehen?", fragte er, als habe er ihre Gedanken gelesen.

„Hmm", machte sie und zog die Brauen zusammen.

„Dachte ich's mir doch." Er seufzte und ließ ihre Hand los. „Sag mir, wenn ich zu weit gehe. Wir sind noch nicht lange zusammen, und das Letzte, was ich für dich sein will, ist ein Partner, der deine Handlungsfähigkeit infrage stellt."

„Das weiß ich. Und das hast du auch noch nie."

„Danke." Liebevoll strich er ihr über die Wange. „Du weißt auch, wie ich dich und deine Stärke bewundere, aber auch die Stärksten von uns müssen nicht mit dem Feuer spielen." Er hob abwehrend die Hände, als er erkannte, wie sie Luft holte, um etwas zu entgegnen. „Falsche Formulierung. Mein früherer Chef pflegte zu sagen, man muss nicht über jedes Stöckchen springen, das einem hingehalten wird." Er fasste sie an der Schulter. „Und in diesem Falle sprechen wir von Baumstämmen, sogar einem, an dem noch die ausladende Krone hängt."

Das brachte Caro zum Grinsen. „Schön gesagt."

„Ich bitte dich nur um eines."

„Und das wäre?"

„Wenn er wieder auftaucht und du bemerkst, dass dir das Ganze zu viel wird …" Er streichelte ihre Schulter.

Sie nickte. „Dann werde ich mich bei dir melden."

„Oder bei sonst jemandem. Wenn dir das lieber ist, hol Cynthia zu Hilfe, die ist ohnehin vor Ort." Er nahm die Hand von ihrer Schulter und knuffte liebevoll hinein. „Frauen wie ihr brauchen schließlich keinen Kerl, um mit einem fertig zu werden."

Die Woge der Zuneigung, die sie durchflutete, war so heftig, dass sie die Arme um ihn schlang, sich an ihn drückte und ihm einen leidenschaftlichen Kuss gab, den Juan zunächst überrascht, dann durchaus angetan erwiderte.

„Wofür war das?", fragte er im Anschluss, immer noch verdutzt dreinblickend.

„Einfach, weil mir wieder mal bewusst wurde, welch ein Glück es ist, dich zu haben.“

„Na, das ist doch ein gutes Schlusswort zu dem Thema, oder?“

„Sehe ich auch so.“ Sie holte die Platte mit kalten Tapas, die sie für das Abendessen vorbereitet hatte, aus dem Kühlschrank und ging dann die Treppe hinauf. Juan folgte ihr, Weinflasche und Brotkorb tragend.

Ein gutes Schlusswort. Sie wägte Juans Aussage in der geistigen Hand und hätte sie damit zu gerne zu den Wahrheiten gelegt, die abgehakt werden konnten. Doch eine Ahnung, die ihr ein Ziehen im Magen verursachte, sagte ihr, dass es dafür zu früh war.

4

„Alles in Ordnung?", fragte Cynthia und verstärkte so Caros Eindruck eines Déjà-vus, der durch ihren Hinweis eingeleitet wurde, dass unten jemand wäre, der mit Caro sprechen wolle. „Jetzt verstehe ich!" Mit der Hand schlug sich Cynthia an die Stirn. „Nach gestern erwartest du natürlich etwas anderes. Aber keine Sorge. Ist eine sehr nette Frau, die keine Vergangenheit mit dir teilt und sich einfach vorstellen möchte."

„Okay", stieß Caro wie einen Seufzer aus.

„Tut mir leid." Cynthia legte ihr den Arm um die Hüften. „Da schüttest du mir gestern dein Herz aus, und ich knalle dir das so an den Kopf. Echt unsensibel."

„Schon gut. Bin auch etwas überempfindlich."

„Nach gestern nicht verwunderlich."

„Dann wollen wir die *Señora* nicht warten lassen."

In der Lobby erwartete sie eine Frau mit lang-gelockt schwarzen, zu einem Pferdeschwanz gebundenen Haaren, die sogleich mit einem Lächeln auf Caro zukam. „Ich freue mich so, Sie kennenzulernen", sagte sie auf Spanisch.

„Ebenfalls", entgegnete Caro, woraufhin sich die Unbekannte, ihre ausgestreckte Hand ignorierend, vorbeugte, um ihr links und rechts Wangenküsse zu geben. Das brachte Caro zum Lachen. Du bist so deutsch, dachte sie dann.

„Ich heiße Elena", sagte die Frau, deren Gesichtsausdruck verriet, dass es ihr Schwierigkeiten bereitete, Caros Lachen einzuordnen.

„Ich habe nur gerade bemerkt, wie deutsch ich bin", sagte Caro. „Freue mich aber über die herzliche Begrüßung."

Elenas Miene verriet, dass sie immer noch nicht begriff, worauf Caro hinauswollte.

„Das Küssen", sagte Caro. „Das gibt es Deutschland nur unter Freunden oder zumindest Bekannten."

„Selbstverständlich. Darüber habe ich nicht nachgedacht. Entschuldigung."

„Dafür musst du dich doch nicht entschuldigen. Es zeigt mir, dass ich mich noch mehr an mein neues Zuhause gewöhnen muss, und das auch unbedingt will." Caro war stolz, dass ihr Spanisch mittlerweile ausreichte, um das auszudrücken. Cynthia, die die Sprache einige Jahre in der Schule gelernt hatte, sprach zwar deutlich besser als sie, aber so langsam hatte sie sich auf ein Level hochgekämpft, dass der Austausch über einfache Themen möglich war. Was auch daran lag, dass Juan immer wieder Spanischlektionen in ihr Zusammensein einflocht.

„Ich bin deine Nachbarin."

„Tatsächlich?"

Elena nickte eifrig. „Du kennst die Minigolfanlage schräg hinter euch?"

„Ja. Gehört die dir?“

„Nicht ganz.“ Was sie dann ausführte, sprengte Caros Spanischkenntnisse, so dass sie Cynthia hilfesuchend anschaute.

„Die Anlage wurde geschlossen. Bereits zum Ende der letzten Saison, und nun wurde auf dem Gelände ein Tierheim eröffnet“, übersetzte Cynthia.

„Sprichst du Englisch?“, fragte Caro Elena, was diese bejahte, woraufhin sie sich in einer Mixtur aus Spanisch und Englisch weiter unterhielten.

Sie erfuhr, dass Elena das Tierheim erst vor wenigen Tagen eröffnet hatte und von einigen ehrenamtlichen Helfern unterstützt wurde.

„Ich habe überhaupt keine Bauarbeiten bemerkt“, sagte Caro.

„Die waren auch nicht notwendig. Zum Minigolfplatz gehört ein größeres Gebäude, in dem ursprünglich mal ein Restaurant war. Das haben wir umgenutzt. Planen aber in nächster Zeit, anzubauen. Doch dafür sind wir auf Spenden angewiesen.“ Sie grinste. „Keine Sorge, ich bin nicht hier, um dich um eine Spende zu bitten.“

Caro lächelte ebenfalls. „Ich würde dich sehr gerne unterstützen, ich liebe Tiere und finde eine solche Arbeit wichtig und unbedingt unterstützenswert, aber“, sie präsentierte Elena die Handflächen, die sie auf Hüfthöhe hielt, „ich habe mein Geschäft ebenfalls erst vor Kurzem eröffnet, da muss ich auf jeden Cent achten.“

„Das verstehe ich. Wie lange gibt es das Hotel denn schon?“

„Gute drei Monate. Soll ich dich mal herumführen?“, fragte Caro.

„Sehr gerne!“

„Das ist wirklich wunderschön. Großartig, was du hier aufgebaut hast“, sagte Elena am Ende der Besichtigung, das Caros Lieblingsplatz, die Terrasse bildete.

„Vielen Dank! Aber die Ehre gebührt nicht mir alleine.“ Mit der Hand vollführte sie eine ausholende Handbewegung, die den Raum einschloss. „Ein Projekt dieser Größe stemmt niemand ohne Hilfe.“

„Kann ich aus eigener Erfahrung unterschreiben. Ohne die vielen Helfer wäre auch das Tierheim nicht zu realisieren gewesen.“

„Und ihr habt schon Bewohner, also Tiere dort?“

„Der Umbau ist noch nicht ganz abgeschlossen, aber ja – es haben sich schon Tierchen eingemietet.“ Sie runzelte die Stirn. „Wobei ich das nicht verharmlosen sollte. Hier ist es nicht anders als wahrscheinlich überall auf der Welt, wir Menschen pflegen immer noch einen problematischen Umgang mit den anderen Spezies dieses Planeten.“

„Vielen bedeutet ihr Auto mehr als der Hund.“

„Leider wahr. Was natürlich nicht bedeutet, dass es auch viele wunderbare Personen gibt, denen das Wohl der Tiere am Herzen liegt. Solche, die mich unterstützen.“ Elena ließ ihren Blick über die Bucht schweifen.

Das sich fein kräuselnde Meer erinnerte mit seiner spärlichen Bewegung an einen See. Davor bettete sich der Strand, der zum Saisonbeginn mit Liegestühlen und Sonnenschirmen beimpft worden war, und an dem sich bereits die ersten Urlauber dem Sonnenbaden hingaben.

„Kann man sich das Tierheim anschauen?“, fragte Caro.

„Aber klar doch! Ich würde mich freuen, dir ebenfalls alles zu zeigen." Elena sah in Richtung Speisesaal, der durch das aufgeschobene Glasfaltelement unmittelbar in die Terrasse überging. „Was würdest du denn von einem Hotelhund halten?"

„Hotelhund?"

„Ich dachte nur", sie sah Caro in die Augen, „ich habe ein Gespür für Menschen, die gut zu Tieren sind. Und ich glaube, du bist so einer."

„Wie gesagt, ich liebe Tiere. Kann aber nicht mit viel Erfahrung aufwarten. Als Kind hatte ich mal einen Hamster, danach ein Kaninchen. Aber keinen Hund, obwohl ich immer einen haben wollte. Aber meine Mutter –" Sie winkte ab.

„Die müsstest du jetzt nicht mehr fragen." Elena grinste.

„Stimmt. Nur meine Großmutter."

Elena hob die Brauen. „*Tu abuela?*"

Caro nickte. Ihr gefiel das spanische Wort „*abuela*", das Großmutter bedeutete. Für sie hatte es einen zärtlicheren Klang als das deutsche Pendant. „Sie lebt bei mir. Mit mir."

„Das finde ich toll! Du hast sie aus Deutschland hierher geholt?"

„Es war die einzige Möglichkeit, in ihrer Nähe zu sein und ihr zu ersparen, dass sie in eines dieser Heime kommt."

„Ich muss meine vorherige Aussage korrigieren."

Nun war es Caro, die fragend die Brauen hob.

„Ich glaube nicht, dass du ein Mensch bist, der gut zu Tieren ist, ich weiß es. Jemand, der so etwas tut, hat ein großes Herz."

„Danke." Caro schlug die Augen nieder.

„Es tut mir leid, aber ich sollte wieder los. Bei uns ist noch einiges zu tun."

„Selbstverständlich." Caro sah Elena an. „Bei uns ebenfalls, und ich werde dich in den nächsten Tagen besuchen kommen. Versprochen."

„Wollen wir unsere Nummern tauschen? Dann können wir uns abstimmen?"

„Klar. Gerne."

Caro geleitete Elena zum Ausgang, wo sie sich voneinander verabschiedeten.

Ein Hund, dachte Caro, denn das Zusammentreffen mit der Tierheimbetreiberin ließ eine Idee in ihrem Kopf reifen. Womöglich war das keine schlechte Idee.

5

Was für eine nette Frau, dachte Elena, als sie von der Villa Caro fortging und den Weg zum Minigolfplatz einschlug. Sie war einer der Menschen, bei denen man den Eindruck hatte, sich schon deutlich länger zu kennen. Sie hoffte, Caro würde ihre Ankündigung wahr machen und sie im Tierheim besuchen kommen.

Wie jedes Mal, wenn sie die Anlage betrat und an den Bahnen vorbeiging, stellte sich eine kindliche Freude ein, und sie fühlte sich in Urlaube mit ihren Eltern zurückversetzt, die sie bereits auf Mallorca verbracht hatten. Sie und ihre Familie stammten aus Nordspanien, und bereits früh war in ihr der Wunsch aufgekeimt, nach Mallorca überzusiedeln. Ein Traum, den sie vor zehn Jahren in die Tat umgesetzt hatte.

Sie passierte ihre Lieblingsbahn, die Nummer zwölf, auf der die Spieler den Golfball durch eine sich drehende Windmühle spielen mussten. Natürlich drehte sich diese nicht mehr, allein schon die breiten Risse im Beton der Bahn hätten jeden Versuch, hier erfolgreich zu sein, zunichtegemacht. Und dennoch sah sie vor ihrem geistigen Auge Menschen, die sich daran versuchten und lachend den Kopf schüttelten, wenn der Ball von einem der Mühlenflügel zurückprallte.

Das Gebäude, in dem sie das Tierheim aufbauten, war ein schlichter, einstöckiger Bau mit einhundert Quadratmetern. Nicht wirklich viel und bei weitem nicht ausreichend für die vielen Tiere, um die sich leider gekümmert werden musste.

Aber es ist ein Anfang, sagte sie sich. *Poco a poco.* Stück für Stück. Du musst nur am Ball bleiben.

„Gut, dass du wieder da bist", begrüßte sie Larissa, die Elena nicht nur unterstützte, sondern bereits seit einigen Jahren ihre Freundin war. „Lino hat sich mal wieder verkrochen, und wir haben schon alles versucht."

„Auch Leberwurst?", fragte Elena und wusste schon, als sie es aussprach, dass die Frage überflüssig war.

Larissa stemmte die Fäuste in die Hüften. „Meine Liebe, meinst du eigentlich, ich hätte keine Ahnung von Hunden?"

„Natürlich nicht." Elena berührte Larissa grinsend am Arm.

Larissa lächelte zurück. „Aber zumindest scheine ich mich nicht so gut mit Lino zu verstehen wie du. Auf dich hört er sicherlich."

„Werde es versuchen." Im Innern bestand das Gebäude lediglich aus einem großen Raum, in den mit Maschendrahtzaun einige Parzellen eingezogen worden waren, die als Tierzwinger dienen sollten. Alles wirkte provisorisch und nicht so, wie sie sich das vorstellte, aber es war zumindest eine Lösung, die zehn Tieren einen Platz bieten konnte, wovon vier bereits besetzt waren.

Fünf, wenn man Lino hinzuzählte, was nicht so einfach war, denn Lino war ein Spezialfall. Und dieser Spezialfall hatte seine besonderen Verhaltensweisen und Vorlieben. Vor allem die, sich unter den Rollen Maschendrahtzauns zu verschanzen.

„Wie schafft er das bloß, dort immer wieder drunter zu finden?" Elena schüttelte den Kopf, als sie vor Linos Höhle in die Hocke ging. Ursprünglich wollten sie mit dem Maschendraht nur das Gelände einzäunen, schließlich sollte keiner der Bewohner ausbüxen und auf der Straße überfahren werden. Aus Geldmangel hatten sie dann die Gitter für die Tierboxen nicht kaufen können, so dass Elena auf die Idee gekommen war, die vorerst ebenfalls aus dem Draht zu erstellen. So konnten sie zumindest schon mit der Arbeit beginnen, was ihr auf den Nägeln brannte. Schließlich gab es zu viele Tiere, die ihre Hilfe benötigten.

Larissa, die neben sie getreten war, zuckte die Achseln. „Auf jeden Fall will er da auch nicht rauskommen."

„Na, komm, mein Süßer", sagte Elena und streckte die Hand in die Höhle, in der Lino hockte.

„Hab ich es nicht gesagt?" Larissa warf die Hände in die Luft, denn kaum hatte Elena ihren Lockruf ausgesandt, krabbelte der kleine Kerl wie selbstverständlich aus seinem Versteck hervor. „Ich glaube, den musst du behalten."

Elena, die Lino auf den Arm genommen hatte, drückte ihm einen Kuss auf das Köpfchen, das wie das restliche Fell weiß-schwarz gefleckt war und das ein weißes und ein schwarzes Ohr zierte. „Um ehrlich zu sein, würde ich ihn auch nur ungern hergeben. Immerhin hat er mich ausgesucht."

„Wie meinst du das?", fragte Larissa.

„Habe ich dir die Geschichte nicht erzählt?"

„Du hast zwar gesagt, dass du ihn gefunden hast, aber ins Detail bist du nicht gegangen. Irgendwas kam dazwischen."

„Wie meistens", sagte Elena und ihr Blick ging kurz in die Ferne. „Wenn sie mir jemand erzählt hätte – wahrscheinlich würde ich sagen, das ist die Werbegeschichte eines Tierheims."

„Du machst es aber spannend." Larissa grinste. „Fängst du jetzt mal an, oder was?"

„Ist ja gut." Elena kraulte Lino hinter dem Ohr, woraufhin der ausgiebig gähnte. „Du kennst doch die Minigolfbahn mit dem Becken? Das war früher mit Wasser gefüllt, und man musste den Ball über eine Art Schiene darüber hinweg befördern." Sie bemerkte Larissas Blick, der ihr bedeutete, endlich zum Punkt zu kommen. „Ist auch nicht so wichtig. Wichtiger ist, dass kein Wasser im Becken war. Nicht auszudenken – sorry." Sie streichelte Lino das Köpfchen. „Ich hatte gerade den Pachtvertrag unterschrieben und wollte mich hier noch mal umsehen. Und als ich so über den Platz schlendere, höre ich ein Fiepen. Anfangs habe ich geglaubt, mir das einzubilden, doch dann habe ich genau gelauscht und bin darauf zu. Ich komme an das Becken, schaue hinein und sehe dieses Kerlchen darin liegen."

„Nicht dein Ernst."

„Siehst du. Habe dir doch gesagt, dass mir die Geschichte keiner glaubt."

„Jetzt red schon weiter!"

„Ich glaube, dass der arme Kerl durstig war und unten im Becken war noch ein wenig Wasser, aber glücklicherweise nicht viel, sonst wäre unser armer Lino womöglich ertrunken." Erneut drückte sie ihm einen Kuss auf.

„Furchtbarer Gedanke."

„Und ich hätte das arme tote Tier – ich darf gar nicht daran denken."

„So ist es ja auch nicht passiert", sagte Larissa.

„Eben. Sondern unser abenteuerlustiger Lino hat es zwar geschafft, in das Becken zu plumpsen, konnte aber nicht wieder hinaus. Die Wände sind ziemlich steil und mit den kurzen Beinchen." Sie erfasste Linos Vorderbein, was der widerstandslos geschehen ließ. „Und schon hatte ich den ersten Bewohner."

„Und das noch vor der Eröffnung. Kaum zu glauben", sagte Larissa kopfschüttelnd.

„Aber tatsächlich so passiert."

„Damit ist es klar." Larissa streichelte Lino den Rücken. „Du musst ihn behalten."

„Würde ich gerne." Elena seufzte. „Aber, so verrückt sich das anhört, ich habe keine Zeit für einen Hund, obwohl ich den ganzen Tag mit Hunden zu tun habe."

„Aber er kann doch hier bei dir sein."

„Ich muss ja auch noch in der Tierklinik arbeiten."

„Und ausgerechnet da sind keine Tiere erlaubt?"

„Als Patienten ja. Aber wenn ich dort jedes Mal mit dem eigenen Hund ankomme, kann mir nicht vorstellen, dass das in Ordnung ist. Immerhin bringt es Unruhe rein."

„Hmm", machte Larissa und sah Lino an. „Was ist eigentlich mit seinem Auge?"

„Was da passiert ist, weiß ich nicht. Das fehlte ihm bereits, als ich ihn fand. Und dass es versorgt wurde, zeigt, dass sich schon mal jemand um ihn gekümmert hat.“

„Womöglich ist er aus einem anderen Heim ausgebüxt?“

„Oder die neuen Halter wollten ihn dann doch nicht.“ Elena presste die Lippen zusammen. „Leider halte ich das für die wahrscheinlichere Möglichkeit.

„Die Menschen sollten weggesperrt werden und die Tiere frei sein.“

„Zumindest einige von ihnen“, sagte Elena. „Aber so lange es andersherum ist, müssen wir versuchen, möglichst viele der armen Wesen zu retten.“

„So ist es.“ Larissa deutete auf die provisorischen Käfige. „Richtig stabil wirken die nicht.“

„Ich weiß. Ist keine Top-Lösung, aber die erfüllen vorerst ihren Zweck. Hast du die anderen bereits versorgt?“

„Habe ich. Würde dann mit ihnen spazieren gehen.“

„Gute Idee, und ich begleite dich. Dann können wir die Meute aufteilen.“

Larissa grinste. „Das macht es definitiv einfacher.“

Sie machten sich daran, die vier anderen Hunde, zwei Galgos, also Windhunde, wie sie auf der Insel häufig waren, einen Dackel und einen Beagle, anzuleinen. Auch Lino ließ sich von Elena problemlos festmachen. Während sie das Dreiergespann der etwas kleineren Vierbeiner führte, hielt Larissa die Galgos.

Als sie auf dem kurzen Weg zur Strandpromenade die Villa Caro zu ihrer Rechten passierten, deutete Larissa darauf. „Wie war eigentlich die Vorstellungsrunde?“

„Stimmt, habe ich wegen Linos Eskapaden total vergessen. Sehr freundlich, diese Caro, der das Hotel gehört."

„Von der Halbinsel?", fragte Larissa. Ein unter Spaniern, die auf der Insel lebten, typische Bezeichnung für Festlandspanien.

„Nein. Aus Deutschland."

„Kein Quadratschädel?" Larissa grinste.

„Überhaupt nicht. Ganz im Gegenteil. Sprich bloß nicht so über sie." Elena bemühte sich um einen ernsten Tonfall, musste aber ebenfalls lächeln, denn der spanische Ausdruck *cabezas cuadradas* wurde Deutschen verpasst, wenn die besonders steif und unangepasst auftraten. Diese Vertreter traf man zwar immer wieder auf der Insel, jedoch ebenso welche wie Caro oder Cynthia, die die Bezeichnung nicht verdient hatten.

„Da hat wohl jemand Eindruck bei dir hinterlassen." Larissa sah Elena an und hob die Brauen.

„Allerdings." Sie überquerten die Straße, die an der Strandpromenade entlangführte, und blieben einen Augenblick an den steinernen Sitzbänken stehen. Den sanften Schwung der Bucht nachzeichnend, trennten die den Sandstrand vom breiten Gehweg, auf dem Urlauber unterwegs waren. Die outeten sich vor allem durch spärliche Kleidung als solche. Es ging zwar auf den Sommer zu, was die Temperaturen vermuten ließen, aber Hitze, die bauchfreie Spaghettitops bei den Damen und freie Oberkörper bei den Herren gerechtfertigt hätte, wurde noch nicht erreicht. Deshalb ließen sich die Insulaner vor allem an einem Mehr an Textil ausmachen.

„Verliert niemals seine Faszination", sagte Larissa mit Blick auf das Meer, das im Licht der Sonne glitzerte, und dessen feine Wellen den sanft abfallenden Strand in rhythmischer Folge mit Küssen bedachten.

„Auf keinen Fall." Amüsiert betrachtete Elena Lino, der seinen Kopf durch eine der Lücken zwischen den Steinbänken gesteckt hatte und dessen Körper vor und zurück wippte. „Du würdest gerne an den Strand, oder?"

„Derzeit keine gute Idee. Im Winter drückt die *Policia* da in der Regel ein Auge zu", sagte Larissa. „Aber es gibt noch den Hundestrand. Der hat zwar keinen Sand, nur Felsen und ist auch nicht groß, aber besser als gar nichts."

„Dann nichts wie los." Elena folgte ihrer Mitarbeiterin, die sich nach rechts wandte, um der Promenade zu folgen. Während Larissa in Palmanova lebte, wohnte Elena in Palma, weshalb sie den Ort nur von einigen Besuchen und damit nicht so gut wie eine Einwohnerin kannte. „Ich muss ja zugeben, dass ich, je öfter ich hier bin, umso begeisterter von Palmanova bin."

„Ist nun mal ein schönes Fleckchen. Und auch, wenn ich deinen Wohnort nicht schlecht machen will, mir wäre Palma zu laut und unruhig."

„Dafür ist es hier im Winter wahrscheinlich zu ruhig?"

„Gar nicht mal. Zur Saison ist immer viel los, und außerhalb wird es natürlich deutlich ruhiger. Aber Palmanova ist keiner der Orte, die zum Winter tot sind." Sie erklommen die Treppenstufen, die sich in sanfter Rechtskurve um die Steilküste wanden, zu der die Promenade am Ende des ersten Strandes aufstieg. „Und mir gefällt auch hier die Saisonalität. Dann kann man im Winter etwas durchatmen, bevor es im Sommer wieder losgeht."

Am Ende der Treppe angekommen, führte der Weg weiter und bot zur Linken einen spektakulären Blick auf das Meer und die Bucht *Es Carregador*, den ersten Strand Palmanovas, von dem sie quasi aufgebrochen waren.

„Die Aussicht ist traumhaft", sagte Elena.

„Und wir sind schon fast da." Larissa ging voran.

Auf ihrer linken Seite die steil abfallenden Klippen und das Meer, rechts erhöht großflächige Erdareale, die liebevoll bepflanzt waren – diese Stelle gefiel Elena noch besser als die Promenade unten am Strand. Was auch damit zu tun hatte, dass man sich hier fern der Straße befand. Sie überquerten eine hölzerne Brücke, während die kleine Schlucht darunter ihre Schritte über die Holzbohlen verzerrt zurückwarf.

„Das ist er", sagte Larissa, als sie sich mitten auf dem hölzernen Steg befanden.

„Wer?", fragte Elena und stiftete ihre Mitarbeiterin zu Gelächter an.

„Na, der Hundestrand. Da unten. Komm! Ich zeig ihn dir am besten aus der Nähe."

Am Ende der Überführung führte links eine Treppe hinab, die an einem Felsenstrand endete, der im hinteren Bereich in die Klamm auslief, über die sich die hölzerne Überführung spannte, die Larissa und Elena soeben überquert hatten.

„Hier können wir die Meute von der Leine lassen", sagte Larissa, die sich bereits zu einem der Galgos hinuntergebeugt hatte.

Elena tat es ihr gleich, und kurz darauf tollten die fünf Hunde begeistert um sie herum. Schnupperten dann an den Steinen, die einige von ihnen markierten. Schließlich näherten sie sich dem Wasser, das in sanften Wellen die Kiesel überspülte. „Ist ebenfalls ein schöner Platz.“

„Ist es. Wenn die Leute nur noch die Hinterlassenschaften ihrer Vierbeiner einsammeln würden, wie es verlangt wird, wäre es noch schöner.“

„Wo wir bereits dabei sind“, sagte Elena, zog einen Plastikbeutel aus der Tasche und ging auf Lino zu, der sich aufs Stichwort hingehockt hatte, und dessen in der Luft kreisendes Hinterteil ankündigte, was gleich passieren würde. Caro hob mit der Tüte auf, was Lino von sich gegeben hatte und schüttelte den Kopf. „Und wieder einmal verursachen die Zweibeiner den schlimmeren Müll.“ Sie deutete auf eine Ansammlung von leeren Chipstüten und Plastikflaschen, die jemand achtlos hatte liegen lassen.

„Da gebe ich dir recht. Wenn die Leute auch nur ein wenig Respekt vor dieser Welt hätten.“

Elena sah den Hunden beim Spiel zu und hoffte inständig, dass das Tierheim, ihre Vision, zumindest einem Teil der ungewollten Vierbeiner ein neues Zuhause zu vermitteln, Erfolg haben würde.

„Warum machst du das eigentlich?“ Larissa schirmte mit der Hand die Augen gegen die Sonne ab, während sie beobachtete, wie Lino versuchte, Mario einen Stock abzunehmen.

„Was meinst du?“

„Das Tierheim. Dass dir Tiere und besonders Hunde am Herzen liegen, weiß ich, aber da steckt doch sicherlich mehr dahinter."

Elena schluckte. „Hunde haben mich noch nie enttäuscht."

„Menschen hingegen schon?"

„Allerdings."

Larissa beugte sich hinab, um den Stock aufzuheben und zu werfen, den Lino vor ihre Füße gelegt hatte. „Das kann ich gut verstehen. Du musst nicht darüber reden falls du ..."

„Nein, ist schon gut. Ist im Grunde eine schöne und zugleich traurige Geschichte. Mein Vater hat meine Mutter und mich verlassen, als ich noch klein war, und meine Mama ist darüber nie richtig hinweggekommen. Nach heutigen Maßstäben würde ich wohl sagen, dass es sie in eine Depression gestürzt hat."

„Das tut mir leid." Larissa deutete in die Richtung von Elenas Füßen. „Und Lino wohl auch."

Elena ging in die Hocke, um Lino über den Kopf zu streichen, der bei ihren letzten Worten angelaufen gekommen war, um sich direkt neben sie zu setzen. „Genau das meine ich. Hunde haben dieses Gespür, wenn es dir nicht gut geht. Das hatte José auch."

„José?"

„So hieß mein erster Hund. Ein Golden Retriever, den ich von meinen Eltern zu Weihnachten bekommen habe, nur wenige Monate, bevor mein Vater sich verabschiedet hat." Lino hatte sich auf den Rücken gedreht, damit Elena ihm das Bäuchlein kraulen konnte. „Ohne José hätte ich das tiefe Tal wohl nicht durchqueren können, in das mich die Sache mit meinen Eltern stürzte.

Jedes Mal, wenn ich traurig war, legte er seinen Kopf in meinen Schoß oder brachte mir eines seiner Spielzeuge. Er war immer für mich da. Meine Mutter gab sich zwar Mühe, dass ich nicht zu sehr darunter litt, aber sie ist auch nur ein Mensch, und wie gesagt, traf es sie hart.“

„Was war denn der Grund für die Trennung?“

Elena zuckte die Achseln. „Als Kind habe ich das nicht erfahren, und um ehrlich zu sein, habe ich mich auch später nicht getraut, das Thema noch mal aufzuwärmen.“

„Kann ich verstehen.“

Da Elena die Streicheleinheiten eingestellt hatte, erntete sie einen konsternierten Blick Linos, der sich schließlich mit einer Miene erhob, als wolle er sagen: „So eine Frechheit, einfach damit aufzuhören!“

Das brachte die Frauen zum Lachen.

„Einmalig dieser Hund.“ Larissa kicherte immer noch.

„Sie sind pur und ehrlich.“ Elena seufzte. „Auch wenn ich die Details der Trennung meiner Eltern nicht kenne, ich denke, dass mir das Erlebnis einen ziemlichen Schlag verpasst hat.“

„Du meinst, was das Vertrauen Menschen gegenüber anbelangt?“

Elena nickte. „Nicht selten bekam ich von Partnern zu hören, dass ich mich nicht richtig öffnen würde. Und das kann ich noch nicht mal leugnen.“

Larissa legte ihr eine Hand auf die Schulter. „Aber ich. Schau mal, wie du dich mir gerade geöffnet hast.“

Elena lächelte dankbar und dachte, dass sie froh sein konnte, Larissa nicht nur als Mitarbeiterin, sondern auch als Freundin zu haben. „Wir sollten langsam zurück“, sagte sie schließlich, und nachdem Larissa und sie die Hunde wieder angeleint hatten, begaben sie sich auf den Rückweg.

Die Sonne kleidete sie in wärmendes Licht und sorgte dafür, dass die traurigen Erinnerungen an ihren Vater ein wenig leichter wurden.

6

„Ein Hund? Meinst du wirklich?“, fragte Caros Großmutter mit großen Augen.

Sie saßen auf der Terrasse und tranken Weißwein, während die untergehende Sonne den Abendhimmel in ein spektakuläres Orange-Rot tauchte.

„Ich wollte immer schon einen Hund haben und dachte, dann bist du tagsüber auch nicht so alleine? Oder bist du kein Tierfreund?“ Caro stellte fest, dass sie mit ihrer Oma über dieses Thema noch nie gesprochen hatte und davon ausgegangen war, dass die ihre Tierliebe teilte.

„Schon.“ Ihre Großmutter rieb sich die Stirn. „Wobei ich sagen muss, dass ich kaum über Erfahrungen verfüge. Als Kind durfte ich kein Tier haben, obwohl ich gerne ein Kaninchen haben wollte, später eine Katze. Und als ich dann verheiratet war, kam dein Vater, da war ausreichend Leben im Haus.“ Sie lachte kurz auf. „Irgendwie ist mir der Gedanke daran abhandengekommen.“ Sie sah Caro an. „Verstehst du, was ich damit sagen will?“

„Absolut." Caro nickte. „Ich hätte es nicht besser formulieren können, und es beschreibt auch gut, wie ich mit dem Thema umgegangen bin. Oder vielmehr, wie es mir abhandenkam."

„Also dann", ihre Oma verschränkte die Hände ineinander, „können wir uns doch dort mal umschauen, in diesem Tierheim."

„Gerne." Caro trank einen Schluck Wein. „Immerhin werden Menschen mit Hunden älter und sind auch gesünder. Dazu gibt es sogar Studien."

„Wundert mich auch nicht. Schließlich ist man dann tatsächlich nie allein, und es bedeutet auch mehr Bewegung. Was gerade hier ein Privileg ist." Ein versonnenes Lächeln legte sich auf das Gesicht ihrer Oma.

„Das hast du schön gesagt."

Einen Augenblick schwiegen sie, genossen diesen Augenblick des Glücks, der sie durchströmte, ob der Dankbarkeit, hier sein zu dürfen.

Dann griff Caro nach ihrem Handy. „Ich schreibe Elena eine Nachricht. Das ist die Leiterin des Tierheims. Eine sehr nette Frau."

„Spanierin?", fragte ihre Oma.

Caro nickte.

„Ist schon lange her."

„Was meinst du?" Caro sah vom Handydisplay auf.

„Vor Jahren habe ich mal einige Kurse Spanisch in der Volkshochschule belegt. Aber das ist sicherlich alles verschütt gegangen."

„Meistens nicht. Oftmals fällt einem Erlerntes wieder ein, wenn man damit wieder anfängt." Das brachte Caro auf eine Idee. „Was hältst du davon, Spanisch zu lernen?"

„In meinem Alter? Lohnt sich das noch, mein kleiner Schmetterling?“

„Oma, red nicht so. Schließlich lebst du jetzt auf Mallorca. Wäre es da nicht schön, die Einheimischen besser zu verstehen, vielleicht zu dem ein oder anderen Kontakt knüpfen zu können?“

Ihre Oma sah sie an mit diesem Blick, den Caro so liebte, und aufgrund dessen sie bereits wusste, was ihre Großmutter ihr antworten würde.

„Weißt du was, mein kleiner Schmetterling? Du hast recht. Warum nicht?“

Caro erhob sich, um ihre Oma zu umarmen. „Auch dafür bewundere ich dich so. Dass du nicht scheust, etwas Neues zu wagen.“

Als Caro sich wieder gesetzt hatte, grinste ihre Großmutter sie an. „Ich wage ja auch nichts Neues, wie ich eben erfahren habe, frische ich nur Erlerntes wieder auf.“

Caro lächelte ebenfalls und hob ihr Glas. „Genauso ist es. Darauf sollten wir anstoßen. Darauf, dass wir nie aufhören zu lernen.“

Ihre Gläser prallten klirrend aneinander.

„Es geht mich nichts an, aber mir ist dennoch wichtig, es anzusprechen. Weil ich sehe, dass es dich beschäftigt.“ Ihre Oma holte Luft. „Du hast dich mit Juan über Daniel unterhalten, oder? Nicht, dass du denkst, ich hätte bewusst gelauscht, aber ich habe etwas von eurem Gespräch mitbekommen und auch, dass du dir Gedanken machst.“ Sie legte ihre Hand auf Caros Arm. „Du musst mir nichts erzählen, falls du nicht möchtest. Solltest du aber der Meinung sein, mich schonen zu müssen, will ich, dass du weißt, dass das unnötig ist.

Ganz im Gegenteil, du kannst mir dein Herz ausschütten. Immerhin kenne ich Daniel auch ein wenig."

„Danke." Caro ergriff die Hand ihrer Großmutter und drückte sie. „Danke, dass du das ansprichst, und für das Angebot. Tatsächlich war ich der Meinung, dass es besser wäre, dich nicht hineinzuziehen. Aber du hast recht. Wir leben hier gemeinsam, und da solltest du auch wissen, was in meinem Leben vorgeht." Sie berichtete ihrer Oma von Daniels unerwartetem Besuch, was er gesagt und wie sie ihn mehr oder weniger hinausgeworfen hatte.

„Und jetzt plagen dich Gewissensbisse?", fragte ihre Großmutter.

„Ja und nein. Einerseits sage ich mir, dass ich ihm ohnehin nicht mehr trauen kann und es auch egal ist, warum er mich sitzen gelassen hat. Aber dann ist da auch der Teil in mir, der den Grund unbedingt wissen will."

„Das kann ich sehr gut verstehen." Ihre Oma betrachtete ihr Weinglas. „Nichts ist quälender als Ungewissheit. Das ist zumindest meine Erfahrung."

„Also denkst du, ich sollte doch mit ihm sprechen? Mir seine Erklärung anhören?"

„Ach, mein kleiner Schmetterling. Das ist wirklich nicht einfach."

„Selbst, wenn ich bereit wäre, mir seine Erläuterungen anzuhören. Wie könnte ich denen Glauben schenken?"

„Du solltest deiner Intuition trauen. Was rät sie dir?", fragte ihre Großmutter.

Sprich mit ihm. Mit zusammengepressten Lippen schlug Caro die Augen nieder. Zwar war es genau das, was ihre Oma ihr geraten hatte, aber sie sträubte sich, den Rat der inneren Stimme anzunehmen. Der immer noch verletzte Anteil ihres Selbst schrie auf und wollte weiter im Selbstmitleid baden.

„Ich denke, dass es wichtiger ist als die Frage, ob Daniel dir die Wahrheit sagen wird oder nicht, darüber nachzudenken, ob du dir Vorwürfe machen wirst, ihn nicht angehört zu haben. Zumindest die Möglichkeit, es zu erfahren, ergriffen hast."

„Wow, Oma!", stieß Caro hervor und blickte ihrer Großmutter in die Augen. „Das ist tatsächlich ein wichtiger Punkt und ein guter Rat."

„Es bedeutet außerdem nicht, dass du ihn anhören musst, sondern nur, herauszufinden, was dein Bauchgefühl dir in dieser Angelegenheit rät. Objektives Richtig oder Falsch gibt es da, meines Erachtens, nicht, sondern nur deine subjektive Wahrheit."

„Das hast du schön gesagt. Könnte man in einen Kalender drucken", sagte Caro mit einem Grinsen.

Ihr war klar, dass sie sich bereits entschieden hatte.

7

Was für ein attraktiver Mann. Der Gedanke schoss Elena in den Kopf, als sie den Herrn betrachtete, der am Morgen das Tierheim betrat. Er trug ein weißes Hemd über einer Jeans, dessen obere zwei Knöpfe offen waren, und das figurbetont saß, so dass zu erahnen war, dass der dadurch eingekleidete Oberkörper ebenfalls durchaus ansehnlich war. Hinzu kam die Art, wie er sich bewegte. Gerade Haltung und flüssige Bewegungen, wie sie bei Menschen vorkamen, die über gesundes Selbst- und Körperbewusstsein verfügten. Oder auch ein zu viel vom Ersten, dachte Elena.

Der Mann erblickte sie und kam mit festen Schritten auf sie zu. Sein Gesicht zeigte ein Lächeln, das sympathisch, aber auch ein wenig einstudiert wirkte. „Sie, sind Sie hier die Leiterin?", fragte er Elena.

„So ist es." Mehr aus Reflex als Notwendigkeit wischte sie sich die Hände an der Hose ab, bevor sie ihm die Rechte reichte, die er ergriff, um sie zu schütteln. „Sind Sie auf der Suche nach einem Mitbewohner?", fragte sie.

„Es tut mir leid. Mein Spanisch ist nicht ganz so gut. Ich habe nicht richtig verstanden."

„Wir können auch Englisch sprechen", sagte Elena auf Englisch.

„Vielen Dank! Ich bin dabei, Spanisch zu lernen, aber es läuft noch nicht so, wie ich mir das wünsche."

„Sie kommen aus England?", fragte Elena.

Der Mann schüttelte den Kopf. „Ich bin Deutscher", antwortete er.

„Aber Sie interessieren sich für einen unserer Hunde?"

„Nein, nein." Er hob abwehrend die Hände. „Tiere und ich – das ist keine gute Kombination."

Eine Formulierung, die Elena stocken ließ. Womöglich lag es daran, dass es Englisch war. Doch ihre Sprachkenntnisse waren gut genug, um gewisse Feinheiten, wie etwas gesagt wurde, zu bemerken. Und umgekehrt wirkte es nicht anders. Der Mann beherrschte die Sprache und wusste sie entsprechend anzuwenden. Somit lag es hier nicht nur daran, was inhaltlich gesagt, sondern wie es umschrieben wurde. Zu sagen, dass man Hunde nicht mochte oder Angst vor ihnen hatte, war etwas völlig anderes, als von einer „nicht guten Kombination" zu sprechen und das auf Tiere im Allgemeinen auszuweiten.

Den ersten Eindruck, der vor allem durch Körpersprache und Aussehen bedingt war, ließ diese Äußerung in sich zusammenfallen. Jetzt sei nicht so streng, versuchte sie, sich einzubremsen, wusste aber sogleich, dass dies ein schwieriges bis unmögliches Unterfangen war. Tiere waren ihr ein und alles, jemand, der dies noch nicht einmal ansatzweise teilte, war ihr suspekt.

„Damit habe ich mich unbeliebt gemacht, oder?“ Er lächelte unsicher, was nicht einstudiert wirkte.

„Jemand wie ich, der den größten Teil seines Lebens dem Schutz und Wohlergehen von Tieren widmet, hat ein wenig Schwierigkeiten, nachzuvollziehen, dass Mensch und Tier keine gute Kombination sein können.“ Zu viel! Ein innerlicher Schrei, denn sie wusste nicht, warum sie es nicht einfach gut sein lassen konnte. Wieso hast du es nicht unkommentiert gelassen und gefragt, was der Kerl will?

Die Antwort, die sogleich in ihrem Kopf auftauchte, gefiel ihr hingegen gar nicht: Weil er dir gefällt. Leugnen zwecklos, da die simple Aussage der Wahrheit entsprach.

Obwohl sie nach einer schwierigen Scheidung seit drei Jahren Single war, suchte sie nicht nach einem Mann. Im letzten Jahr hatte sie sogar die hin und wieder Dates sowie One-Night-Stands auf null reduziert, doch der Herr vor ihr triggerte etwas in ihr. Bereits, als er eingetreten war.

Hast du dich etwa verknallt? Nein, das war es nicht. Ein wenig Kribbeln hatte sie gespürt, aber nicht in einem Maße, das eine solche Annahme rechtfertigen würde. Was ist es dann?

„Uff!“ Er schluckte. „Ich hätte nicht gedacht, dass Sie so eine sind.“

„So eine? Was soll das denn bitte heißen?“ Sie funkelte ihn angriffslustig an. Der hat ja Nerven!

„Sorry! Das kam jetzt falsch rüber. Ich hätte mich nicht hinreißen lassen sollen.“ Er räusperte sich. „Nicht ebenfalls zumindest.“

Das wird ja immer besser! „Sie finden es richtig, hier reinzuschneien und mich zu beleidigen?“ Die Wut ließ ihr Herz heiße Wogen durch den Körper pumpen, die in ihrem Kopf, der Eruption eines Vulkans gleichend, explodierten. Du musst dich zusammenreißen! Doch sie wusste, dass ihre Contenance am seidenen Faden baumelte.

Er hob beschwichtigend die Hände. „Hören Sie, ich entschuldige mich vielmals. Ich habe derzeit beruflich viel Stress und komme gerade von einem unangenehmen Meeting, was selbstverständlich nicht Ihre Angelegenheit ist. Ich erzähle das auch nur, um mein blödes Verhalten zu erklären und nicht, um es zu rechtfertigen. Können wir noch mal neu beginnen?“

Elena verschränkte die Arme vor der Brust und grub die Fingernägel in ihre Oberarme. Der Schmerz tat auf seltsame Art gut, sorgte er doch dafür, dass sich der rote Nebel der Wut, in dem ihr Kopf steckte, klärte. „Einverstanden“, sagte sie.

Ohne ein weiteres Wort machte der Mann auf dem Absatz kehrt und verließ das Gebäude.

Was war das denn bitte? Kopfschüttelnd sah sie durch die Glastür, wie er draußen erneut herumfuhr, um die Tür zu öffnen und breit grinsend einzutreten. „Einen wunderschönen guten Tag. Mein Name ist Jonas Bauer. Toll, auf jemanden zu treffen, der sich für eine gute Sache engagiert.“

Das entlockte Elena ein Lächeln und brachte auch ein wenig von dem Kribbeln zurück. „Hallo Herr Bauer. Mein Name ist Elena Duarte. Vielen Dank.“

„Sie leiten das Tierheim?“

„So ist es.“

„Irgendwie glaube ich, dass ich seltsam bin.“

„Wieso?“

„Alle sprechen doch immer davon, dass sie Hunde- oder Katzenmenschen sind. Was aber, wenn man weder das eine noch das andere ist?“

„Es gibt noch Fische oder Schildkröten.“

Bauer zog spöttisch eine Braue hoch. „Wenn Sie mir zeigen, wie ich mit einem Fisch spazieren gehen kann.“

Elena schürzte die Lippen. „Da draußen ist so etwas, das nennt sich Meer. Da können Sie dann mit Ihrem Fisch hin.“

„Und wenn ich möchte, dass er Stöckchen bringt?“, fragte Bauer.

Daraufhin mussten sie beide lachen.

„Die Alternative wäre, es doch mal mit einem Hund zu versuchen“, sagte Elena.

„Hmm. Bieten Sie dafür Kurse an? Einen Workshop oder so etwas?“

„Der beste Kurs ist, sich einfach mit einem Tier zu beschäftigen.“

„Ich weiß nicht.“ Mit dem Zeigefinger tippte er sich ans Kinn. „Worin besteht für Sie der Reiz?“

„Ich verstehe nicht, was Sie meinen?“

„Wieso mögen Sie Hunde?“, fragte er.

„Sie sind absolut ehrlich und authentisch. Und lieben einen bedingungslos.“

„Wow!“

Sie hatte Schwierigkeiten, den Blick, den er ihr zuwarf, zu deuten. „Das hört sich wahrscheinlich seltsam an?“

„Ja.“ Er schlug kurz die Hand vor den Mund. „Nein. So meinte ich das nicht. Also ...“

Erneut mussten beide lachen.

„Das ist mit Sicherheit eine der schrägsten Unterhaltungen, die ich seit langer Zeit geführt habe“, sagte Elena, als ihr Lachen abgeebbt war.

„Ich weiß nicht, ob das ein Kompliment ist?“ Bauer legte die Stirn in Falten.

„Sagen Sie es mir. Immerhin haben Sie das Gespräch in diese Richtung gelenkt.“

„Da kann ich Ihnen noch nicht mal widersprechen.“

„Was mich zu der Frage führt, die ich Ihnen, bereits seit Sie hier reingekommen sind, stellen möchte.“ Sie schmunzelte. „Sogar schon beim ersten Mal.“

„Das hat gar nicht stattgefunden.“ Bauer grinste, und ihr gefiel, wie sich bei diesem Lächeln, wie auch denen zuvor, die sie als echt wertete, feine Lachfältchen seitlich seiner blauen Augen zeigten. Doch bevor sie weitersprechen konnte, stieß Bauer einen seltsamen Laut aus, der Überraschung, vielmehr Erschrecken bedeutete.

Elena erkannte, dass es sich um Lino handelte, der sich am Bein Bauers rieb. „Sorry“, sagte sie und nahm den Hund auf den Arm. „Wie hast du das schon wieder geschafft?“, fragte sie das Tier. „Hatte ich dich nicht angebunden?“

„Tut mir leid. Aber da sehen Sie es ja.“ Bauer versuchte sich an einem verlegenen Lächeln, doch ihm war die Anspannung immer noch anzusehen.

„Also, von Linos Seite aus scheint die Kombination aus Ihnen und ihm durchaus zu passen.“ Sie sah zu Lino, der versuchte, sich ihr zu entwinden, um Bauer näherzukommen. „Und das soll was heißen, denn bis auf mich ist er sonst auf niemanden direkt zugegangen."

Bauer hob abwehrend die Hände. „War sicherlich ein Versehen." Er sah auf seine teure Armbanduhr. „Und ich muss ohnehin auch los. War mir eine Freude."

Bevor die verdatterte Elena etwas entgegnen konnte, war er zur Tür raus. Nur eine Frage verblieb in ihrem Kopf: Was hatte er gewollt?

8

Oma hat recht. Der Gedanke kam Caro heute nicht zum ersten Mal. Und doch brachte es sie nicht weiter, ließ die unterschiedlichen Strömungen, die ihr Inneres zu einem Sturm aufpeitschten, nicht zur Ruhe kommen.

Was wiegt schwerer? Die Sorge, die Möglichkeit, etwas zu Daniels Beweggründen zu erfahren nicht verstreichen zu lassen, oder dein Ärger? War das die entscheidende Frage? Galt nicht vielmehr abzuwägen, was ein erneutes Zusammentreffen mit ihr anstellte?

Ist es überhaupt noch wichtig? Sollte er nicht in deinem Leben überhaupt keine Rolle mehr spielen?

Sie massierte sich die Schläfen und sah auf, als es an der Bürotür klopfte. Auf ihre Aufforderung steckte Cynthia den Kopf herein.

„Geht es dir gut?" Sie kam herein und schloss die Tür hinter sich. „Du wirkst schon den ganzen Tag abwesend, als würde dich etwas beschäftigen."

Caro wägte ab zwischen dem Teil, der ihr riet, diese Beziehung nicht noch mehr von einer geschäftlichen auf eine freundschaftliche Ebene zu bringen. Gingen dann nicht die Probleme los?

„Ich will mich nicht aufdrängen", sagte Cynthia, die wohl in ihrem Gesicht gelesen hatte, und wollte sich umdrehen.

„Du hast recht", sagte Caro, so dass Cynthia in der Bewegung innehielt und sie ansah. „Es ist nur ..." Sie brach ab.

Cynthia trat an den Schreibtisch heran und setzte sich auf einen der Stühle davor. „Ich weiß, dass du meine Chefin bist und es deshalb komplizierter ist, wenn wir über private Dinge sprechen. Und ich weiß auch, dass es Angelegenheiten gibt, die ich gerne mit dir teilen möchte, weil du für mich nicht nur eine Chefin bist. Ich habe das Gefühl, wir könnten Freundinnen werden, sogar gute." Ein scheues Lächeln umspielte ihre Mundwinkel. „Außerdem meine ich zu erkennen, dass du den Eindruck teilst und daraus ein innerer Konflikt für dich entsteht, den ich verstehen kann. Schließlich brauchen Chef und Mitarbeiter eine professionelle Distanz."

„Das lernen wir zumindest so."

„Ist wie die Geschichte mit ‚du Arschloch' und ‚Sie Arschloch'. Sorry!" Cynthia schlug die Hand vor den Mund und riss die Augen auf.

Das brachte Caro zum Lachen, in das Cynthia einstimmte, was die Anspannung dieses Augenblicks auf angenehme Weise lockerte.

„Aber ich kann das trennen und würde auch niemals deine Chefposition aus freundschaftlichen Gründen infrage stellen, oder, wenn du meine Freundin würdest, etwas von dir einfordern, was dem Geschäftlichen entgegenlaufen würde."

Zuneigung strömte voller Wärme in Caros Brust. „Einverstanden", sagte sie.

Cynthia legte den Kopf schief und sah sie fragend an.

„Es stimmt, was du sagst. Du warst mir auf Anhieb sympathisch, und auch ich habe den Eindruck, dass wir Freundinnen werden könnten. Bislang wollte ich das nur nicht zulassen. Exakt aus dem Grund, den du genannt hast."

„Aber es noch nicht einmal zu versuchen, nur aus Angst, dass es scheitern könnte." Cynthia starrte auf ihre Hände. „Das sollte man nicht tun."

Caro nickte stumm. Hat sie dir nicht gerade die Antwort auf deine Frage gegeben?, überlegte sie.

„Der kluge Spruch stammt übrigens nicht von mir, sondern meiner Therapeutin."

Eine Nachfrage erlaubte Caro sich nicht, sondern wartete ab, ob Cynthia weitersprach. Wie diese weiterhin auf ihre ineinander verschränkten Finger starrte, zeigte Caro, dass es sich nicht um ein einfaches Thema für sie handelte.

„Ich habe eine schlimme Zeit hinter mir mit Tims Vater. Es gab viel Gewalt, glücklicherweise nie gegen den Kleinen, aber ich habe einiges einstecken müssen. Kennst du das, dass man denkt zu wissen, wie man sich verhalten würde? In der Theorie meine ich? Davor hätte ich geschworen, dass, wenn ein Kerl mich einmal schlagen würde, ich abhauen würde." Sie verschränkte die Arme vor der Brust und kaute auf der Unterlippe. „Doch dann bist du plötzlich nicht mehr der unbeteiligte Beobachter, sondern mittendrin. Und all das, was du vorher behauptet hast, was du dachtest, wie du dich verhalten würdest ..." Sie schluckte, und einen Augenblick glaubte Caro, sie würde in Tränen ausbrechen. Dann räusperte Cynthia sich und sprach weiter. „Ich werde es dir erzählen, versprochen. Weil ich denke, dass es wichtig ist, wenn man sich kennenlernt, kennenlernen will, auch die düsteren Erlebnisse zu teilen."

Caro beugte sich über den Tisch, um Cynthia kurz an der Schulter zu fassen. Die sah daraufhin auf und lächelte Caro dankbar an. „Jederzeit, wenn du dich dazu bereit fühlst", sagte sie.

„Danke." Mit der Hand strich sich Cynthia über das Haar und räusperte sich. „Ohnehin scheint deine Angelegenheit derzeit vordringlicher zu sein." Sie sah Caro an, und ein scheues Lächeln umspielte ihre Mundwinkel. „Somit würde ich dir meine Ohren anbieten, falls du die haben möchtest."

„Gerne", entgegnete Caro. „Wie fange ich am besten an?", murmelte sie, um anschließend zu nicken und Cynthia in groben Zügen von ihrer Beziehung zu Daniel zu erzählen. Seinem unbekümmerten, fast kindlichen Verhalten in einigen Angelegenheiten, was häufig zu Problemen führte. Seiner Unfähigkeit, die Konsequenzen seines Handelns zu tragen, oder auch seiner Begeisterungsfähigkeit für Neues, die, einem Strohfeuer gleich, aufflammte und erlosch, sobald es darum ging, beständig daran weiterzuarbeiten.

Zwischendurch meldete sich Rodrigo, da das Mittagessen anstand, und Caro war erneut dankbar, einen fähigen Mitarbeiter zu haben, dem sie die Aufgabe übertragen konnte. Auch Cynthia unterbrach das Gespräch einmal, da ein Gast die Klingel an der Rezeption betätigte und damit signalisierte, deren Hilfe zu benötigen.

Als sie von dieser Aufgabe zurückkehrte, sagte Caro: „Jetzt sollte ich mal langsam zum wichtigen Punkt kommen.“

Cynthia winkte ab. „Sind doch alles wichtige Punkte, und solche Erlebnisse lassen sich nicht in zwei Minuten abhandeln. Wenn ich dir von meinem Ex erzähle, werden wir die ganze Nacht brauchen und mindestens zwei Flaschen Rotwein.“ Sie lachte, und Caro stimmte mit ein, obwohl sie die Traurigkeit bemerkte, die in Cynthias Augen glitzerte wie sich ankündigende Tränen.

In der Hoffnung, Cynthia damit auf andere Gedanken zu bringen, beeilte Caro sich, fortzufahren. Erzählte vom Hotel, ihrem Traum, den sie Daniel übergestülpt hatte. Dessen Verschwinden und endete mit der Aussicht, den Grund dafür zu erfahren.

„Ich kann dich absolut verstehen. Wie solltest du ihm Glauben schenken nach dem, was er abgezogen hat“, sagte Cynthia am Ende von Caros Schilderungen.

„Genau das ist mein Problem.“

„Und dennoch würdest du es gerne erfahren, oder?“

Caro presste die Lippen zusammen und nickte. „Ist das nicht bescheuert?“

Cynthia zuckte die Achseln. „Keine Ahnung. Objektiv gesehen möglicherweise.“ Sie hob abwehrend die Hände. „Sorry. Nicht, dass du denkst, ich maße mir an, dich zu verurteilen. Ich wollte auf was ganz anderes hinaus. Zunächst einmal wäre ich da nicht anders und glaube auch, dass es vielen anderen ebenso ginge und es ihnen keine Ruhe ließe. Auch wenn objektiv die

Fakten womöglich eine andere Sprache sprechen." Sie räusperte sich. „Tut mir leid, Caro. Damit habe ich es nur schlimmer gemacht, oder? Ist so eine Eigenart von mir, dass es mir bei anderen meist gelingt, einen objektiven Blickwinkel auf Angelegenheiten einzunehmen, während mein eigenes Handeln davon bestimmt ist, was mein Herz mir rät."

„Meine Großmutter hat gesagt, dass es dabei nicht wirklich ein Richtig oder Falsch gibt, sondern ich so entscheiden soll, wie ich ganz subjektiv fühle. Die Frage ist, ob ich mir womöglich Vorwürfe machen würde, wenn ich die Möglichkeit nicht ergreife, die Hintergründe zu erfahren. Selbst auf die Gefahr hin, dass Daniel mir eine Lüge auftischt."

„Eine kluge Frau, deine Oma."

„Mit einigem mehr an Lebenserfahrung als wir beide. Aber dennoch ist mir deine Einschätzung wichtig."

„Was sagt dir denn dein Gefühl?"

„Dass ich es wissen möchte. Selbst wenn er mich anlügt." Caro seufzte. „Wobei der zweite Teil wahrscheinlich ein Lippenbekenntnis ist. Um ehrlich zu sein, weiß ich nicht, wie ich auf eine weitere Lüge reagieren würde."

„Wahrscheinlich ist das der Knackpunkt. Dass du dich zu sehr davon abhängig machst."

Caro runzelte die Stirn. „Wie meinst du das?"

„Ich kenne das von meinem Ex-Freund. Mehrmals habe ich mir eingeredet, mich von ihm gelöst zu haben. Dass ich keine emotionale Bindung mehr zu ihm habe. Und dann traten Situationen auf, Zusammentreffen, die mir gezeigt haben, dass ich einem Trugschluss aufgesessen bin. Das hat mich jedes Mal geschockt."

„Schockt mich gerade auch, um ehrlich zu sein.“

„Darf ich ehrlich sein?“, fragte Cynthia.

„Klar.“

„Ich habe es dir angesehen. Als du ihm gegenüber getreten bist. Nicht, weil ich glaube, dass du ihn zurückwillst, oder so etwas. Aber ich könnte mir vorstellen, dass die Verletzung, die er dir zugefügt hat, noch nicht abgeheilt ist. Und auch das ist vollkommen nachvollziehbar. Dafür ist zum einen noch nicht ausreichend Zeit verstrichen, und zum anderen fehlt genau die Aussprache, die du nun suchst.“

„Aber was mache ich, wenn ich die nicht bekomme?“ Caro strich sich eine Haarsträhne hinter das Ohr. „Ich meine nicht, dass ich nachvollziehen kann, warum er das getan hat. Noch nicht mal, dass es mir um Wiedergutmachung oder so etwas geht, sondern dass ich einfach das ‚Warum‘ erfahren will.“

„Wie gesagt, das kann ich verstehen.“

„Nur, was mache ich, wenn ich das nicht erfahre?“

Cynthia seufzte. „Ich fürchte, genau das ist die Gretchen-Frage. Du wirst darauf gefasst sein müssen, dass der Fall eintritt, und dich fragen, ob du dennoch den Versuch unternehmen möchtest. Genau das hat dir deine Oma geraten, denke ich.“

„Hmm“, machte Caro.

„Bringt dich nicht weiter, oder?“ Cynthia lächelte. „Kann ich verstehen. Soll ich dir sagen, was ich machen würde?“

„Gerne.“

„Ich würde mir anhören, was er zu sagen hat. Für meinen oder in diesem Falle deinen Seelenfrieden. Um ehrlich zu sein, selbst etwas Dramatisches rechtfertigt sein

Verhalten nicht. Insofern ist es vollkommen richtig, dass du ihn aus deinem Leben geworfen hast. Aber oft benötigt man noch etwas, um die Tür ganz zuzuschlagen. Sonst bleibt sie einen Spalt offen, und es zieht ständig Kälte hinein."

Sie besprachen noch kurz die anstehenden Buchungen, bevor Cynthia sich verabschiedete, um wieder an der Rezeption Stellung zu beziehen.

Caro blieb hinter ihrem Schreibtisch sitzen und wusste zwar, was sie tun wollte, fühlte sich jedoch nicht wohl dabei. Du musst Juan davon erzählen, sagte sie sich, und wusste sogleich, dass sie das nicht tun würde. Ich will ihn nicht beunruhigen!, kommentierte ihre innere Stimme. Aber stimmte das? Oder scheute sie nur einen möglichen Konflikt?

Sie nahm ihr Handy in die Hand und wählte Daniels Kontakt, während das unangenehme Gefühl, Juan zu hintergehen, in ihren Eingeweiden brannte.

9

„Hört sich wirklich seltsam an“, sagte Larissa, der Elena vom Besuch Bauers erzählt hatte.

„Warum geht man in ein Tierheim, wenn man kein Tierfreund ist?“

„Vielleicht wollte er ja Minigolf spielen? Auf den ersten Blick ist ja nicht zu erkennen, dass die Anlage jetzt anders genutzt wird.“

Elena schüttelte den Kopf. „So, wie er reingekommen ist. Das wirkte nicht, als wäre er überrascht. Außerdem hat er mich gefragt, ob ich hier die Leiterin bin. Würde man das fragen, wenn man Minigolf spielen will?“

Larissa zuckte die Achseln. „Keine Ahnung! Es laufen schon einige schräge Vögel herum. Auszuschließen ist das wohl nicht.“

„Das war es aber nicht. Die Aktion war komisch, aber er selbst wirkte nicht wie jemand, der nicht weiß, was er tut. Ganz im Gegenteil. Er schien eine klare Aufgabe zu verfolgen. Zumindest, als er reinkam.“

„Und dann hast du ihn aus dem Konzept gebracht?“ Larissa klimperte mit den Wimpern.

Elena wurde heiß. „Quatsch!"

„Leugnen zwecklos. Ich sehe dir an, dass es umge-kehrt ebenso ist."

„Er war nicht unattraktiv."

„Aha!"

„Mach dich nicht lächerlich. Schließlich ist das hier keine deiner Liebeschnulzen, in denen jemand unver-mittelt in den Laden stiefelt, und man sich ineinander verknallt."

„Alles schon vorgekommen." Larissa verschränkte die Arme vor der Brust.

„Aber nicht bei mir." Elena schnaubte. „Außerdem ist das überhaupt nicht der Punkt, sondern ich will wis-sen, was er wollte."

„Und du hast nicht nach seiner Nummer gefragt?" La-rissa grinste.

„Nein, Frau Kitsch-Romantikerin. Das habe ich selbst-verständlich nicht." Elena verdrehte bewusst die Au-gen.

„Jetzt tu nicht so!" Larissa knuffte ihr gegen die Schul-ter. „Er hat Eindruck bei dir hinterlassen. Gib wenigs-tens das zu."

„Aber ich bin keine Anfang zwanzig mehr, wo ich mich Schwärmereien hingebe."

„Mensch, Elena. Was ist dir bloß passiert, das dein Herz so versteinert hat?"

„Das Leben", entgegnete sie. „Ich habe Angst, wieder enttäuscht zu werden."

„Wie war das mit dem ‚Sich-Öffnen?'" Larissa be-rührte sie an der Schulter. „Sorry, das war doof."

Elena seufzte. „Aber unrecht hast du nicht."

„Muss ja auch nicht heißen, dass ihr das nächste Traumpaar werdet. Obwohl das zu schön wäre." Larissa führte die ineinander verschränkten Hände zur Brust.

Elena schnaubte, musste aber gleich darauf grinsen. „Warten wir's mal ab." Sie räusperte sich. „Hast du die Boxen gesäubert? Schließlich bekommen wir gleich Besuch."

„Habe verstanden." Obwohl Larissa ihr zuzwinkerte, war deren Miene anzumerken, dass sie zu gerne das Thema vertieft hätte.

Doch Elena wollte nicht weiter darüber sprechen. Nicht, weil Larissa ihre Mitarbeiterin war. Sie hatten sich bereits gekannt, bevor Elena Larissa die Stelle angeboten hatte, die ohnehin ehrenamtlich war. Es war ein Thema, das Elena Unbehagen verursachte, weil es Fragen an die Oberfläche spülte, die sie sich im Augenblick nicht stellen wollte. Zum Beispiel die, wie lange sie noch Single sein würde. Und ob da draußen ein Mann herumlief, der zu ihren Vorstellungen passte. Sie half Larissa dabei, die Boxen der Hunde zu reinigen und die mit Futter zu versorgen. Lino erhielt von ihr eine besondere Streicheleinheit und ließ sich nur mit Widerwillen zurück in seine Box bringen.

„Hast du dir noch mal Gedanken gemacht über das Kerlchen?", fragte Larissa, als sie mit den Arbeiten fertig waren.

„Tatsächlich denke ich da mehr oder weniger ständig drüber nach."

„Aber?"

„Was bringt es ihm, wenn er noch intensiveren Kontakt zu mir knüpft, und ich feststelle, dass es nicht geht?"

„Da kann ich dir leider nicht widersprechen. Obwohl ich mir kaum vorstellen kann, dass er noch mehr auf dich fixiert sein könnte." Larissa deutete auf den kleinen Hund, der unmittelbar am Maschendrahtzaun der Box stand, durch den er Elena aus seinem braunen Knopfauge anstarrte.

„Das habe ich dir noch gar nicht erzählt. Du glaubst nicht, wer einen Narren am gestrigen Besucher gefressen hatte."

„Du meinst deinen Verehrer?" Larissa hob die Hände, als bedrohte Elena sie mit einer Waffe. „Schon gut. Das war mein letzter Spruch in diese Richtung."

„Und ist auch der letzte, den ich durchgehen lasse."

„Sonst?"

„Ertränke ich dich eigenhändig im Meer."

Sie lachten.

„Aber das war wirklich seltsam. Lino hat sich irgendwie wieder befreit, ich hatte ihn außerhalb seiner Box angebunden, und ist sofort auf den Mann zugestürmt. Hat ihn begrüßt, als würde er ihn kennen."

„Und der?"

Elena zog die Brauen zusammen. „Das ist unter anderem das, warum ich eben nicht Feuer und Flamme für ihn bin. Er hat reagiert, als wäre Lino eine ansteckende Krankheit."

„Puh!" Larissa verzog angewidert das Gesicht. „Da gebe ich dir recht. Jemand, der kein Tierfreund ist, passt nicht zu dir."

„Endlich hast du es verstanden."

„Andererseits kann sich das auch ändern.“

Elena wollte gerade entgegnen, dass Larissa doch keine entsprechenden Äußerungen mehr von sich geben wollte, als die Tür aufging. Im Rahmen stand Caro in Begleitung einer älteren Dame.

„Ich hoffe, wir kommen nicht ungelegen?“, fragte Caro.

„Überhaupt nicht.“ Elena ging auf sie zu, umarmte sie und drückte ihr einen Kuss links und rechts auf die Wange.

„Das ist meine Großmutter Agatha“, sagte Caro.

Elena und Agatha begrüßten einander, und im Anschluss stellte Elena den beiden Frauen noch Larissa vor. „Und ihr möchtet euch einen Vierbeiner ins Haus holen?“ Elena schaute Agatha an. „Sprechen Sie Englisch?“

„Ein bisschen“, entgegnete Agatha.

„Vor allem möchte sie Spanisch lernen“, schaltete sich Caro ein.

„Das finde ich toll!“ Larissa nickte anerkennend.

„Hattet ihr denn schon mal einen Hund?“, fragte Elena.

„Leider nein“, entgegnete Caro und runzelte die Stirn. „Ist das ein Problem?“

Elena hob beschwichtigend die Hände. „Irgendwann fängt jeder ja mal an. Ich würde dann nur schauen, dass wir einen Hund auswählen, der sich gut führen lässt und euch nicht vor größere Herausforderungen stellt, als Neulinge.“

„Das ist sicherlich eine gute Idee“, sagte Caro, und Agatha nickte.

„Wir sind noch im Aufbau. Deshalb haben wir momentan nur fünf Hunde da. Aber sollte da keiner dabei sein, der euer Herz erobert und auch charakterlich passt, ist leider davon auszugehen, dass noch sehr viel mehr Tiere den Weg hierher finden werden.“

„Glaube ich dir sofort. Wird hier bestimmt nicht besser sein als in Deutschland“, sagte Caro.

„Oder irgendwo sonst auf der Welt“, meldete sich Larissa zu Wort.

Caro nickte. „Was auf jeden Fall wichtig wäre, dass er nicht zu groß ist. Gerade auch, wenn Agatha mit ihm spazieren geht. Sie hat sich gerade erst von einem Oberschenkelbruch erholt.“

„Na klar. Das verstehe ich.“ Elena ging voran und bedeutete Caro und Agatha, ihr zu folgen. „Dann scheiden unsere Galgos schon mal aus. Die sind zwar beide lieb, aber mit denen kann schon mal der Jagdtrieb durchgehen.“

„Und klein sind sie auch nicht“, sagte Caro mit Blick auf die Boxen, aus denen die Windhunde sie hechelnd betrachteten.

„Was ist denn mit ihm hier?“, fragte Agatha, die vor einer Box in die Hocke gegangen war.

Elena schluckte. Hast du nicht damit gerechnet?, fragte sie sich, denn Caros Oma hatte sich Lino ausgesucht.

„Unser Lino ist leider nicht ganz einfach“, sagte Elena.

„Er sieht gar nicht so aus“, sagte Caro.

„Das zeigt sich so auch nicht.“ Larissa war neben die Frauen an die Box getreten. „Aber Lino hat im Grunde nur eine Bezugsperson.“ Mit dem Zeigefinger deutete sie auf Elena.

„Dann geht es nicht!", sagte Caro bestimmt.

„Es tut mir leid." Mit der rechten Hand umfasste Elena den linken Ellenbogen. „Zu gerne würde ich ihn euch geben, aber Larissa hat recht. Lino ist in dieser Beziehung nicht einfach, was wirklich schade ist, denn ansonsten wäre er der perfekte Hund für euch."

„Aber wie wäre es mit Pablo?", fragte Larissa.

Elena zog die Brauen zusammen. „Beagle sind zwar nicht riesig, haben aber einen ausgeprägten Jagdtrieb. Ich weiß nicht, ob das womöglich zu gefährlich ist für Agatha."

„Und der kleine Kerl?", fragte Caro, die vor der Box mit dem Dackel in die Hocke gegangen war.

„Das ist eine Dame, unsere Amor", sagte Larissa.

„Was für ein schöner Name!", rief Agatha aus und klatschte vor Verzückung in die Hände.

Eine pure und rührende Reaktion, die Elena fast dazu veranlasst hätte, die ältere Frau an sich zu drücken. „Amor würde sich bestimmt über ein neues Zuhause freuen", sagte Elena. Sie öffnete den Riegel, um die Tür der Box zu öffnen. „Ist alles noch provisorisch. Wir brauchen unbedingt richtige Zwinger für die Hunde. Aber wie ihr seht, ist der Bedarf schon da, und ich wollte unbedingt sofort anfangen."

„Was dich auch ehrt", sagte Caro. „Aus eigener Erfahrung weiß ich, wie schwierig es ist, solch große Projekte finanziell zu stemmen."

„Was bist du denn für eine Süße?", rief Agatha aus, die von der auf sie zustürmenden Amor schwanzwedelnd begrüßt wurde.

„Hinzu kommt noch, dass uns der Arbeiter hat hängen lassen. Und da der ebenfalls ehrenamtlich arbeitet, kann ich ihm noch nicht mal wirklich Druck machen“, sagte Larissa.

„Das scheint ja Liebe auf den ersten Blick zu sein“, sagte Elena mit Blick auf die breit grinsende Agatha, die Dackeldame Amor auf dem Arm hielt.

Auch Caro, die eifrig Amors Köpfchen streichelte, war die Begeisterung anzumerken. „Wie alt ist sie denn?“, fragte sie.

„Ganz exakt wissen wir das bei den eingefangenen Streunern natürlich nie, aber ich würde schätzen, zwischen vier und sechs Jahren etwa“, entgegnete Elena. „Damit hat sie noch einige und hoffentlich schöne Jahre vor der Schnauze.“

Caro wandte sich in Deutsch an ihre Großmutter, und Elena vermutete, dass sie die nach ihrer Meinung fragte.

Für die Antwort benötigte sie keine Kenntnisse der Sprache, denn Agatha nickte nicht nur eifrig, sie drückte Amor auch an sich und der Dackeldame mehrere Küsse auf das Köpfchen. Es war eindeutig, wer einander die Herzen gestohlen hatte.

„Das spricht für sich.“ Caro lachte. „Ich würde wohl einen Streit riskieren, wenn wir Amor nicht adoptieren.“ Sie räusperte sich. „Wenn ihr uns sie adoptieren lasst, natürlich.“

Elena lächelte. „Es gibt Dinge, die wir besprechen müssen, unter anderem eine Liste mit Zubehör, die ihr euch besorgen solltet, bevor Amor bei euch einzieht. Ansonsten ist das in eurem Fall keine große Geschichte, da die Kleine ja in der Nähe bleibt und ihr euch auch jederzeit bei uns melden könnt, sollten Fragen auftauchen.“

Caro wandte sich auf Deutsch an ihre Großmutter, sicherlich um zu fragen, ob sie alles verstanden hatte, und nickte dann. „Dann mal her mit der Liste." Sie warf einen Blick auf ihre Armbanduhr. „Sorry, aber ich müsste in einer halben Stunde los zu einem Termin, den ich nicht anders legen konnte."

„Kein Problem", sagte Elena. „Das reicht aus."

10

„Ich hätte niemals geglaubt, dass ein Tier das auslösen kann", sagte Caros Oma auf dem Rückweg zum Haus.

„Und ich glaube, das beruhte auf Gegenseitigkeit. Die kleine Amor hat wohl auf dich gewartet."

„Auf uns gewartet."

„Stimmt." Caro legte ihrer Großmutter den Arm um die Schulter und drückte sie im Gehen kurz an sich.

Sie hatten die Strandpromenade erreicht, an der einiges los war. Von links erklang Musik aus dem einzigen Restaurant auf der dem Strand zugewandten Straßenseite, dem Canblanc. Die Gäste, allesamt im stylishen Beachlook, prosteten einander mit ihren Cocktails zu oder betrachteten durch ihre Designer-Sonnenbrillen das lebhafte Treiben am unmittelbar daneben beginnenden Strand.

„Das wird sicherlich schön, mit einer neuen Mitbewohnerin", sagte Caro und hakte sich bei ihrer Großmutter, die nickte, unter, um mit ihr die Promenade entlangzugehen.

Sie passierten das Ciros, ein Restaurant, in dem vor allem Meeresfrüchte serviert wurden.

„Kommst du nicht zu spät zu deinem Treffen?", fragte ihre Großmutter.

„Mach dir keine Sorgen. Wir treffen uns in einer Bar in der Nähe unseres Hauses, und wir sind gut in der Zeit. Ging ja doch sehr schnell, das Gespräch mit Elena."

„Ich werde auf jeden Fall an dich denken und hoffe, dass du die Klärung erfährst, nach der du suchst."

„Und falls nicht", Caro lenkte ihre Großmutter ein wenig nach links, da ihnen eine Männergruppe entgegenkam, „habe ich es zumindest versucht. Wie du gesagt hast. Dann muss ich mir nicht vorwerfen, dass ich die Möglichkeit hab verstreichen lassen."

„Ich hoffe nur, dass es dich nicht zu sehr aufwühlt."

Caro seufzte. „Das ist lieb von dir, und leider kann ich das überhaupt nicht abschätzen. Aber das ist ein Risiko, das ich eingehen muss."

Einen Augenblick schwiegen sie, während sie den zweiten Strand passierten, der tiefer und breiter war als der erste und zudem im Vordergrund von einigen Palmen und Pinien bewachsen war. Dort fand sich auch mit dem Il Ciringo das einzige Restaurant Palmanovas, das auf dem Strand gelegen war.

Es gefiel Caro besonders, war es doch vollkommen aus Holz errichtet, im Grunde eine überdachte Terrasse, ringsherum offen, was ihm karibisches Flair verlieh. Wenn zum Abend noch die orange-gelbe Beleuchtung eingeschaltet wurde, verströmte dieser Ort eine nahezu greifbare Gemütlichkeit.

„Das wird dann unser Weg zum Spazierengehen", sagte ihre Großmutter, und Caro war ihr dankbar, dass sie zum ersten Thema zurückkehrte und damit das aufwühlendere nicht vertiefte.

„Da könnte man es schlechter erwischen." Caro lächelte ihre Oma an. Doch obwohl sie sich bemühte, den Small Talk über den Hund mit ihr fortzusetzen, konnte der weder das Rumoren im Magen beseitigen noch die Gedanken, die bereits das Zusammentreffen und Gespräch mit Daniel durchspielten. Seine Reaktionen vor ihrem geistigen Auge ablaufen ließen, um die im nächsten Moment psychologisch zu sezieren. Was auch Fragen aufwirbelte, die sie monatelang von sich ferngehalten hatte. Allen voran die eine, die am quälendsten war: Warum hat er mich einfach so im Stich gelassen?

Gab es darauf überhaupt eine schlüssige Antwort? Oder vielmehr eine, die für den Seelenfrieden sorgen würde, den sie sich erhoffte? Oder würde das Gespräch einzig neue Fragen aufwerfen, deren Antworten sie niemals erhalten würde?

Die Fragen unbeantwortet durch ihren Kopf geistern lassend, brachte sie ihre Großmutter nach Hause, um kurz darauf erneut aufzubrechen. Die Aufregung lag ihr flau im Magen und ließ jeden Schritt zur Überwindung anwachsen.

Als sie das Diana's Beach erreichte, in dem sie sich mit Daniel für das Treffen verabredet hatte, war sie froh, ihn noch nicht dort sitzen zu sehen. Vielleicht versetzt er dich, dachte sie und konnte ihre Reaktion auf diese Vorstellung nicht abschätzen, die sich nicht recht zwischen Erleichterung und Verärgerung einzupendeln wusste.

Kaum hatte sie an einem Tisch unmittelbar an der Promenade Platz genommen und ihr Handy aus der

Tasche gezogen, bemerkte sie aus dem Augenwinkel, dass sich jemand dem Tisch genähert hatte.

„Darf ich mich setzen?“

Sie sah auf, in seine Augen, und zwei Stimmen meldeten sich in ihrem Kopf, eine die „Nein“, eine andere, die „Ja“ schrie. Ihr Kehlkopf hingegen versagte ihr den Dienst, so dass sie sich darauf beschränkte zu nicken.

Daniel zog den Stuhl, der auf der anderen Tischseite dem ihren gegenüber stand, zurück, und nahm Platz. „Ein schöner Ort“, sagte er mit Blick nach rechts auf den Strand, an dem Menschen in der Sonne und Hartgesottene bereits im Meer badeten, fern von schwierigen Gesprächen wie diesem hier, das darauf wartete, geführt zu werden.

„Danke, dass du dich gemeldet hast. Damit hatte ich nicht gerechnet, nachdem du mich rausgeworfen hast.“ Daniel hob abwehrend die Hände, da er sah, wie Caro Luft holte, um etwas zu entgegnen. „Und du hattest auch jedes Recht dazu. Ebenso kann ich nicht erwarten, dass du mich anhörst. Deshalb, noch mal vielen Dank!“

Caro durchwühlte ihr Hirn, um darauf irgendetwas zu entgegnen, stellte jedoch fest, dass sie nichts finden konnte. Ihr Kopf war leergefegt.

„Ich habe dir etwas Furchtbares angetan und möchte, dass du weißt, wie leid es mir tut. Ich bitte dich um Verzeihung, wobei mir klar ist, dass es dafür sicherlich zu früh ist. Ich hoffe trotzdem, dass du es eines Tages kannst.“

Die Bedienung trat an den Tisch, und Caro war dankbar, zumindest ihren Getränkewunsch hervorbringen zu können. Ansonsten hatte die Sprachlosigkeit sie weiterhin im Griff. Warum kannst du ihm nicht wutschnaubend all die Fragen und Vorwürfe an den Kopf werfen, die dich seit seinem Verschwinden beschäftigt haben?, fragte sie sich.

Doch es war ein himmelweiter Unterschied, diese Situation in der Theorie durchzuspielen, als ihm in der Realität gegenüberzusitzen. Der Blick aus seinen braunen Augen, den sie nach seinem Verschwinden verflucht hatte, hatte in seiner Wirkung auf sie nichts eingebüßt. So stark die Wut in ihr auch aufbegehrte, die Harmoniebedürftigkeit und Nostalgie, die ihr sagten, dass nicht alles schlecht gewesen sei, gossen Wasser auf die Flammen des Ärgers.

„Es tut mir so leid. Ich habe mich verhalten wie ein dummer Junge. Irgendwie ist mir alles zu viel geworden. Du hattest deinen Traum vom Hotel, und ich wusste nicht, wie und ob ich da hineinpasse, und was ich eigentlich möchte. Als dann der Anruf wegen meiner Schwester kam ... ich habe nicht nachgedacht, nicht nachdenken können. Und dann war ich schon unterwegs, und je mehr Zeit verging, desto mehr habe ich mich geschämt." Er schüttelte den Kopf. „Ich weiß, das hört sich verrückt und unverschämt an, schließlich bist du diejenige, die ich verlassen habe, aber ich hoffe, du kannst ein wenig verstehen, was in mir vorging." Seine Hände rangen miteinander. „Ich schäme mich immer noch wahnsinnig. Das habe ich auch verdient."

Caro war dankbar, dass die Bedienung erschien, um ihnen ihre Getränke zu servieren, und damit das Schweigen, das sich wie eine luftdichte Glocke über Daniel und sie gestülpt hatte, zumindest kurzzeitig ein wenig auflockerte.

„Was ist mit deiner Schwester?", fragte Caro, nachdem sie einen Schluck von ihrem Wasser getrunken hatte.

„Schlimme Geschichte. Meine Schwester hatte einen schweren Autounfall."

„Was ist passiert?"

„Sie stand im Stau. Genau genommen am Ende des Staus, was einem Lkw-Fahrer erst zu spät auffiel."

Caro schlug die Hand vor den Mund. „Oh nein!"

Daniel presste die Lippen zusammen und nickte. „Sie wurde zwischen dem Lkw und dem Fahrzeug vor ihr eingequetscht und musste von der Feuerwehr aus dem Auto geschnitten werden."

„Oh mein Gott! Das ist ja furchtbar! Ich hoffe, ihr geht es gut?"

„Wie man es nimmt. Sie musste mehrfach operiert werden, weil die Beine und das Becken mehrfach gebrochen waren, aber sie ist eine Kämpferin. War sie immer schon."

„Das tut mir sehr leid." Der Orkan ihres Ärgers flachte ab zu einem allenfalls lauen Lüftchen, das kaum in der Lage war, die Segel der Entschlossenheit aufzublähen, geschweige denn, sie mit diesen voranzutreiben. Stattdessen schenkte sie Daniel einen mitfühlenden Blick.

Und damit ist alles gut?, fragte sie sich und wünschte fast, dadurch wenigstens einen Teil des Staubs der Wut aufwirbeln zu können, der unter dem durch Daniels Schilderung einsetzenden Regen der Empathie zu Boden gefallen war.

„Das entschuldigt dennoch nicht, was ich getan habe. Und, was du im Hotel gesagt hast, dass meine Schwester und ich keinen Kontakt mehr hatten, stimmt ja auch. Umso mehr hat mich die Nachricht überrumpelt. Irgendwie habe ich gedacht, dass du mir nicht glauben würdest." Er drehte das Glas vor sich zwischen den Fingern, während er hineinstarrte. „Und dann habe ich wieder überhaupt nicht denken können. Mein Kopf war voll und zur gleichen Zeit leer." Er legte den Kopf schief, um sie von unten anzusehen, während er die Mundwinkel zu einem unsicheren Lächeln verzog. „Hört sich völlig bescheuert an, oder?"

„Nein", entgegnete Caro und musste feststellen, dass es stimmte, denn sie konnte nachvollziehen, wie er sich gefühlt hatte. Und endlich bahnte sich die Wut Bahn, von der sie angenommen hatte, das Beileid für Daniels Schwester habe sie aufgelöst. „Ich hatte ebenfalls mit Vielem zu kämpfen. Und du hast das gewusst, weil du dabei warst, und dennoch ..." Sie ballte die Hände zu Fäusten, so dass sich ihre Fingernägel in die Handflächen gruben, was einen wohltuenden Schmerz verursachte.

„Ich weiß", sagte er.

Sie wandte den Kopf zur Seite und betrachtete den Strand mit den sich darauf tummelnden Menschen und die sanft heranbrandenden Wellen des Meeres. Das ist deine Heimat, sagte sie sich. Lass die Vergangenheit los.

Und das Unmögliche geschah. Ohne, dass sie hätte sagen können warum und wie, zogen die Gewitterwolken ihrer Frustration, des Ärgers weiter und ließen wieder die Sonne ein. Seit sie hier lebte, schien die nahezu ohne Unterbrechung vom Himmel und wärmte ihr Herz.

Du hast alles, was du wolltest und kannst ihn loslassen. Der Gedanke blieb keine leere Phrase, sondern sie spürte die Erleichterung, die sie durchfloss.

„Es ist okay", sagte sie und konnte ihn endlich wieder ansehen.

„Wirklich?" Er hob die Brauen und kratzte mit einer Hand die andere.

„Ja. Ich kann nicht sagen, ob ich dir vergeben habe, ob ich dir jemals vergeben werde, oder kann. Zumindest aber kann ich dir sagen, dass ich meinen Frieden damit gemacht habe, und mir wird gerade bewusst, dass das viel wichtiger ist. Außerdem erkenne ich deinen Mut an, hierher zu kommen und persönlich mit mir zu sprechen." Ein weiteres Mal ging ihr Blick zum Meer, und dieses Mal konnte sie unmittelbar die Schönheit des Anblicks in sich aufnehmen. „Und das Folgende sage ich nicht, weil ich dich fertigmachen oder dir nachträglich einen reinwürgen will, aber du hast mich gebremst. So, wie ich womöglich auch dich gebremst habe." Sie sah ihn an. „Wir waren nicht gut füreinander, und ich für meinen Teil bin letztlich aus der Erfahrung gestärkt hervorgegangen. Deshalb werde ich die Vergangenheit ruhen lassen und wünsche dir und deiner Schwester das Allerbeste." Während sie die Worte sprach, schien sie zu wachsen, hörte sich selbst zu und war stolz auf sich. Kein Gefühl der Überheblichkeit oder Arroganz, sondern die Gewissheit, dass sie die Wahrheit ausgesprochen hatte: Daniels Verschwinden hatte Prozesse in Gang gesetzt, sie aus ihrer Komfortzone getrieben und dadurch wachsen lassen.

„Ich gebe dir recht", sagte Daniel. „Irgendwie hat mich das alles ziemlich überrollt." Unsicher sah er sie an.

„Das ist ebenfalls keine Entschuldigung, aber es war von Anfang an dein Traum.“

Caro nickte. „Was machst du jetzt?“

„Du erinnerst dich noch an Jörg? Ich arbeite jetzt für ihn und muss sagen, dass es wirklich Spaß macht. Vor allem, da ich wieder angestellt bin und mich nicht mehr um Buchhaltung und alles kümmern muss.“ Er betrachtete seine Hände, die er auf die Tischplatte vor sich gelegt hatte. „Irgendwann sind dann auch meine Schulden abbezahlt.“

Es entstand eine Pause, in der beide ihren eigenen Gedanken nachhingen.

„Entschuldigst du mich kurz? Ich muss mal auf die Toilette“, sagte sie in Daniels Gesicht, das immer noch den Ausdruck des Erstaunens trug und erhob sich. Eigentlich musste sie nicht wirklich, wollte aber wenigstens einige Minuten für sich sein, um auch ihm die Möglichkeit zu geben, ihre Worte wirken zu lassen.

Anstatt eine der zwei WC-Kabinen aufzusuchen, blieb sie im Waschraum, hielt die Handgelenke unter den kühlenden Wasserstrahl und betrachtete sich im Spiegel. Wenn du zurückkommst, schaust du dann, wie du das Treffen schnellstmöglich beenden kannst, sagte sie sich. Von ihrer Seite war alles gesagt, und die Zufriedenheit angesichts des Wissens, endlich einen Haken hinter die Angelegenheit machen zu können, breitete sich wohlig in ihr aus.

Als sie an den Tisch zurückkehrte, wirkte Daniel gefasster. „Möchtest du noch etwas trinken?“, fragte er sie.

„Um ehrlich zu sein, ich habe noch einiges zu tun und würde daher die Rechnung bestellen.“

„Klar." Daniel kratzte sich am Hinterkopf, und Caro glaubte, Enttäuschung in seinen Augen aufblitzen zu sehen.

Dass sie die wahrnahm, ohne dass sie in ihr das Bedürfnis auslöste, doch noch zu bleiben, zeigte ihr, dass sie tatsächlich über ihn hinweg war. Der Bann, mit dem er mich belegt hatte, ist gebrochen, dachte sie und musste grinsen.

„Was ist los?", fragte er, und seine Augen sprangen nervös zwischen ihren Augen und dem lächelnden Mund hin und her.

„Nichts. Ich bin einfach glücklich", entgegnete sie und stand auf. Sie streckte ihm die Hand hin. „Mach's gut, Daniel."

Sichtlich überrascht sprang er auf und hätte um ein Haar seinen Stuhl nach hinten umgeworfen.

Um nicht erneut zu grinsen, schlimmstenfalls zu lachen, biss sie sich von innen auf die Wangen.

„Ja. Danke", sagte er, während er ihre Hand schüttelte. „Natürlich du auch." Einen Moment wirkte es, als wolle er noch etwas sagen, dann ließ er ihre Hand los.

Caro trat auf die Promenade und schlug den Weg nach Hause entlang des Strandes ein. Ihr Blick galt dem Meer, zurück sah sie nicht.

11

„Was ist das denn für ein Lärm?", fragte Larissa, die sich am folgenden Vormittag daran versuchte, weitere Hundeboxen zu fertigen, wobei sie sich gar nicht mal ungeschickt anstellte, wie Elena zugeben musste.

„Keine Ahnung. Hört sich an wie von einer Baustelle. Vielleicht Straßenarbeiten?" Sie legte den Stapel ungeöffneter Umschläge auf den Schreibtisch, den sie heute Morgen endlich aufgestellt hatten, so dass zumindest der Eindruck eines Büros entstand. Außerdem war die Post mit dem Eingang mehrerer Spendenschecks von örtlichen Unternehmen, die das Tierheim unterstützen wollten, durchaus erfreulich.

„Lass uns mal nachschauen", sagte sie zu Larissa und erhob sich von ihrem Stuhl.

Sie verließen das Gebäude und wanderten über den Minigolfplatz, dem Geräusch folgend, das sich tatsächlich nach Baulärm anhörte. Als sie die Bahn mit der Windmühle und jene mit einem nachgebildeten Berg, die zu denen mit den höchsten Aufbauten gehörten, passiert hatten, sahen sie einen Bagger. Hinter dem

Zaun, der reichlich ramponiert war und nur noch aus verteilt stehenden Holzlatten bestand, die das Grundstück von dem des Nachbarn trennten, verrichtete der seine Arbeit.

„Hast du gewusst, dass da gebaut wird?", fragte Larissa, die mit großen Augen den Bagger anglotzte.

„Um ehrlich zu sein, habe ich allem, was sich auf der Seite des Platzes befindet, bislang wenig Aufmerksamkeit geschenkt." Elena ging näher an den Zaun heran. „Womöglich war das ein Fehler."

„Würde mich schon interessieren, was die da bauen."

„Lass uns später mal vorbeilaufen. Die Straße führt ja auf der anderen Seite vorbei. Vielleicht steht da sogar ein Schild", sagte Elena.

„Gute Idee."

„Das wird unseren Vierbeinern wenig gefallen, wenn jetzt Tag für Tag Lärm herrscht. Vor allem wird das sicherlich noch zunehmen. Wie es aussieht, heben die gerade erst die Grube aus, dann wird sich das noch einige Zeit hinziehen." Elena seufzte.

Larissa, die neben sie getreten war, legte ihr den Arm um die Schultern. „Nicht zu schwarz sehen und sich erst mal ein Bild machen."

„Hast ja recht, aber irgendwie habe ich ein ungutes Gefühl." Elena sah auf ihre Uhr. „Lass uns zurückgehen. Agatha und Caro kommen bald."

„Meinst du, es ist zu früh für Amor? Also, den beiden den Hund heute schon zu übergeben? Immerhin waren sie erst gestern hier."

Elena schüttelte den Kopf. „Das wird nicht unser Standardvorgehen. Ich meine, dass jemand bereits einen Tag später das Tier abholen kann. Auch für den

Hintergrundcheck möchte ich mir ein wenig Zeit nehmen. Schließlich wollen wir besser informiert sein, an wen wir unsere Lieben abgeben."

„Aber?", fragte Larissa und grinste.

„Exakt", entgegnete Elena und lächelte ebenfalls. „Dieses ‚aber' verdanken die beiden eben der Tatsache, dass Caro eine Nachbarin ist und ich bei ihr, aber auch bei ihrer Großmutter, von Anfang an ein sehr gutes Gefühl hatte. Ich kann mir nicht vorstellen, dass Caro sich nicht gut um Amor kümmert. Allein schon, um ihren Ruf nicht zu gefährden, auf den sie angewiesen ist."

„Nachvollziehbar. Und ich teile deine Einschätzung, auch wenn man sich niemals sicher sein kann." Larissa hielt Elena die Tür auf, als sie das Gebäude erreicht hatten.

„Ich bin mir sicher, dass wir Amor in gute Hände abgeben." Elena nahm wieder an ihrem Schreibtisch Platz und widmete sich den ungeöffneten Briefumschlägen.

Einer fing ihre Aufmerksamkeit ein, was mehr an dessen Haptik als Optik lag. Zwar war er von einem schon fast leuchtenden Weiß und auch etwas größer als die übrigen Umschläge, aber insbesondere die Beschaffenheit des Papiers, das sich fest und dick anfühlte, ließen ihn hochwertiger wirken als die anderen. Sie riss den Umschlag auf und entnahm ihm einen Brief, der ebenfalls auf blütenweißes, festes Papier gedruckt war.

Sie las den Text und hielt anschließend kurz inne, um ihn ein weiteres Mal zu lesen. „Das ist doch ein Scherz", murmelte sie. Hielt das Papier in die Höhe, als müsse sie sich vergewissern, dass es tatsächlich da war. Dann fuhren ihre Augen erneut die Zeilen ab. „Das glaub ich nicht.“

„Alles in Ordnung?“, fragte Larissa.

Elena sah auf und in Larissas Richtung. „Das weiß ich nicht.“

„Jetzt machst du mir Angst“, sagte Larissa und kam zu ihr herüber.

„Schau dir das mal an, und sag mir, was du davon hältst.“ Elena reichte ihr den Brief.

„Dann brauchen wir nicht mehr nachschauen zu gehen, weshalb es drüben die Baustelle gibt“, sagte Larissa, nachdem sie den Brief gelesen hatte.

„Deine Positivität hätte ich gerne.“ Elena rieb sich die Augen.

„Natürlich ist das nicht toll, aber so etwas kommt vor. Besonders in einem Tourismusgebiet. Wir haben immerhin keine schlechte Lage.“

„Und zahlen dafür jetzt den Preis.“

Larissa legte ihr eine Hand auf die Schulter. „Mein Vater sagt immer, man soll sich fragen, was schlimmstenfalls passieren kann, und sich darauf die Antwort geben. Die Dinge klar zu benennen, nimmt denen meist ihren Schrecken.“

„Der Baulärm wird den Tieren nicht gefallen.“

„Klar. Aber es fügt ihnen auch keinen Schaden zu. Zumindest keinen dauerhaften. Für unsere Arbeit bedeutet es also zwar Unannehmlichkeiten, aber nicht, dass wir die einstellen müssen.“

Elena nickte. „Stimmt. Aber hast du dir auch den Abschnitt durchgelesen?“

Larissa zog die Brauen zusammen. „Natürlich. Aber das ist doch nur ein Angebot.“

„Liest sich aber nicht so." Elena schnaubte.

„Du hast das Grundstück doch gepachtet."

„Das ja, aber es handelt sich nur um eine Übergangslösung. Da der Vorbesitzer pleiteging und seine Schulden nicht bezahlen konnte, ging das Grundstück in den Besitz des Hauptschuldners, der Banca March, über. Die haben es mir mit der Anlage zwar als eine Art Spende verpachtet, aber der Pachtvertrag hat eine Klausel, die besagt, dass das Grundstück veräußert werden kann, wenn ein Angebot vorliegt."

„Nicht dein Ernst! Warum hast du dem zugestimmt?"

„Die Frage ist hoffentlich nicht dein Ernst?" Ein spöttisches Grinsen umspielte Elenas Mundwinkel. „Meinst du, Angebote für geeignete Objekte, dazu noch mit solch einem Grundstück, finden sich wie Sand am Meer? Und dann auch noch als Spende?"

„Vorübergehende Spende. Sorry!" Larissa präsentierte Elena die Handflächen. „Natürlich stimmt es, was du sagst. Da besteht kein Verhandlungsspielraum. Wie bei all den Dingen, die auf Spendenbasis laufen."

„Oder ehrenamtlicher Basis." Elena deutete zu der Box, die Larissa zu fertigen begonnen hatte. „Ich habe es echt satt." Sie verschränkte die Arme vor der Brust. „Wahrscheinlich bin ich da viel zu blauäugig rangegangen. Irgendwie habe ich geglaubt, dass jeder, der hier mitarbeitet, das mit dem gleichen Herzblut tut." Sie sah zu Larissa. „Anwesende natürlich ausgenommen. Aber wir müssen ehrlich sein. Selbst, wenn wir beide Tag und Nacht ackern. Wir können das nicht stemmen, wenn auf die anderen Helfer kein Verlass ist."

Larissa streichelte ihr über den Rücken. „Ich weiß, dass es viel ist. Aber ich weiß auch, was du kannst, was ich kann, was wir beide schaffen können. Außerdem gibt es auch andere Leute, die das teilen. Wir müssen die nur finden und dürfen nicht aufgeben."

„Hätte ich doch nur deine Zuversicht."

„Reicht doch, dass ich die für uns beide habe."

Das brachte Elena zum Grinsen. „Dann bitte ich dich darum, dir die noch ein wenig zu bewahren."

„Kein Problem." Larissa zwinkerte ihr zu.

Elena wollte etwas sagen, doch in diesem Moment wurde die Tür geöffnet, und Agatha und Caro traten ein.

„Wir sind zu früh", sagte Caro. „Aber meine Oma konnte es nicht mehr erwarten." Sie grinste. „Um ehrlich zu sein, ich ebenfalls nicht."

„Das freut uns zu hören." Elena stand auf und ging auf die beiden zu, um sie mit Wangenküssen links und rechts zu begrüßen. „Dann kommt mal mit. Wir schauen direkt nach eurer neuen Mitbewohnerin." Sie ging voran, und Agatha und Caro folgten ihr zu der Box, in der Amor bereits mit Pablo, dem Beagle, an der Tür stand.

„Ach, wie süß. Sind die beiden ein Paar?", fragte Caro.

„Um ehrlich zu sein, war das ursprünglich nicht so geplant. Aber, wie ich gestern schon sagte, noch ist alles etwas provisorisch, und die Box, in der Pablo normalerweise untergebracht ist, hat ein Loch, durch das er immer wieder ausgebüxt ist. Und da die beiden sich gut verstehen."

„Oh mein Gott", sagte Caro. „Und wir sind jetzt der Grund, dass das süße Pärchen getrennt werden muss?"

Kaum hatte Elena die Tür geöffnet, stürmte nicht nur Amor auf Agatha zu, auch Pablo rannte auf sie zu und sprang sogar an ihrem Bein hoch.

„Da sind gleich zwei begeistert", sagte Larissa.

Etwas scheu streichelte Agatha Pablo das Köpfchen, was dem sichtlich gefiel. Schließlich spendierte sie ihm Streicheleinheiten mit der Linken, während die Rechte Amor entsprechend versorgte.

„Ob wir jetzt zwei Hunde mitnehmen müssen?", fragte Caro grinsend und wandte sich an Agatha, der gegenüber sie die Frage auf Deutsch wiederholte, wie Elena vermutete.

Agatha lachte. „Warum nicht?", fragte sie.

„Da muss ich leider einschreiten", sagte Elena. „Auch wenn ihr das womöglich nicht ernst meint. Aber zwei Hunde sind für den Anfang definitiv zu viel. Für alle Beteiligten."

Caro winkte ab. „War auch nur ein Scherz. Ich bin mir sicher, dass wir mit der Kleinen schon alle Hände voll zu tun haben werden. Und wir können ja auch immer mal zu Besuch vorbeikommen, falls das okay für euch ist?"

„Aber klar doch", antwortete Elena. „Wenn wir irgendwann, hoffentlich nicht erst in Jahren, das Außengelände fertig haben, gibt es auch jede Menge Platz zum Spielen."

„Apropos." Caro kratzte sich an der Augenbraue. „Was ist das eigentlich für ein Lärm?"

„Hört man den bei dir auch?", fragte Elena.

„Tatsächlich, ja. Aber bei euch ist das noch schlimmer."

„Sind leider unsere Nachbarn", sagte Larissa.

„Wisst ihr, was da gebaut wird?", fragte Caro.

„Das wird dich nicht erfreuen." Elena ging zu ihrem Schreibtisch, um den Brief zu holen. „Dort entsteht eine Hotelanlage."

„Nicht dein Ernst." Caro runzelte die Stirn.

„Leider doch. Und das ist nicht das Einzige. Wie es aussieht, wollen die auch dieses Grundstück", sagte Elena.

„Darf ich das mal sehen?" Caro deutete auf das Schreiben in Elenas Hand.

„Hier." Elena reichte es ihr.

„Gehören dir denn das Grundstück und die Anlage?", fragte Caro.

„Das ist das Problem. Es gehört der Bank, genauer gesagt, der Banca March, an die alles fiel, weil der Vorbesitzer pleiteging und die Hypothek nicht mehr zahlen konnte."

„Aber du hast doch sicherlich einen Pachtvertrag oder etwas in der Art?"

Elena nickte. „Der enthält leider eine Klausel, dass die Bank sich das Recht vorbehält, alles zu veräußern, sollte ein Angebot eingehen."

Caro betrachtete das Schreiben. „Das scheinen die nicht zu wissen. Immerhin bieten sie dir an, über den Verkauf zu sprechen."

„Noch nicht." Elena seufzte. „Ist nur eine Frage der Zeit, bis sie herausfinden, dass sie nur der Bank ein gutes Angebot unterbreiten müssen, und dann ist der Traum ausgeträumt."

„Ist auch eine fiese Klausel", sagte Caro. „Das tröstet dich zwar nicht, aber ich habe ebenfalls meine

Erfahrungen mit Kleingedrucktem in Verträgen machen müssen."

„Ich kann noch nicht mal sagen, dass mir das untergeschoben wurde. Alejandro, der Bankmitarbeiter, der sich für mich eingesetzt hat, war von Anfang an offen mit mir. Grundstücke wie dieses, dazu noch mit einem Gebäude, das man entsprechend nutzen kann, und dann noch kostenfrei zur Verfügung gestellt bekommt, so etwas wird einem nicht an jeder Ecke angeboten. Alejandro hat mir gleich gesagt, dass das kein unerheblicher Haken ist, aber anders wollten seine Chefs das Ganze nicht hergeben."

„Was umgekehrt auch zu verstehen ist", sagte Caro, um sogleich beschwichtigend die Hände zu heben. „Sorry, auch nichts, was du jetzt hören willst."

„Dennoch hast du recht." Elena zog die Brauen zusammen.

„Aber, das können die doch nicht machen", meldete sich Larissa zu Wort. „Selbst, wenn die von diesen Hotelleuten ein Angebot bekommen. Du musst mit der Bank sprechen."

„Das denke ich ebenfalls", sagte Caro zu Elena. „Die Flucht nach vorne ist sicherlich besser, als zu versuchen, die Angelegenheit zu vereiteln, wenn der Bank ein Angebot vorliegt."

„Sicherlich habt ihr recht." Elena sah von Caro zu Larissa, dann zu Agatha, die weiterhin beide Hunde anstrahlte. Sie trug jenen beseelten Ausdruck im Gesicht, den Elena von sich selbst kannte, wenn sie mit Tieren zusammen war, und deren bedingungslose Zuneigung erfuhr.

12

„Das hört sich wirklich nicht gut an und tut mir unglaublich leid für Elena. Für die beiden", sagte ihre Großmutter, als Caro mit ihr die Promenade entlang zurücklief.

Amor schien sich mit neuem Geschirr und an der Leine von ihrer Oma geführt, wohlzufühlen und trabte brav neben der her, was Caros Herz mit Wärme flutete. Es wirkte, als wären die beiden bereits auf ihrem x-ten gemeinsamen Spaziergang unterwegs und immer schon eine Einheit gewesen.

„Eine weitere Hotelanlage kann auch für die Villa Caro zum Problem werden. Wir haben zwar einige Häuser in der Nachbarschaft, aber nicht in so direkter Nähe. Man müsste herausfinden, was für eine Anlage das werden soll. Wo deren Fokus liegt und so weiter." Caro betrachtete ihre Großmutter, die das, was sie gesagt hatte, anscheinend nicht mitbekommen hatte, da Caro eher laut gedacht hatte, und sie ohnehin nur Augen für Amor zu haben schien.

Da sie ihre Großmutter ohnehin nur ungern mit diesen Angelegenheiten in Sorge versetzen wollte, war ihr das recht. „Oma, kann ich dich und Amor auch alleine nach Hause gehen lassen?"

„Aber natürlich, mein kleiner Schmetterling. Musst du noch mal ins Hotel?"

„Genau."

Ihre Oma war neben Amor in die Hocke gegangen, um die Dackeldame hinter den Ohren zu kraulen. „Wir werden einen schönen Spaziergang machen, und dann zeige ich dir dein neues Zuhause."

„Du hast das Handy eingesteckt, falls etwas ist?"

„Natürlich. Und mach dir keine Sorgen um mich. Schließlich bin ich ab jetzt in guter Gesellschaft."

Sie verabschiedeten sich voneinander, und Caro sah ihrer Oma und der Hündin nach, die fröhlich davon trippelten. Wie schnell sie sich erholt hat, dachte Caro nicht zum ersten Mal. Ihre Hoffnung, dass die Insel heilvollen Einfluss auf ihre Großmutter haben würde, hatte sich bewahrheitet. Sie war nicht nur zu früherer Stärke zurückgekehrt, Caro glaubte sogar, dass sie in einem gesundheitlich besseren Zustand war, wie seit Jahren nicht mehr.

Sie wandte sich vom Strand ab und der Straße zu, die sie überquerte, um kurz darauf das Grundstück der Villa Caro zu betreten. In der Außenanlage lag ein älteres Paar auf Liegestühlen, während eines in ihrem Alter den Pool für sich entdeckt hatte. Die Szenerie versprühte die Leichtigkeit des Urlaubs und brachte Caro zum Schmunzeln.

„Da bist du ja doch noch mal", sagte Cynthia von ihrem Platz hinter dem Rezeptionstresen, als Caro eintrat.

„Ich wollte noch etwas erledigen." Kurz überlegte sie, Cynthia von der Hotelanlage zu erzählen. Du solltest zunächst mit Juan sprechen, sagte sie sich, ging hinter die Rezeption und an Cynthia vorbei, um ihr Büro zu betreten.

Hinter dem Schreibtisch nahm sie Platz und wählte Juans Kontakt auf ihrem Handy. „Hast du Zeit?"

„Was ist denn los?", ertönte dessen Stimme aus dem Smartphone.

„Um ehrlich zu sein, einiges."

„Das hört sich nicht gut an."

„Wie man es nimmt."

Eine kurze Pause erfolgte. „Caro? Geht es dir gut?"

„Ja, sorry. Ich will dich nicht beunruhigen. Aber es gibt etwas, das ich dir erzählen möchte, und das am liebsten persönlich."

„Oha. Du machst aber nicht Schluss mit mir, oder?" Das Lachen, das folgte, klang gezwungen und war von Nervosität durchtränkt.

„Auf gar keinen Fall!" Sie zwang sich ebenfalls zu lachen, was sicherlich nicht weniger gekünstelt klang. „Ich mache es wohl mit jedem Satz, den ich sage, schlimmer."

„Ich kann die Jungs hier mal für ein, zwei Stunden alleine lassen mit der Baustelle", sagte Juan. „Wenn du willst, bin ich in zwanzig bis dreißig Minuten bei dir. Je nach Verkehr."

„Hört sich gut an."

Sie verabschiedeten sich voneinander, und Caro bereitete sich mental auf das Gespräch vor. Sie wollte Juan nicht nur von dem Neubau in der Nachbarschaft und Elena erzählen, sondern ebenfalls das Treffen mit Daniel schildern. Dass sie ihm das bislang verheimlicht hatte, war selbstverständlich ein Vertrauensbruch, von dem sie hoffte, dass er nicht zu schwer wiegen würde. Doch es fiel ihr nicht leicht, Juan in dieser Hinsicht einzuschätzen. Immerhin war es das erste Vergehen dieser Art in ihrer noch jungen Beziehung.

Sei ganz ehrlich, auch hinsichtlich deiner Gründe, weshalb du es ihm ursprünglich verheimlicht hast, riet sie sich, um sich sogleich die Frage zu stellen, welche das waren. Sie hatte ihn nicht beunruhigen wollen. Aber war das der einzige Punkt? Lag es nicht vielmehr daran, dass sie der Gedanke, Daniel gegenüberzutreten, bereits so viel Kraft gekostet hatte, dass sie zuvor nicht noch eine kräftezehrende Diskussion hatte führen wollen? Und war das nicht ein nachvollziehbarer Grund, wie auch Juans Sorge letztlich fürsorglich und begründet gewesen wäre?

Sie bewegte die Maus, um den PC aus dem Stand-by-Modus zu erwecken. Dann kümmerte sie sich um administrative Arbeiten. Derart vertieft darin erschien es ihr, als seien Sekunden vergangen, bis es an der Tür klopfte. Es war Juan.

„Jetzt erzähl mal", sagte er, während er auf sie zukam, um sie, nach einem Kuss, in die Arme zu schließen.

„Setz dich", sagte sie und deutete auf den Stuhl vor ihrem Schreibtisch, während sie wieder dahinter Platz nahm. „Fangen wir mit dem Unangenehmsten an." Sie schluckte. „Ich habe mich mit Daniel getroffen."

Juans Augen weiteten sich, doch der Ausdruck ließ eher Überraschung denn Ärger vermuten. „Wann?", fragte er.

„Gestern." Sie lehnte sich über die Tischplatte und ergriff seine Hand. „Ich hätte es dir erzählen sollen."

„Das tust du doch jetzt, und außerdem musst du mich nicht um Erlaubnis bitten."

Sie betrachtete ihn. Ließ seine Worte auf sich wirken. Suchte im Tonfall und in seinem Gesicht nach Wut oder Enttäuschung, ohne diese entdecken zu können, worüber sie froh war. „Dennoch habe ich das Gefühl, als hätte ich dir was verheimlicht. Dich irgendwie sogar betrogen."

„Hast du das?" Ein spöttisches Grinsen kräuselte seine Lippen. „Mich betrogen, meine ich."

„Selbstverständlich nicht. Schon gar nicht mit Daniel." Energisch schüttelte sie den Kopf.

Er legte seine andere Hand auf ihre, die die seine weiterhin festhielt. „Das interessiert mich jetzt. Bei wem müsste ich mir denn Gedanken machen?" Sein Lächeln verfestigte sich und wurde dadurch authentisch.

„Ich hätte nicht geglaubt, dass du so locker reagierst."

„Soll ich nicht? Ich kann auch anders." Er zog die Brauen zusammen und betrachtete sie betont böse.

„Würde mir womöglich mit meinem schlechten Gewissen helfen." Caro schlug die Augen nieder.

„Hey." Er ließ ihre Hände los und hob vorsichtig mit dem Zeigefinger ihr Kinn, damit sie ihn wieder ansah. „Eines sollst du wissen. Ich akzeptiere dich als eigenständige Frau, die ihre eigenen Entscheidungen trifft. Das heißt längst nicht, dass ich jede davon gutheiße und das auch kundtue, so bin ich einfach.

Wahrscheinlich habe ich durch meinen Ärger über sein Auftauchen hier dazu beigetragen."

Sie zuckte die Achseln, obwohl das natürlich stimmte.

„Wie gesagt, so etwas bricht aus mir heraus, aber nicht, weil ich dich bevormunden will. Das würde ich niemals tun." Dieses Mal ergriff er ihre Hand. „Ich mache mir nur Sorgen, das ist alles." Er räusperte sich. „Wobei ich es mir nicht so einfach machen will. Denn mir wird gerade bewusst, dass ich damit deine Stärke verleugnet habe. Mir hätte klar sein müssen, dass du dem gewachsen bist. Und wenn du es für richtig gehalten hast, dich mit ihm zu treffen, wird es auch das Richtige für dich gewesen sein."

Sie sprang von ihrem Stuhl auf, ging um den Schreibtisch herum und fiel ihm um den Hals. „Weißt du eigentlich, wie großartig du bist?", flüsterte sie ihm ins Ohr, und Tränen der Rührung flossen ihre Wangen hinab.

„Wenn du das sagst", raunte er ihr zu. „Wobei, wenn ich es mir recht überlege. Ein wenig schlechtes Gewissen sollst du ruhig haben. Und ich bin gespannt, wie du dich revanchieren willst?" Er zwinkerte ihr zu, nachdem sie sich von ihm gelöst hatte.

„Da wüsste ich etwas", entgegnete sie und schenkte ihm ein anzügliches Grinsen.

„Da bin ich gespannt."

„Darfst du auch sein. Auch wenn ich dich auf später vertrösten muss. Zunächst möchte ich dir vom Treffen und weiteren Angelegenheiten erzählen."

Er seufzte. „So ist das, wenn man sich eine Geschäftsfrau anlacht. Nie ist Zeit für die schönen Dinge des Lebens."

Sie küsste ihn leidenschaftlich. „Das ist schon mal ein kleiner Vorgeschmack."

Mit einem schiefen Grinsen sah er sie an. „Dann erzähl mal schnell, umso zügiger kommen wir zum Hauptgang."

Sie kehrte zu ihrem Stuhl zurück, ließ sich hineinfallen, erzählte ihm von Daniel, dem Neubau und ihrer Idee, der Juan zustimmte.

13

„Das sind großartige Neuigkeiten, Caro. Ich danke dir vielmals und Juan selbstverständlich auch", sagte Elena und bemerkte Larissas fragenden Blick. Elena zeigte ihr den erhobenen Zeigefinger, um ihr zu bedeuten, dass sie ihr nach dem Telefonat von dessen Inhalt erzählen würde. „Heute Abend passt prima. Super."

Nachdem sie das Telefonat beendet hatte, sah sie Larissa an. „Das war Caro."

„Das habe ich mitbekommen."

„Und sie hat mir angeboten, ihren Freund Juan heute Abend bei uns vorbeizuschicken. Seines Zeichens Allround-Handwerker, der uns nicht nur hilft, unsere Boxen endlich fertigzustellen, er konnte auch noch das richtige Material dafür auftreiben." Sie deutete auf die bislang bestehenden Käfige.

„Wow! Das ist ja großartig."

„Finde ich auch. Und es kommt sogar noch besser. Er versucht auch noch, Leute zusammenzutrommeln, die ihn unterstützen, damit unsere Umzäunung fertig wird."

„Was für tolle Neuigkeiten." Larissa machte einen Luftsprung, was Elena rührte. Wieder einmal wünschte sie sich deren Fähigkeit zu unbelasteter Freude.

„Wenn das nicht alles für die Katz' ist", murmelte Elena und lieferte damit gleich den Beleg für den gegenteiligen Umgang im Vergleich zu Larissa.

„Hmm?", machte Larissa und sah sie fragend an.

„Ach nichts." Elena vollführte eine wegwerfende Handbewegung. „Caro sagte außerdem, dass ihr Juan sich nicht nur gut in der hiesigen Bauszene auskennt, sondern sich in den einschlägigen Kreisen mal umhören kann, was es mit dem Bauvorhaben unserer Nachbarn auf sich hat."

„Nicht nur ein Allround-Handwerker, sondern sogar Allround-Helfer", sagte Larissa.

„Absolut. Und hoffentlich genau die Hilfe, die wir benötigen. Ich habe nur noch bis Ende nächster Woche Urlaub. Dann muss ich zumindest stundenweise wieder in der Tierklinik in Palma arbeiten."

„Dito. Ab übernächste Woche muss ich mich wieder um die Pflege meiner menschlichen Patienten kümmern." Larissa lachte auf. „Leider bekommen wir unsere Arbeit hier ja nicht bezahlt, ansonsten wüsste ich, wofür ich mich entscheiden würde. Wobei …" Sie runzelte die Stirn. „Einige meiner Patienten würden mir fehlen, andere wiederum nicht."

„Geht mir ähnlich. Obwohl ich in beiden Berufen mit Tieren zu tun hab, ist das hier etwas anderes. In der Tierklinik ist meist nicht die Zeit, eine intensive Bindung zu den Patienten aufzubauen."

„Und hier bist du auch viel mehr für sie als nur die Tierärztin."

„Eben." Elena erhob sich von ihrem Schreibtischstuhl. „Sollen wir die Nachmittagsrunde machen, bevor unser fleißiges Helferlein hier eintrifft?"

„Sehr gute Idee."

Sie leinten die Hunde an.

„Ich nehme Lino und Mario. Du Pablo und Casas?", fragte Elena.

„Klar", entgegnete Larissa, die dem Beagle über den Kopf strich.

Da die beiden Windhunde ohne Nennung eines Namens abgegeben wurden, hatten Larissa und sie sie Mario und Casas genannt, was zusammengesetzt den Namen ihres Lieblingsschauspielers, nebenbei für beide einer der schönsten Männer des Landes, ergab.

An der Promenade ernteten die beiden mit dem vielbeinigen Vierergespann neugierige Blicke, was Elena nichts ausmachte, denn die Sonne vergoss ihr goldenes Licht in Massen. Hinzu kam eine leichte Brise, die das typische Gewirr aus Stimmen, Meeresrauschen und begeistertem Kindergeschrei herantrug. Eine Symphonie, wie sie nur der Strand im Sommer komponieren konnte.

Am Hundestrand angekommen, ließen sie die vier Schlappohren von der Leine und beobachteten, wie die begeistert das Meer stürmten, welches heute beschlossen hatte, die groben Kieselsteine mit einer mäßigen Brandung zu bedenken. Pablo, wie immer am übermütigsten, schien sich in den Kopf gesetzt zu haben, gen Palma zu schwimmen, das in südöstlicher Richtung auf seiner Landzunge thronte, die Dank der klaren Witterung gut sichtbar war.

„Pablo“, rief Elena. „Komm zurück!“ Sie wandte sich an Larissa. „Eines Tages müssen wir den wirklich in Palma aufgabeln.“

„Ist halt ein richtiger Wasserhund“, sagte Larissa, die dabei war, einen Stein ins Wasser zu werfen, den Casas daraufhin zu apportieren versuchte. Wie zu erwarten stand, mit mäßigem Erfolg. „Wir könnten beim nächsten Mal ruhig ein paar Tennisbälle mitbringen. Dann können wir die Jungs ein wenig beschäftigen, und sie sind später schön müde.“

„Gute Idee. Ich müsste sogar noch welche zu Hause haben.“ Dass Elena die ohnehin loswerden wollte, da die Bälle sie an ihn erinnerten, erwähnte sie nicht. Obwohl die Trennung fast zwei Jahre zurücklag, vermisste Elena Eduardo, ihren damaligen Freund, immer noch. Die Bürde, die es zu tragen galt, wenn man sich trennte, weil die Beziehung nicht funktionierte, man sich aber immer noch liebte, und kein Betrug oder Ähnliches die Wut bescherte, um schneller darüber hinwegzukommen.

Die gemeinsamen Tennismatches am Wochenende, das feucht-fröhliche Feiern danach und insbesondere die darauffolgenden Sonntage im Bett. Wenn zwischen seligem Schlummern in den Armen des anderen, immer wieder unterbrochen von Eruptionen heißer Leidenschaft, die Welt ausgesperrt blieb. Es waren Erinnerungen, deren Klingen niemals stumpf wurden, selbst nach vielfachem Zustechen.

Auch Eduardo hatte sich mehrfach beschwert, dass Elena zu verschlossen war, was letztlich auch zur Trennung führte. Ironischerweise sorgte die wiederum dafür, dass es ihr schwerer fiel, sich einem anderen Mann zu öffnen – ein unheilvoller Teufelskreis.

„Wir sollten den Rückweg antreten", sagte Elena mit Blick auf die Uhr.

Pablo hatte einen Stock gefunden, den die anderen drei ihm streitig machen wollten, und es sah so aus, als würde sich ausgerechnet Lino als Kleinster zeitnah durchsetzen und diesen für sich beanspruchen.

„Lass Lino noch seinen Sieg." Larissa deutete auf die Szenerie der vier Hunde, die eine Art Tanz vollführten, wobei das simple Holzstück das Zentrum bildete.

So leichtfüßig kann die Welt sein, wenn man ein Hund ist, dachte Elena. Die wohlbekannte Welle der Zuneigung brandete über sie hinweg, die sie so häufig im Umgang mit Tieren und insbesondere Hunden verspürte, und die das Fundament bildete, auf dem ihr gesamtes Engagement erbaut war.

„Gut gemacht!", rief Elena aus und klatschte verzückt in die Hände, als Lino mit Stolz geschwelter Brust, den Stock im Maul haltend, auf sie zugerannt kam. „Du bist ein Kämpfer, nicht wahr?" Der Mischling ließ sich von ihr den Kopf kraulen, selbstverständlich ohne die erkämpfte Trophäe loszulassen.

Auch auf dem Heimweg trug er die weiterhin stolz mit sich und ließ sich erst bei Ankunft zu Hause von Elena dazu überreden, sie ihr zu überantworten. Im Austausch erhielt er eine Kaustange und bedankte sich mit ausgiebigem Schwanzwedeln und indem er Elena mehrfach mit der Pfote anstieß.

„Alles wäre so viel einfacher, wenn dies mein Hauptjob wäre, mit dem ich zumindest ausreichend Geld verdiene, um meine Kosten zu decken. Dann könnte ich die Arbeit in der Tierklinik auf stundenweise reduzieren, und Lino könnte bei mir einziehen." Elena war mittlerweile dabei, Linos Bauch zu kraulen, der sich auf den Rücken gelegt hatte und alle viere von sich streckte.

„Ihr habt es wirklich schön hier, da hat Caro nicht zu viel versprochen", ertönte eine Stimme von der Tür.

Elenas wandte den Kopf und erblickte einen äußerst attraktiven Mann mit graumeliertem Haar, dessen Muskeln sich unter dem figurbetont geschnittenen, weißen Hemd abzeichneten. Das muss Juan sein, dachte sie, einen Augenblick von dessen Erscheinung und dem einnehmenden Grinsen geplättet.

„Und Caro hat uns nicht zu viel versprochen, was die Attraktivität ihres Freundes anbelangt", sagte Larissa, die neben Elena getreten war.

„Oh, vielen Dank." Die Art, wie Juan angesichts des Kompliments den Blick niederschlug, machte ihn noch sympathischer.

„Wir freuen uns sehr, dass du uns unterstützen willst. Ich bin Elena, und das ist meine Kollegin Larissa." Elena lächelte Juan an. „Caro hat dir hoffentlich gesagt, dass sämtliche Arbeiten auf ehrenamtlicher Basis erfolgen? Leider können wir dich nur mit Worten bezahlen."

„Das hat Caro mir bereits erzählt und ist für mich kein Problem. Ich freue mich, wenn ich helfen kann. Vor allem einer Einrichtung, die so wichtig ist." Er ließ seinen Blick durch den Raum schweifen, sah dann von Larissa zu Elena. „Caro sagte, ihr braucht vor allem Unterstützung beim Bau der Hundeboxen und dem Zaun draußen?"

„So ist es. Unser bisheriger Helfer hat uns leider im Stich gelassen, und aus Geldgründen sind die schon bestehenden Boxen auch nicht wirklich gut geraten." Elena führte Juan zu den Käfigen, in die ihre Bewohner bis auf Lino wieder eingezogen waren.

„Den Maschendraht zu verwenden ist generell keine schlechte Idee, aber keine dauerhafte Lösung. Ich habe besser geeignetes Material dabei." Mit dem Daumen deutete er hinter sich, wohl, um anzuzeigen, dass sich die Sachen noch draußen befanden. „Ich kann die nächsten zwei Wochen immer so ab sieben hier sein, falls euch das nicht zu spät ist? Früher wird es leider schwierig, da ich zurzeit zwei größere Baustellen betreue und damit tagsüber gut beschäftigt bin."

„Zu ehrenamtlich gehört selbstverständlich auch, dass wir dir unglaublich dankbar sind und du dir die Arbeit so einteilen kannst, wie es bei dir passt. Larissa und ich haben uns für die Anfangsphase in unseren Hauptjobs Urlaub genommen, um möglichst viel Zeit hier verbringen zu können und sind abends sicherlich vor Ort."

„Und ansonsten kann ich Juan auch meinen Schlüssel überlassen", richtete Larissa das Wort an Elena.

„Das ist eine gute Idee", sagte Elena. „Ich hoffe ja, dass du anständig bist und uns nicht die Bude leerräumst?"

Juan hatte sich mittlerweile vor Pablos Box hingehockt und die Finger durch den Maschendraht gesteckt, um den hinter dem Ohr zu kraulen. Selbst Lino hatte sich Juan angenähert und beschnupperte ihn aufmerksam. „Das kann ich nicht garantieren", entgegnete Juan grinsend. „Wenn das so weitergeht, werde ich hier schnell neue Freunde finden und denen zur Flucht verhelfen.“

„Suchen alle noch ein Zuhause“, sagte Larissa.

Juan schüttelte den Kopf. „Geht leider nicht. Mit meiner Arbeit bin ich wirklich ausgelastet, und meine Liebste möchte mich auch hin und wieder sehen. Da würde ich einem lieben Kerlchen wie denen hier nicht gerecht werden.“

Wie um das zu bestätigen, hatte Lino den Nasenkontakt zu Juan gelöst und Stellung neben Elena bezogen.

„Der scheint aber bereits sein Frauchen gefunden zu haben“, sagte Juan.

Elena beugte sich zu dem Hund herunter und streichelte ihn. „Lino hat mich ausgesucht, aber leider stehe ich vor dem gleichen Problem wie du.“

„Aber kann er nicht hier bei dir sein? So wie es jetzt schon ist?“, fragte Juan.

„Schon, doch das ist nicht mein einziger Job.“ Sie seufzte. „Leider muss ich auch noch mit irgendwas meine Brötchen verdienen und arbeite daher in der Tierklinik in Palma.“

„Tierärztin?“, fragte Juan.

„So ist es.“

„Wow! Ein toller Beruf und eine schwierige Ausbildung. War eine Zeitlang ein Kindheitswunsch von mir.“ Juan erhob sich.

„Und jetzt arbeitest du auf Baustellen? Da fehlt mir der Zusammenhang“, sagte Larissa und lächelte Juan an.

„Auch schon als Kind habe ich gerne mit meinen Händen gearbeitet. Mein Vater hat mir einiges gezeigt, und ich durfte dessen Werkstatt benutzen.“

„Aber arbeitest du als Bauleiter noch richtig mit?",
fragte Elena und musste dann lachen. „Sorry, das hörte
sich jetzt irgendwie unverschämt an. Aber ich hoffe, du
weißt, wie ich das meine?"

Juan lachte ebenfalls. „Ja klar. Und nein. Ich stehe
nicht mehr an vorderster Front, sondern plane und be-
aufsichtige die Arbeiten, was mir auch Spaß macht. Außerdem, und das ist das Beste am Job, kann ich mir besondere Arbeiten heraussuchen, die ich selbst mache.
Meist sind das individuelle Lösungen, die ich mir für einen Ort ausgedacht habe."

„Also bist du auch ein Innenarchitekt?", fragte Elena.

„Ich habe das zwar nicht studiert, aber das gehört bei
vielen Projekten auch dazu, ebenso Design und das mit
praktischen Erwägungen zu verknüpfen."

„Also dann." Elena vollführte eine ausholende Handbewegung. „Tob dich hier gerne aus. Wenn du das
möchtest natürlich."

„Du meinst über Boxen und Zaun hinaus?", fragte
Juan.

„Ganz schön frech", sagte Larissa und stieß Elena den
Ellenbogen in die Seite. „Aber so kenne und mag ich
sie."

Elena lächelte verlegen. „Wie gesagt, nur wenn du
Zeit und Lust dazu hast. Aber es ist tatsächlich so, dass
wir ein wenig Unterstützung benötigen, wie wir den
Raum bestmöglich nutzen können."

„Klar. Mache ich gerne." Juan ließ den Blick durch den
Raum schweifen. „Dann würde ich zunächst zum Auto
gehen und das Material, das ich mitgebracht habe, holen, um die bestehenden Boxen in einen besseren

Zustand zu versetzen. Schließlich sind die ja bereits in Nutzung.“

„Hört sich super an. Und wir machen dir einen Kaffee. Oder willst du lieber ein Bier?“, fragte Elena.

„Kaffee hört sich gut an. Auf das Bier komme ich eventuell nach getaner Arbeit zurück.“

Elena nickte und sah Juan zu, wie der durch die Tür das Gebäude verließ. „Ich muss zugeben, dass ich ein wenig neidisch auf die liebe Caro bin.“

„Allerdings!“, stieß Larissa aus. „Nicht nur, dass der Kerl zum Anbeißen aussieht, er ist auch noch total sympathisch. Da hat sie wirklich einen guten Fang gemacht.“

Bevor Elena etwas entgegnen konnte, schwang die Tür auf, und Juan stand mit einer Sackkarre im Rahmen.

„Moment! Ich helfe dir“, sagte Elena, um eiligen Schrittes dem Bauleiter zur Seite zu eilen.

„Vielen Dank.“ Juan schob das Material, überwiegend Edelstahlgitter, in den Raum und stellte die Sackkarre ab. „Das war echtes Glück. Wobei ich ja jemand bin, der an Schicksal glaubt. Tatsächlich konnte ich die Gitter einem Bekannten abquatschen, der die übrig hatte, für den Bau einer Zoohandlung.“

„Da fällt es tatsächlich schwer, nicht an Schicksal zu glauben“, sagte Elena, und Larissa stimmte zu.

„Dann kümmere ich mich heute um die Box für den kleinen Kerl hier und werde die anderen nach und nach erneuern. Dann baue ich noch weitere. An wie viele hattet ihr gedacht?“ Juan sah von Larissa zu Elena.

„Gute Frage. Am liebsten so viele wie möglich.“ Elena stellte sich in die Mitte des Raumes. „Auf jeden Fall können die Außenwände komplett genutzt werden. Zur Tür hin wäre eine Art Tresen super."

„Und soll eine Büroecke abgegrenzt werden?" Juan deutete auf Elenas Schreibtisch. „Oder sogar ein richtiges Büro? Ich könnte Trockenbauwände einziehen."

„Ich möchte dir nicht noch mehr Aufwand zumuten. Außerdem ist es gar nicht schlecht, wenn der Bereich offen bleibt. So bekomme ich noch mit, was bei den Tieren los ist und ob jemand reinkommt."

„Alles klar." Juan ging zurück zu dem Material, das er abgeladen hatte, und zu dem auch eine Werkzeugkiste gehörte, die er öffnete.

„Noch eine Frage habe ich." Elena kratzte sich am Hinterkopf. „Konntest du etwas in Erfahrung bringen wegen der Baustelle? Die in unserer Nachbarschaft?"

Nachdem er dem Koffer eine Zange entnommen hatte, sah Juan zu ihr auf. „Leider nicht viel. Scheint sich um einen deutschen Bauunternehmer zu handeln, der mit eigenen Arbeitskräften dort arbeitet. Deshalb gibt es leider niemanden, zu dem ich einen besseren Draht habe, um mehr in Erfahrung zu bringen."

„Verstehe."

„Tut mir leid."

Elena schüttelte den Kopf. „Du hast bereits mehr als genug getan."

„Aber es bereitet euch dennoch Kopfschmerzen, oder?", fragte Juan.

„Allerdings." Elena schob die Unterlippe vor.

„Caro hat mir die Hintergründe geschildert. Ich hoffe, das war okay?"

„Klar."

„Möchtest du meinen Rat?"

„Selbstverständlich.“

„Sollte die Bank dir tatsächlich das Grundstück wegnehmen wollen, würde ich mich noch mal bei der Gemeinde melden. Immerhin ist das hier wichtig und
auch in deren Sinne. Vielleicht lässt sich eine Lösung
finden.“

„Danke“, sagte Elena. „Das ist eine wirklich gute Idee.“
Sie sah zur Tür und musste aus irgendeinem Grund an
den seltsamen Kerl denken. Wie hieß der noch gleich?
Bauer, genau. Sie musste feststellen, dass sie nicht nur
wissen wollte, was er gewollt hatte, sondern sich auch
noch wünschte, dass sie ihn wiedersah.

14

„Weißt du eigentlich, was für ein toller Kerl du bist?", fragte Caro Juan, als sie ihm die Bierflasche reichte, die sie für ihn mitgebracht hatte. Sich selbst schenkte sie noch Weißwein nach. Es war ein herrlich lauer Frühsommerabend, den sie auf der Terrasse verbrachten.

„Womöglich weiß ich das." Das kecke Grinsen, das er ihr präsentierte, scheuchte den Schmetterlingsschwarm in ihrem Bauch auf und ließ sie wohlig erschaudern. Er breitete die Arme aus, und sie verstand die Aufforderung, der zufolge sie sich auf seinen Schoß setzte.

„Und weißt du, wie süß du bist?", raunte er ihr ins Ohr.

„Nur süß?"

Seine Hände fuhren ihre Seiten hinab und über die Oberschenkel, was ein Feuer aufzüngeln ließ, dieses Mal in ihrem Unterleib. „Nicht nur süß, sondern auch verdammt sexy", entgegnete er.

Sie legte den Kopf zurück auf seine Schultern und genoss seine küssenden Lippen auf ihrem Hals. Kaum ein

Mann hatte jemals diese Leidenschaft in ihr entfacht wie Juan. Diese Kombination aus Selbstsicherheit und Besonnenheit, die in feurige Begierde umschlagen konnte, machte sie rasend. „Nicht jetzt. Nicht hier." Sanft schob sie seine Hände zur Seite, die sich am Knopf ihrer Jeans zu schaffen machten.

„Das ist gemein", flüsterte er.

Sie drehte ihm das Gesicht zu. „Ich weiß, *guapo*. Aber meine Oma ist da und kann jederzeit hier rauskommen. Da wäre ich ungern unbekleidet."

„Ich hatte gar nicht vor, dich vollkommen zu entkleiden. Einzelne Bereiche reichen mir vollkommen."

„Du Schuft!", rief sie gespielt empört aus und gab ihm einen Klaps auf die Brust.

„Nur, wenn du das willst." Seine Lippen fanden die ihren, und er küsste sie leidenschaftlich.

„Okay", sagte sie und erhob sich zeitgleich von seinem Schoß. „Ich glaube, es ist besser, wenn ich in ein wenig Abstand sitze, sonst eskaliert das hier."

„Du entkommst mir nicht."

„Das will ich auch nicht."

„Gut." Er grinste breit, während sie sich auf den Stuhl neben ihm setzte.

Sie verschränkte ihre Hand in seine. „Später, *guapo*. In Ordnung? Wenn wir in meinem Zimmer sind." Caro gefiel der spanische Ausdruck, der Schöner oder Hübscher bedeutete, und der von den Spaniern weit unbefangener und häufiger gebraucht wurde als im Deutschen üblich. Das hatte dazu geführt, dass sie ihn Juan als Kosenamen verpasst hatte. Und selbstverständlich auch deshalb, weil er ein verdammt knackiger Kerl ist, dachte sie und musste grinsen.

„Kann es kaum erwarten." Juan erwiderte ihr Lächeln.

„Und es ist nicht zu viel, nach der Arbeit noch im Tierheim zu helfen?", fragte sie.

„Wow! Was für ein krasser Themenwechsel." Juan schüttelte den Kopf. „In meinem Kopf spielen sich zwar gerade Szenen ab, die durchaus mit tierischen Trieben zu tun haben, aber dennoch in eine ganz andere Richtung gehen."

„Sorry. Manchmal springen meine Gedanken."

„Schon gut. Beziehungsweise, kannst du dich später revanchieren." Er küsste sie auf den Hals, was sie zusammenfahren ließ. „Um deine Frage zu beantworten. Mach dir keine Gedanken, so weit kennst du mich bereits, dass ich nur etwas zusage, was ich auch halten und schaffen kann." Er sah ihr in die Augen und hob eine Braue. „Zumal deine Bedenken ein bisschen spät kommen, Liebste. Nachdem du mich dort ins Spiel gebracht hast."

„Vollkommen richtig, und ich freue mich total, dass du Elena unterstützt. Ein Tierheim ist so wichtig. Ich hoffe, dass den beiden nicht das Aus droht." Sie beobachtete, wie Juan die Lippen zusammenpresste und den Blick niederschlug. „Du denkst, dass es dazu kommt, oder?"

Er seufzte. „Zumindest ist es ein verzwickter Fall, und eine Bank ist involviert. Meiner Erfahrung nach gehorchen die vor allem einem, und das ist der, der bereit ist, den höchsten Preis zu zahlen."

„Was in diesem Fall nicht schwierig ist."
„Leider ja."

Sie rieb sich die Augen. „Um ehrlich zu sein, bereitet mir die Sache nicht nur Bauchschmerzen, weil ich mich um Elenas Zukunft oder die des Tierheims sorge." Sie sah ihm in die Augen. „Eine Hotelanlage in direkter Nähe könnte auch für mich zum Problem werden."

„Was du anbietest, ist etwas Besonderes. Du hast deine Zielgruppe, die auch nicht in solch einen Massentempel möchte."

„Stimmt zwar, aber wir wissen noch nicht, was für eine Anlage dort entsteht, und welche Auswirkungen das hat." Sie erhob sich und ging auf der Terrasse hin und her. „Angenommen, die machen jede Nacht Remmidemmi, das könnte auch meine Gäste stören. Oder, falls es ein exklusives Resort wird, könnte es mir tatsächlich die Kunden wegnehmen. Besonders, da es sich um einen deutschen Anbieter handelt."

Juan stand auf, ging auf sie zu und legte ihr die Arme um die Hüften. „Caroschatz, mit Konkurrenz wirst du leben müssen, besonders hier und in dieser Lage."

„Das ist mir schon klar."

„Dennoch kann ich dich verstehen." Mit den Daumen streichelte er über ihren Oberschenkel.

„Unangenehm ist auch die Ungewissheit. Nicht zu wissen, was genau dort entsteht."

„Da bin ich dran." Er küsste sie auf die Stirn. „Ich werde das schon noch in Erfahrung bringen, und noch ist das letzte Wort, was das Tierheim anbelangt, nicht gesprochen. Ich habe Elena empfohlen, sich an die Gemeinde zu wenden, immerhin ist eine solche Einrichtung auch von öffentlichem Interesse."

„Gute Idee. Und dabei kann ich sie doch unterstützen. Wir könnten doch eine Online-Petition initiieren."

Juan wiegte den Kopf. „Mein Rat?“

Caro nickte.

„An sich keine schlechte Idee. Natürlich musst du dich mit Elena abstimmen, und ich würde dir zudem empfehlen, nicht als Initiatorin aufzutreten.“

„Wieso?“

„Weil es wirken könnte, als würdest du eine gute Sache vorschieben, um im Grunde geschäftliche Interessen durchzusetzen.“

„Guter Punkt. So eine Art Greenwashing.“

„Exakt. Wie die Kreuzfahrtschiffe, die vorgeben, mit klimafreundlichem Gas zu fahren, und dann von Dieseltankschiffen damit versorgt werden.“

„Während diese schwimmenden Monstren unsere Meere durchpflügen und zig Tausende an die Küsten entlassen, wo dann alles unter der doppelten Anzahl trampelnder Füße begraben wird.“

„So ist es.“ Er ergriff ihre Hand, um die zu küssen.

„Dann lass uns mal reingehen.“

„Um was zu tun?“

„Das wirst du dann schon sehen.“ Sie grinste, stand auf und zog ihn an der Hand, mit der er sie immer noch hielt, ins Haus.

15

„Du hast Besuch", sagte Larissa und deutete in ihren Rücken.

Elena, die an diesem Morgen dabei war, die Hunde zu füttern, blickte an ihr vorbei in Richtung Tür, und ihr Herz vollführte einen Satz, als sie ihn erblickte. „Das ist er", raunte sie Larissa zu.

„Dachte ich mir schon. Wo wir das Thema gestern hatten. Ist aber auch ein *pimiolente!*"

Das brachte Elena zum Grinsen, denn das war eine Wortschöpfung Larissas, die sich aus *pimiento caliente* zusammensetzte und 'scharfer Pfeffer' bedeutete. Eine Bezeichnung, die heiße Kerle von ihr verpasst bekamen. „Was will er denn?"

Mit den Fingerspitzen der rechten Hand berührte Larissa ihr Dekolleté und spitzte die Lippen. „Woher soll ich das denn wissen? Beziehungsweise, das ist etwas, das du selbst in Erfahrung bringen solltest."

„Na dann." Elena ging los.

„Hol ihn dir, Schwester", flüsterte Larissa ihr zu und gab ihr einen leichten Klaps auf den Hintern.

Hoffentlich hat er das nicht mitbekommen, dachte Elena und ging auf Bauer zu, der sie mit einem Lächeln empfing.

„Entschuldigen Sie, dass ich hier einfach so auftauche."

Sie winkte ab. „Kein Thema. Sind Sie und Tiere inzwischen besser kompatibel? Oder geht es um einen weiteren Kompatibilitätstest?"

Bauers Grinsen wurde breiter. „Möglicherweise schon, aber anders, als Sie es andeuten. Ich dachte vielmehr daran, unser beider Kompatibilität zu erproben."

Elena hob die Brauen.

Er hob die Hand und lachte. „Sorry, das hörte sich jetzt seltsam an. Was ich hier, erneut diletanttisch, ausdrücken oder fragen will, ist, ob Sie mit mir essen gehen würden."

Augenblicklich war ihr Mund trocken, und sie musste schlucken.

„Falls ein Essen zu viel ist, ich würde mich auch über einen Kaffee freuen."

„Okay", sagte Elena und ärgerte sich über den krächzenden Unterton in ihrer Stimme, doch noch komischer wäre es, wenn sie losstürmte, um etwas Wasser zu trinken, was sie eigentlich benötigte.

Röte schoss in Bauers Gesicht, und er schlug den Blick nieder. „Sorry, da habe ich womöglich etwas falsch gedeutet." Er wollte sich zum Gehen wenden.

„Elena, du wolltest doch ohnehin gerade Pause machen", sagte Larissa, die neben Elena getreten war. „Die könntest du doch mit dem Herrn bei einem Kaffee verbringen?"

„Warum nicht", entgegnete Elena, die die scheue Reaktion Bauers einerseits süß fand und andererseits dadurch an Selbstbewusstsein gewonnen hatte. Nicht nur, dass er eindeutiges Interesse signalisiert hatte, er schien auch wie sie ein wenig aus der Übung zu sein, was das Flirten anbelangte.

„Wie schön." Die Rötung seiner Wangen wurde ein wenig intensiver.

„Ich bin bald zurück", wandte Elena sich an Larissa.

„Nur keinen Stress. Ihr könnt auch gerne noch etwas essen und euch richtig kennenlernen. Ich komme schon zurecht." Larissa zwinkerte ihr zu.

„Sie kennen sich bestimmt hier besser aus als ich und haben eine Empfehlung?", fragte Bauer Elena.

„Die habe ich. Folgen Sie mir." Sie hob die Hand, um Larissa zum Abschied zu grüßen, dann drückte sie die Tür auf, durch die Bauer ihr folgte. „Ist nicht weit von hier. Ein charmantes kleines Restaurant, von dem man auf Strand und Meer schauen kann." Sie musterte Bauer. „Es sei denn, Sie stehen mehr auf Schickimicki. Dann hätte ich eine Alternative."

„Nein, nein." Bauer vollführte eine wegwerfende Handbewegung.

War das authentisch oder nur, was er geglaubt hat, sagen zu müssen, fragte sich Elena. „Gefällt mir", sagte sie und hoffte, ihr würde irgendetwas einfallen, um das Gespräch in Gang zu halten. Oder überhaupt erst eines zu beginnen. Denn, falls sie bereits den Weg zum Restaurant schweigend zurücklegten, wie sollte sich dann ein angeregter Dialog nach Ankunft entspinnen?

„Ich heiße übrigens Jonas. Also Jonas Bauer. Den Nachnamen kannten Sie ja schon." Er lachte nervös auf, und Elena war ein weiteres Mal fasziniert, dass er anders erschien als beim ersten Zusammentreffen. Da hatte sie ihn für deutlich selbstsicherer gehalten. Welche der beiden Versionen war eine Maske?

„Wir können auch Du sagen." Sie blieb stehen, was er ihr gleichtat, dann reichte sie ihm die Hand. „Ich bin Elena." Während sie seine Hand schüttelte, begutachtete sie sein Gesicht, suchte darin nach Anzeichen, dass er die Unsicherheit vortäuschte. Doch die ließen sich nicht ausmachen. Aber was war es dann?

Die zweite Eingebung erschien im ersten Augenblick seltsam, wurde aber von der Intuition genährt, die ihr zuflüsterte, dass sie zutraf. Beziehungsweise, jene so differenziert werden musste, dass Jonas zwar ein offensichtliches Interesse an ihr hatte, jedoch nicht einzig in amouröser Hinsicht. Es gab eine Angelegenheit, die er nicht aussprechen wollte oder konnte, vermutete sie, und ein Ziehen in der Brust verriet ihr, dass sie mit dieser Einschätzung richtig lag.

„Das muss ich dich jetzt endlich fragen", sagte Elena, als sie um die Ecke bogen. „Warum warst du ursprünglich da? Was hast du gewollt?" Bingo, dachte sie, denn Jonas' Gesicht verzog sich, als habe sie ihn geohrfeigt.

„Das ist mir ein wenig peinlich."

„Jetzt bin ich aber gespannt."

Sie hatten das Restaurant erreicht.

„Gefällt mir", sagte Jonas, und sein Abwarten bedeutete Elena, dass er ihr das Fragen nach einem Tisch überlassen wollte. Oder wollte er einfach nur das Thema wechseln?

Sie beschloss, den Gesprächsfaden wieder aufzunehmen, sobald sie an einem Tisch saßen, was wenige

Minuten später der Fall war. Hin und wieder fuhr ein Auto oder ein Roller vorbei, ansonsten war die Luft erfüllt vom Rauschen des Meeres und schwatzenden Stimmen, die Wortfetzen von Spanisch, Englisch und vereinzelt Deutsch an die Ohren der Anwesenden trugen.

„Also." Elena verschränkte die Hände ineinander und legte sie auf der Tischplatte ab. Der konsternierte Blick, den Jonas ihr zuwarf, ließ sie auflachen. „Deine peinliche Geschichte. Nicht, dass du glaubst, um die kämst du herum."

„Oje." Er kratzte sich am Hinterkopf. „Es gibt da diese Männergruppe. Kein wirklicher Kegelclub. Zumindest wird nur selten gekegelt." Er grinste kurz, als er sie ansah. „Aber dafür passieren andere Dinge."

„Das hört sich ominös, aber irgendwie auch seltsam an."

„Weil ich es auch seltsam erzähle. Ist eine meiner Eigenarten. Und keine gute, wie ich zugeben muss."

„Warum machen wir es nicht wie beim letzten Mal?", frage Elena, und bevor er etwas erwidern konnte, stand sie auf, um sich wenige Schritte vom Tisch zu entfernen und anschließend dorthin zurückzukehren. „Schön, dass es mit dem Treffen geklappt hat", sagte sie lächelnd und nahm Platz. „Sag mal Jonas. Du wolltest mir doch von deinen Freunden erzählen?"

An der Art, wie er in Gelächter ausbrach, erkannte Elena, dass sie das Eis gebrochen hatte. Er hob den Zeigefinger, immer noch grinsend. „Sehr gut hast du das gemacht. Kompliment."

„Ich habe so etwas Ähnliches schon mal erlebt. Mit einem Kerl, der mir zunächst sympathisch und dann unsympathisch war."

„Und wie ist es jetzt?", fragte er und legte den Kopf schief, während er ihr tief in die Augen sah.

Sie zuckte die Achseln. „Ich bin noch dabei, das herauszufinden."

„Gibt es zumindest eine Tendenz?"

„Gibt es, aber bevor ich weiß, was es mit dieser Männergruppe auf sich hat, werde ich dazu nichts sagen."

„Okay, okay." Er warf die Hände in die Luft und hätte fast die Bedienung getroffen, die sich dem Tisch genähert hatte.

Sie bestellten Kaffee und Wasser, und im Anschluss bedachte Elena ihn erneut mit ihrem fragenden Blick.

„Schon gut. Schon gut. Wahrscheinlich bausche ich das Ganze zu viel mehr auf, als es ist. Wir sind eine Gruppe von sechs Männern, die sich bereits seit dem Studium kennen. Mittlerweile gelingt uns meist nur ein Treffen im Jahr, aber dabei gehen wir dann ordentlich in die Vollen."

Elena hob die Brauen. „Das musst du mir näher erläutern."

„Nichts Schlimmes. Aber es wird stets feucht-fröhlich und laut-lärmig." Er lachte.

„Hört sich doch nach einem gelungenen Treffen an."

„Für uns ist es das auch, aber unseren Mitmenschen können wir da schon gehörig auf die Nerven gehen. Später ist mir das meist peinlich, und ich schwöre mir, beim nächsten Mal darauf zu achten, nicht wieder über die Stränge zu schlagen." Er kratzte sich am Ohr. „Aber bei diesem nächsten Mal wird es stets wie beim letzten

Mal. Wenn wir zusammentreffen, entfesselt das irgendwie diese Energie. Falls du weißt, was ich meine."

„Klar, aber das ist doch etwas Schönes und nichts, wofür man sich schämen muss."

„Im Grunde nicht, aber unsere Feiern können schon ausarten, auch mal was zu Bruch gehen. Nicht, dass wir gewalttätig wären, keiner von uns. Jedoch im Eifer des Gefechts oder vielmehr beim ausgelassenen Feiern …"

„So langsam dämmert es mir. Du wolltest solch eine Feier auf meinem Gelände abhalten."

Er nickte. „Natürlich nicht im Tierheim, sondern ich bin davon ausgegangen, dass die Minigolfanlage noch in Betrieb ist. Ich habe den Jungs angeboten, dieses Jahr das Treffen hier abzuhalten und dachte, das wäre mal was Lustiges."

„Minigolf?" Stirnrunzelnd betrachtete sie ihn. Irgendwas an der Geschichte erschien ihr faul, ohne, dass sie sagen konnte, woran das festzumachen war.

„Ich bin mir sicher, dass es uns gelungen wäre, daraus ein besonderes Erlebnis zu machen." Wieder lachte er, was wiederum authentisch wirkte.

Die Freundesgruppe mit den Feiern existiert wirklich, meldete sich ihre innere Stimme, aber deshalb ist er nicht bei dir gewesen. Je länger sie sprachen, desto gelöster wurde die Stimmung, und das Blau seiner Augen trug sie immer weiter fort von ihren Bedenken und der Frage, warum er ursprünglich das Tierheim aufgesucht hatte.

16

„Das Schlimmste ist wohl, dass man einerseits denkt, so etwas würde einem niemals passieren und falls doch, würde man anders reagieren. Man kennt die Geschichten von Frauen, die Gewalt erfahren und dennoch bei ihrem Partner bleiben, der sie immer wieder prügelt." Cynthia trank einen Schluck von ihrem Kaffee und starrte dann in die Tasse. „Aber die Wahrheit ist, dass einen Fassungslosigkeit lähmt und auch Scham. Und dann ist da noch diese Stimme, die einem sagt, dass es sicherlich nicht wieder passiert. Nur dieses eine Mal. Schließlich hat er momentan so viel Stress, ist einfach am Limit, und du hast dich wirklich dämlich angestellt, es quasi provoziert."

Caro schluckte. Eine Geschichte wie diese hatte sie nicht erwartet. Dass Cynthias Vergangenheit dunkel war, hatte sie vermutet, aber diese Finsternis brach unerwartet über sie herein. Hätte nicht die Sonne hell und golden am Himmel gestanden, um wärmend auf sie zu scheinen, wäre das Frösteln, das sie zusammenfahren ließ, noch eklatanter ausgefallen.

Nachdem die Gäste am Nachmittag zum Strand oder Ausflügen aufgebrochen waren, hatte sie sich mit Cynthia zu einer Kaffeepause auf der Terrasse verabredet. Dass die das Thema ihrer Vergangenheit anschnitt, kam unvermutet, jedoch wollte Caro sie nicht bremsen, als sie einmal damit begonnen hatte.

„Was war der Auslöser?", fragte sie, hob dann die Hand. „Sorry. Ist womöglich eine dumme Frage."

„Nein. Ist sie nicht, weil sich an der Antwort gut die Dynamik zeigt, die die Beziehung mit meinem Ex-Freund genommen hat. Zumindest hier drin." Sie tippte sich an die Schläfe. „Das Perfide war nämlich, dass mir tatsächlich etwas Schlimmes passiert ist. Es gab eine Vase, ein Erbstück seiner Großmutter, die er sehr geliebt hat. Alles, was ihm von ihr geblieben war."

„Und du hast sie kaputt gemacht?"

„Genau." Cynthia legte beide Hände um die Kaffeetasse, als würde die innere Kälte, die Erinnerung heraufbeschwor, sie die Wärme der Sonne nicht spüren lassen. „Ich habe Staub gesaugt und blieb daran hängen. Thorsten war zu Hause und bekam das mit." Sie schluckte geräuschvoll. „Kennst du diesen Augenblick, wenn du dich von außen betrachtest und dir bewusst wird, zu was du geworden bist? Vor allem, dass du zu etwas geworden bist, was all deinen Überzeugungen widerspricht?"

„Kenne ich", entgegnete Caro, und als sie Cynthias überraschten Blick bemerkte, musste sie grinsen. „Sorry. Ich lache natürlich nicht wegen dem, was du gesagt hast, sondern wegen deiner entgeisterten Miene." Sie räusperte sich. „Glücklicherweise musste ich so etwas wie du nicht durchmachen, aber für mich gab es dieses Schlüsselerlebnis in meinem früheren Beruf."

„Im Krankenhaus?"

Caro nickte. „Ich möchte dich nicht in deinem Erzählfluss bremsen, dich nur bestärken, dass du damit nicht allein bist."

„Und immerhin habe ich dich danach gefragt." Ein mattes Lächeln umspielte Cynthias Mundwinkel. „Das Kuriose ist, dass diese Art der Selbstwahrnehmung nicht auftrat, als Thorsten handgreiflich wurde, sondern davor." Sie sah Caro an. „Jetzt frage ich dich wieder etwas. Du kennst diesen Augenblick, wenn etwas schief läuft? Beziehungsweise den Sekundenbruchteil zuvor. Du weißt, dass die Katastrophe unvermeidlich ist, obwohl sie noch nicht eintrat?"

„Wenn alles in Zeitlupe abläuft? Du dich quasi in der Luft schwebend befindest und noch denkst, dass es gleich richtig wehtun wird, du aber noch nicht auf den Boden aufgeschlagen bist?"

Cynthia schnippte mit den Fingern. „Exakt! Bei der Vase von Thorstens Oma war das der Augenblick, als ich die mit dem Staubsauger anstieß und sie sozusagen im Kippen war."

„Was hast du gedacht?"

Cynthia starrte auf ihre Hände, die sie so fest ineinander verschränkt hatte, dass die Knöchel weiß hervortraten. „Das, was du eben gesagt hast. Dass es gleich richtig wehtut."

Für einen Moment hatte es Caro die Sprache verschlagen, da sie die Dimension dessen, was Cynthia gesagt hatte, zunächst ermessen musste. „Aber er hatte dich zuvor noch nie geschlagen?"

Cynthia, die immer noch auf ihre Finger starrte, schüttelte den Kopf, während ihre Augen sich mit Tränen füllten.

Caro legte ihre Hände auf Cynthias. „Willst du hier Stopp machen? Wir können das auch ein anderes Mal fortsetzen. Nur, wenn du willst. Sobald du dazu bereit bist."

Die Tränen liefen Cynthia die Wangen hinab, und ein leises Schluchzen entrang sich ihrer Kehle. „Ich muss ..." Sie brach ab, räusperte sich und schluckte. „Ich muss darüber sprechen, es irgendwie mitteilen. Das ist schmerzhaft, aber ich weiß, dass es mir danach besser geht." Sie sah Caro an und wischte sich mit den Handrücken über die Wangen. „Es ist nur, dass ich das Gefühl habe, wieder dort zu sein, in dieser Situation."

Caro nahm eine Serviette vom Tisch, betrachtete die eingehend und reichte sie Cynthia. „Die ist unbenutzt."

„Danke." Nachdem sie sich Wangen und Augen abgetupft hatte, betrachtete Cynthia das Tuch in ihren Händen, bevor sie es in die Hosentasche steckte. „Rückblickend kann ich wohl sagen, dass ich es erwartet habe. Diese Spannung, die die Luft vor einem Gewitter verdichtet, lag schon seit einiger Zeit in der Luft, wie Gas, das auf die Zündflamme wartet."

„Und die bildete die Vase. Ich kann das kaum glauben."

„Wir machen uns sicherlich kein Bild davon, wie oft ein weitaus nichtigerer Grund Gewalt auslöst, die noch heftiger ist. Im Vergleich mit dem, was ich danach noch einstecken musste, war das erste Mal fast harmlos." Sie wischte die Handflächen an ihrer Hose ab, bevor die auf ihren Oberschenkeln verharrten. „Er schlug nur einmal zu. Ohne Vorankündigung. Sprang einfach von seinem Sessel auf, in dem er fast ständig saß, wenn er zu Hause war, stürmte auf mich zu und ...“ Mit zusammengepressten Lippen schluckte sie.

„Und dann? Hat er sich entschuldigt?“

„Wo denkst du hin?“ Cynthia stieß ein humorloses Lachen aus, das Ähnlichkeit mit einem Husten hatte. „Ich musste mich bei ihm entschuldigen, nachdem mich seine Ohrfeige zu Boden geschleudert hatte.“

„Nicht wirklich.“ Fassungslos schüttelte Caro den Kopf.

„Oh doch. Und das Irre ist, dass ich es nicht nur getan habe, sondern in diesem Augenblick auch für richtig hielt. Mein Schuldgefühl dominierte sogar die Fassungslosigkeit.“

„Schlimm. Ich kann nicht erahnen, wie du dich gefühlt hast.“

„Das Perfide ist die Dynamik dieses Spiels. Würde es danach furchtbar bleiben, hätte ich ihn wahrscheinlich schon damals verlassen, aber nach dem Gewitter klarte der Himmel auf. Kaum hatte ich mich entschuldigt, brach er sogar in Tränen aus, sagte, dass es ihm leidtue, dass ich mir nicht vorstellen könnte, was ihm die Vase bedeutet habe. Und mit einem Mal war ich diejenige, die nicht nur keinen Trost bekam, sondern den sogar spenden musste.“

„Der Person, die dich geschlagen hat.“

„Muss man sich auf der Zunge zergehen lassen.“ Cynthia trank von ihrem Kaffee. „Also habe ich ihn getröstet, mich nochmals entschuldigt und anschließend die Scherben weggeräumt, natürlich erst, nachdem ich ihm einen Tee zur Beruhigung gemacht hatte. Jede

Scherbe, die ich zusammenlas, verursachte einen Stich in meinem Herzen, und als ich das Aufräumen erledigt hatte, war mein Schuldbewusstsein zweifelsfrei ausgereift und legitimierte, was geschehen war."

„Was war mit Tim? Er hat das doch nicht mitbekommen?"

„Das erste Mal nicht." Cynthia strich sich die Haare hinter das Ohr und zog die Brauen zusammen. „Leider aber einige der Male, die folgten. Ich habe mich geschämt. Das ist das Gefühl, das über allem anderen stand und mich ständig begleitet hat."

„Gab es niemand, mit dem du reden konntest?"

„Ich habe keine Familie mehr. Meine Eltern starben bei einem Autounfall, kurz nachdem ich mit dem Studium fertig war. Geschwister habe ich keine."

„Und was ist mit Freunden?"

Cynthia verzog den Mund zu einem humorlosen Grinsen. „Fällt womöglich heute schwer, das zu glauben, aber ich war meist eine Einzelgängerin. Es fiel mir schwer, mit Leuten in Kontakt zu kommen."

Caro riss die Augen auf. „Das kann ich mir wirklich kaum vorstellen. Ich habe den Eindruck, dass du zu den Gästen fast noch einen besseren Draht hast als ich."

„Danke." Dieses Mal lachten die Augen mit, als Cynthia lächelte. „Das kam erst nach Thorsten. Ich habe viel nachgedacht, nach der Trennung. Über mich und wie es dazu kommen konnte, dass ich in solch eine toxische Beziehung geraten bin. Dann auch darüber, was ich für mein zukünftiges Leben möchte, und was sich ändern muss. Ganz alleine war ich dabei nicht, sondern hatte glücklicherweise professionelle Hilfe." Sie kratzte sich am Handgelenk. „Meine Therapeutin hat mir in vielem die Augen geöffnet und mir gezeigt, dass ich mich anderen Menschen öffnen und denen vertrauen muss, und das, obwohl mir danach war, gegenteilig zu handeln."

„Nur zu verständlich", sagte Caro. „Gibt es denn in Deutschland noch Freunde? Ich habe mich das ohnehin gefragt, auch, weil du so schnell zugesagt hast, als ich dir den Job angeboten habe."

„Viel Zeit ist nicht vergangen seit der Trennung, deshalb habe ich trotz guter Vorsätze nur eine Freundin. Von meiner Arbeit im Callcenter."

„Besser eine richtige Freundin als viele, die die Bezeichnung nicht verdienen", sagte Caro.

„Da gebe ich dir recht. Und Sabrina ist wirklich eine Freundin, sofern ich das nach einigen Monaten, die wir uns kennen, sagen kann. Sie hat mich direkt darin bestärkt, dein Angebot anzunehmen."

„Das kann auch eigennützig sein." Caro grinste.

„Stimmt, glaube ich bei ihr aber nicht."

„Muss auch nicht sein. Aber kaum sagt man in Deutschland Gebliebenen, dass man auf Mallorca lebt, wollen sich die Ersten bei einem einmieten."

„Besonders, wenn man ein Hotel hat. Kann ich mir vorstellen." Cynthia lächelte ebenfalls, und Caro war froh, dass es ihr gelungen war, von der dunklen Talsohle ihres Gespräches den Pass gefunden zu haben, der sie hoffentlich in sonnigere Gefilde geleitete.

„Zumal viele der Meinung sind, dass das Leben auf einer Urlaubsinsel bedeutet, man müsste hier nicht arbeiten." Sie sah auf ihre Uhr. „Wir sollten mal weitermachen." Nachdem sie aufgestanden war, nahm sie ihre Tasse in die Hand. „Hast du morgen Abend Zeit?

Wir könnten uns zum Essen treffen und das Gespräch fortsetzen mit etwas mehr Ruhe. Nur falls du das möchtest natürlich."

„Gerne. Ich schreibe der Babysitterin eine Nachricht, ob sie morgen kann. Das ist die einzige Hürde, die es zu nehmen gilt."

„Dann hoffen wir mal das Beste." Caro überkreuzte mit dem Zeige- den Mittelfinger und hob die in die Höhe. „Gib mir ruhig deine Tasse. Ich wollte ohnehin noch in der Küche vorbeigehen und schauen, ob bei Rodrigo alles in Ordnung ist."

Während Cynthia zur Treppe ging, um ins Erdgeschoss und an die Rezeption zurückzukehren, betrat Caro die Küche und traf dort auf einen fröhlich vor sich hinpfeifenden Rodrigo.

„Hola jefa. Como estas?"

„Todo bien!" Caro grinste breit. Wie stets war Rodrigos gute Laune ansteckend. „Hast du die Einkaufsliste fertig gemacht?", fragte sie auf Spanisch.

„Si! Claro!" Er griff in die Brusttasche seines Hemdes und zog einen Zettel hervor, den er ihr reichte. „Ich habe schwarze Bohnen aufgeschrieben, weil ich gerne schwarze Bohnen mit Reis kochen würde. Ein typisch kubanisches Gericht", sagte Rodrigo auf Spanisch und fügte noch ein *„Muy rico!"* hinzu, was „Sehr lecker!" bedeutete.

Caro nickte. „Na klar. Gerne." Es freute sie, dass die Küche durch Rodrigo eine besondere Note bekam, und die Gäste waren bislang begeistert von dessen Kochkünsten.

Mit dem Zettel in der Hand verabschiedete sie sich zunächst von ihrem Koch und schließlich von Cynthia, die hinter der Rezeption die eingegangenen Buchungen bearbeitete, um in ihr Auto zu steigen.

Als sie den Wagen aus der Einfahrt setzte, entschloss sie sich, anstatt sich in den nach links die Promenade herunterfahrenden Verkehr einzureihen und damit den direkten Weg zum Laden einzuschlagen, die Gegenrichtung zu wählen. Erst als sie in die nächste Seitenstraße rechts abbog, wurde ihr bewusst, wohin sie fuhr und weshalb ihr Unterbewusstsein diese Route ausgewählt hatte.

Sie gelangte zu dem Grundstück, das dem Tierheim benachbart lag und damit Bauplatz der neuen Hotelanlage war. Leider erfüllte sich ihre Hoffnung nicht, dass ein Schild, bestenfalls noch mit einer Abbildung versehen, mehr Informationen zu dem Bauprojekt liefern würde. Ein Bagger befand sich im Einsatz, der eine Grube aushob, und weitere Arbeiter, die Material anlieferten.

Schon fast vorbei, fiel ihr ein Mann ins Auge, der mit einem anderen im dunklen Anzug sprach. Der Mann trug eine Jeans und ein weißes Hemd.

Warum er ihr auffiel, lag weniger an dessen Aussehen, obwohl ihr Kopf ihn sogleich unter attraktiv einsortierte. Das lag nicht nur an der sportlichen Figur, die sich unter dem enggeschnittenen weißen Hemd abzeichnete, sondern vielmehr an der Art, wie er sich bewegte.

Seltsam, dachte sie, was sich darauf bezog, dass dieser Mann ihre Aufmerksamkeit erregt hatte. Als sie auf die Hauptstraße einbog, die auf den Kreisverkehr zustrebte, hatte sie ihre Beobachtung nahezu vergessen.

17

„Da strahlt aber jemand." Larissa grinste breit, als Elena
von ihrem Treffen zurückkehrte. „Hat er dir womöglich schon den Kopf verdreht?"

„Quatsch!" Energisch schüttelte Elena den Kopf, um
sich im selben Augenblick zu fragen, welchen Wahr-
heitsgehalt sie der eigenen Aussage beimaß. Gib es zu,
dass du lange nicht mehr so etwas gefühlt hast, forderte
ihre innere Stimme, und das Kribbeln im Bauch, das
sich bemerkbar machte, als sie an das Treffen mit Jonas
dachte, bestätigte das. „Vielleicht ein bisschen", sagte
sie und lächelte verlegen. „Aber mach da bitte keine
große Sache draus, und löcher mich auch nicht mit tau-
send Fragen, okay? Warten wir einfach ab, ob es ir-
gendwohin führt, und falls ja, wohin."

„Ich freue mich nur für dich. Vor allem, nachdem du
einiges durchgemacht hast. Du hast es einfach verdient."

Elena hob abwehrend die Hände. „Piano, meine Liebe.
Noch steht der Hochzeitstermin nicht fest."

Larissa lachte. „Alles klar, ich bin schon still."

„Außerdem frage ich mich die ganze Zeit, ob das nicht zu schnell geht? Stürze ich mich zu sehr da rein?"

„Jetzt erstick dieses zarte Pflänzchen nicht gleich wieder in Bedenken", entgegnete Larissa.

„Womöglich hast du recht."

„Habe ich." Larissa stemmte die Hände in die Hüften. „Wie du bereits gesagt hast, ihr habt keinen Hochzeitstermin. Noch nicht." Sie stieß Elena den Ellenbogen in die Seite, was die zum Grinsen brachte. „Du hast es vorhin selbst gesagt. Schau einfach, wohin es führt und überfrachte es nicht mit Gedanken und Bedenken. Was hast du schon zu verlieren?"

„Meine Ehre!", gab Elena gespielt empört zurück.

„Dafür ist es doch ohnehin zu spät!"

„*Que mala puta!* Wie frech du bist", rief Elena aus und die beiden Frauen brachen in Gelächter aus.

Als sie sich wieder beruhigt hatten, ging Larissa zum Schreibtisch und nahm einen Block, der darauf lag, in die Hand. „Reden wir übers Geschäft. Womöglich haben wir eine Vermittlung."

„Tatsächlich?"

„Wir werden sehen, aber zumindest machte der junge Mann am Telefon einen guten Eindruck und war sehr angetan, dass wir Galgos abzugeben haben."

„Hoffentlich nicht, weil er mit denen Geld machen will." Immer noch wurden die intelligenten Hunde als Jagdhunde oder für Hunderennen ausgenutzt und nach einer Saison häufig ausgesetzt oder umgebracht.

„Sei nicht so negativ. Nicht alle Menschen sind schlecht. Auch nicht alle Jonasse."

„Miststück!", spie Elena aus, um im nächsten Augenblick in Gelächter auszubrechen.

Larissa gackerte ebenfalls und hob Zeige- und Mittelfinger. „Das war der letzte Spruch, versprochen.“

„Das hoffe ich. Für dich. Du weißt, dass wir es nicht weit bis zum Wasser haben und du mit einer Schlinge am Fuß, die an einem Betonklotz befestigt ist, schnell sinken wirst.“ Elena zwinkerte ihr zu.

„So schnell wird das nicht gehen.“ Larissa tippte sich an die Schläfe. „Schließlich habe ich dort einen großen Hohlraum.“

„Stimmt auch wieder.“

„Hey!“ Larissa stieß Elena den Ellenbogen in die Seite. „Du hättest zumindest so tun können, als wolltest du widersprechen.“

Elena hob die Hand, wie Larissa kurz zuvor. „Das war der letzte Spruch, versprochen.“

Obwohl Elena das nicht für den besten Gag hielt, war ihre Stimmung mittlerweile derart ausgelassen, dass beide in brüllendes Gelächter ausbrachen, was Pablo überhaupt nicht gefiel. Zunächst legte der den Kopf schief, um dann die Schnauze in die Höhe zu recken und ein markerschütterndes Heulen anzustimmen, in das Mario, Casas und schließlich auch Lino einstimmten.

Das führte dazu, dass Larissa und Elena sich umso schwieriger beruhigen konnten. Insbesondere der heulende Lino war ein Anblick, der zur gleichen Zeit rührend und amüsant war.

„Still jetzt“, stieß Elena zwischen nachlassendem Giggeln hervor und wischte sich Tränen aus den Augenwinkeln. „Wir müssen mit den Herrschaften noch die Runde machen, bevor unser fleißiger Juan hier auftaucht.“

Theatralisch schlug Larissa sich die Hand an die Stirn. „Gleich zwei attraktive Männer heute, und keiner davon interessiert sich für die pummelige Larissa. Wie soll ich das nur verkraften?" Sie grinste zwar, aber Elena wusste, dass Larissa selbst bereits seit einiger Zeit Single war und zudem mit ihrer Figur haderte.

„Was nur bedeutet, dass das Tierheim von durchaus passablen Männern besucht wird, und der Richtige für dich auch noch kommt. Vielleicht *Señor Galgo*?"

Einen Augenblick starrte Larissa sie irritiert an, dann lachte sie. „Jetzt habe ich die Andeutung erst verstanden. Kommt bestimmt in Begleitung seiner Freundin oder seines Freundes."

„Hat mir nicht eben jemand gepredigt, dass ich nicht so negativ sein soll?"

„Du lässt mir auch kein bisschen Selbstmitleid." Larissa schob die Unterlippe vor, um eine übertrieben schmollende Miene zu präsentieren.

„Nicht, nachdem du so frech warst. Außerdem müssen wir jetzt mal raus mit den Herrschaften, sonst können wir gleich deren Boxen putzen."

Sie leinten die vier Hunde an und verließen das Gebäude, um sogleich von der wärmenden Helligkeit der Sonne empfangen zu werden. Als Lino einen Augenblick stehen blieb, um die Schnauze den Strahlen entgegen zu recken und dabei wonnevoll die Augen schloss, verspürte Elena zusätzlich zur sonnengenerierten emotionale Wärme, die sie innerlich durchströmte.

„Was macht dieser Jonas eigentlich beruflich?", fragte Larissa. „Also, ich hoffe, dass ich doch über ihn sprechen kann. Nur keine Sprüche hatten wir ausgemacht, oder?“

Elena grinste. „Ja klar. Er ist Architekt.“

„Kein schlechter Beruf. Für mich liegen die zwischen Künstlern und Ingenieuren.“

„Hast du gut gesagt und geht mir ebenso“, sagte Elena, als sie die Straße überquerten, um an die Promenade zu gelangen.

Eine Gruppe Jugendlicher, dem Vernehmen nach Engländer, hatten gerade den Strand entdeckt und rannten unter lautem Gebrüll unvermittelt los. Mario und Casas veranlasste das dazu, wie zwei Pferde scheuend, mit den Vorderbeinen in die Luft zu gehen.

Madre mia!“, rief Larissa ihnen kopfschüttelnd hinterher.

„Diese Art von Lebensfreude finde ich erfrischend“, sagte Elena. „Und ist mir viel lieber, als wenn sie des Nachts besoffen über den Strand torkeln.“

„Da sagst du was.“

Sie beobachteten, wie die Gruppe sich laufend ihrer Kleidung entledigte, um sich dann mit unverminderter Lautstärke in die gichtschäumenden Fluten zu werfen. Mit ihrem Auftritt hatten sie nicht nur die Aufmerksamkeit der Sonnenanbeter am Strand auf sich gelenkt, sondern auch die der größtenteils versnobt wirkenden Cocktailschwenker im Can Blanc.

Eine reifere Dame, deren Gesicht sich unverhohlen offen durch allerlei Injektionen gegen das Älterwerden stemmte, sah ihren grauhaarigen Gatten an. Dem wäre vor Fassungslosigkeit nahezu die Prada Sonnenbrille aus den Händen gefallen, die er beim Einsetzen der Rufe von der Nase genommen hatte. „Manche Leute wissen einfach nicht, sich zu benehmen“, raunte sie ihm zu.

Allerdings, dachte Elena mit Blick auf die Krokodilleder Geldbörse der Frau. Nur dass dieses schlechte Benehmen in einigen Fällen einem Tier das Leben kostet, endete ihr bitterer Gedanke und am liebsten hätte sie den laut ausgesprochen.

„Ich wüsste zu gerne, was du gerade denkst“, sagte Larissa, die ebenfalls zum Tisch des Ehepaares sah.

„Besser nicht. Wie ich dich kenne, wiederholst du das laut“, entgegnete Elena.

„Wäre womöglich angezeigt.“

Elena zuckte die Achseln. „Lass uns weitergehen“, sagte sie dann.

„Also, was macht ein Architekt hier?“, fragte Larissa.

„Häuser planen, würde ich sagen.“

Larissa stieß ihr den Ellenbogen in die Seite. „Sei nicht so frech!“

„Sagt die Richtige.“ Elena stieß ein Lachen aus.

„Womöglich hast du recht“, sagte Larissa lächelnd. „Aber mal im Ernst. Warum war er bei dir? Das erste Mal? Arbeitet er in der Nähe?“

„Er sagte nur, dass er verschiedene Projekte deutscher Bauunternehmen hier auf der Insel betreut.“

„Und warum war er da? Dann muss es doch etwas in der Nähe sein.“ Larissa blieb abrupt stehen. „Warte mal! Meinst du, er ist womöglich für das Hotel zuständig, das nebenan gebaut wird?“

„Glaube ich nicht“, entgegnete Elena. Um sich sogleich zu fragen, ob das tatsächlich zutraf, denn exakt dieser Gedanke durchwanderte seit dem Treffen mit Jonas ihr Hirn und ließ sie nicht in Ruhe. Hinzu kam die seltsame Erklärung für seinen Besuch bei ihr. „Keine Ahnung", sagte sie schließlich und seufzte.

Sie erreichten den Hundestrand, wo sie die Hunde von der Leine ließen, um sie beim Herumtollen zu beobachten. Dieses Mal jedoch nicht so befreit wie beim letzten Mal, was am Gesprächsthema lag. Dennoch ist es wichtig, das mit Larissa zu besprechen, sagte sich Elena.

„Er hat mir eine Geschichte erzählt von einem Männertreffen, das er und seine Kumpel jährlich abhalten, und bei dem es feucht-fröhlich zugeht. Dieses Jahr wollte er das hier abhalten und hat sich den Minigolfplatz ausgesucht, der keiner mehr ist, wie er dann feststellen musste."

„Sei mir nicht böse aber, …"

„… das hört sich nach einer weit hergeholten Geschichte an. Finde ich auch, bereits, als er mir die aufgetischt hat. Aber so etwas knallt man jemand doch nicht beim ersten Kennenlernen an den Kopf?"

„Kommt drauf an."

„Ich zumindest nicht. Zumal das nicht zu begründen ist. Nur, weil es sich ‚komisch' anhört, muss es keine Lüge sein."

„Und im Zweifel für den Angeklagten. Genau." Larissa verschränkte die Arme vor der Brust. „Sei nur vorsichtig. Nicht, dass der Kerl andere Absichten verfolgt und sein Interesse nicht in dir begründet liegt."

„Hmm", machte Elena.

„Tut mir leid." Larissa erfasste ihre Schulter. „Jetzt mache ich dir den Typ gleich madig, oder?"

„Ich verstehe ja, warum, und teile auch deine Einschätzung. Aber was soll ich jetzt machen?"

„So lange du nicht weißt, ob es stimmt, triff dich ruhig weiter mit ihm. Selbst falls es zutrifft, schadet es nicht zu wissen, was er vorhat.“

Elena nickte, während sie Lino betrachtete, der mit einem Stöckchen im Maul triumphierend vor Pablo davonrannte. Hoffentlich stimmt es nicht, dachte sie und erinnerte sich an das Treffen zurück, an Jonas' Gesicht, dessen blauen Augen und seine Art, sich zu bewegen. Flüssige, elegante Bewegungen.

Konnte so jemand ein falsches Spiel treiben?

18

„Sie müssen sich aber darauf einrichten, dort nicht gerade alleine zu sein." Caro strich sich die Haare hinter das Ohr. Nachdem sie vom Einkaufen zurückgekehrt war, hatte sie Cynthia für die Buchhaltung ins Büro geschickt und sich selbst an die Rezeption gesetzt.

Damit folgte sie einem Bedürfnis, das sie bereits seit einigen Tagen verspürte, und welches sie stets befiel, wenn sie sich mehrere Tage hintereinander eher im Hintergrund gehalten hatte. Auch wenn sie dann meist die entscheidenden Arbeiten erledigte, fehlte ihr die Betreuung der Gäste.

Die Frauen, denen sie soeben die Informationen weitergegeben hatte, sahen einander an. Eine von ihnen zuckte die Achseln, und die andere wandte sich erneut an Caro. „Aber es lohnt sich, oder?"

„Definitiv", entgegnete Caro. „Santanyi ist ein schönes Dörfchen, was mit seinen Gässchen und alten Häusern ein ganz besonderes Flair versprüht. Und morgen ist außerdem Markt."

„Oh, ein Markt?“, fragte die Frau, die kurz zuvor die Schultern gezuckt hatte.

„Von Obst und Brot hin zu Schmuck und Kunstgegenständen. Außerdem gibt es in der Stadt viele Geschäfte für Kleidung“, sagte Caro.

„Dann machen wir das morgen“, sagte die Frau, die gefragt hatte, ob sich der Trip nach Santanyi lohnen würde. „Meine Frau ist nämlich ein kleines Fashion-Victim.“

Die Angesprochene grinste. „Das sagt ja die Richtige. Wer hat denn mehr Schuhe im Schrank?“

„Das ist etwas anderes“, entgegnete ihre Partnerin mit gespielt ernster Miene.

„Da kann ich nur zustimmen. Von Schuhen kann man niemals ausreichend haben“, mischte sich Caro ein, woraufhin alle drei lachten.

Die beiden Frauen verabschiedeten sich, bevor sie einander bei der Hand fassten, um die Villa zu verlassen.

Was für ein süßes Pärchen, dachte Caro, bevor sie sich setzte und durch Mausbewegung den Bildschirmschoner deaktivierte, um in die Buchungen zu schauen.

„Sieht super aus, oder?“

Sie fuhr herum und erblickte Cynthia, die aus dem Büro gekommen war. „Absolut. Kaum zu glauben, dass wir erst vor wenigen Monaten eröffnet haben.“

„Die Leute sind extrem zufrieden. Du bietest etwas an, was die Allermeisten suchen. Ein familiäres Ambiente, was dennoch exklusiv ist, ohne zu elitär zu sein.“

„Ich glaube, du solltest auch das Marketing übernehmen.“ Caro grinste Cynthia an. „Und nicht nur ich biete das an, sondern wir alle. Du, Julia und Rodrigo, wir sind wirklich ein tolles Team.“ Sie erhob sich und blickte in den Gang, der zu den Zimmern führte. „Und dann haben wir selbstverständlich noch unseren Felipe.“

„*Buenas señoras. Como estais?*“, fragte Felipe, der auf die Rezeption zukam.

„*Todo bien*“, entgegnete Caro und schielte an dem Künstler vorbei. „Was hast du denn mit deinen Teilnehmern gemacht?“

„Die sind noch vertieft in ihre Arbeiten. Wollt ihr die mal sehen? Ich könnte mir vorstellen, dass es euch gefällt.“ Mit dem Zeigefinger lockend, ging er voran.

Cynthia sah Caro an, die nickte, woraufhin die beiden dem Künstler den Flur hinunter zum Seminarraum folgten. Die Teilnehmer sahen von ihren Staffeleien auf, als sie eintraten.

„*Artistas*“, sagte Felipe, „Zeigen Sie unseren Gastgeberinnen doch, was Sie geschaffen haben.“ Er wiederholte das Gesagte auf Spanisch und Englisch, und Caro war beeindruckt, wie flüssig er die Sprachen beherrschte. Gleichzeitig fragte sie sich, ob er das den ganzen Kurs durchhielt oder vielmehr durchhalten musste.

Klar muss er das, wenn es Teilnehmer verschiedener Nationalitäten sind, sagte sie sich, um festzustellen, dass sie sich zuvor darüber keine Gedanken gemacht hatte.

Felipe winkte sie heran. „*Ven aqui*“, sagte er. „Kommt, am besten fangt ihr hier an.“

Erneut folgten sie seiner Aufforderung, und Caro war beeindruckt von dem, was sie sah. Die erste Teilnehmerin, die sich als Anna aus Bielefeld vorstellte, hatte die Bucht gemalt, wie sie von der Terrasse aus zu bewundern war. Das satte Orange-rot, welches dominierte, verriet, dass sie sich als Zeit die Abenddämmerung ausgesucht hatte.

„Wow! Ist das schön", sagte Cynthia.

Von Bild zu Bild bewegten sie sich fort, wobei es einer Fotoserie glich, die jemand von der Umgebung des Hotels aufgenommen hatte. Jeder Künstler hatte seinem Werk durch Farben oder Maltechnik eine individuelle Note verliehen.

„*Todos los cuadros son muy chulos*. Sie sind alle sehr schön, die Bilder", verkündete Felipe. „Aber ich glaube, das hier werdet ihr besonders mögen." Felipe deutete auf die nächste Leinwand.

Sogleich wusste Caro, dass er recht hatte. Das Bild zeigte die Villa Caro, jedoch war klar erkennbar, dass es dem Künstler, Angel aus Valencia, nicht um Realismus ging. Das Haus war gut und erkennbar eingefangen, doch vor allem die Farben gaben ihm eine spezielle Note. Angel hatte vor allem Gelbtöne verwendet, was anmutete, als werde das Hotel nicht nur reichhaltig von der Sonne beschienen, sondern strahle selbst den goldenen Glanz des Sterns ab.

„Verstehst du, warum ich wollte, dass du das siehst?", fragte Felipe sie.

Caro schluckte den Kloß im Hals herunter, der sie nahezu am Sprechen hinderte. Der Anblick des Gemäldes löste etwas in ihr aus. „Das ist, als würde er die Villa Caro so sehen, wie ich sie empfinde", sagte sie.

„*Por cierto*", sagte Felipe. „Das ist Kunst." Er wandte sich an den Künstler. „*Has plasmado perfectamente la sensación que jefa tiene cuando ve su hotel.*"

„*Absolutamente! Estoy muy emocionada*", ergänzte Caro Felipes Ausführungen gegenüber dem Künstler.

Damit brachte sie zum Ausdruck, dass Felipe dem richtig mitgeteilt hatte, dass Angel im Gemälde das Gefühl eingefangen hatte, das der Anblick ihrer Villa in Caro auslöste. Und dass sie außerdem von dessen Arbeit begeistert war.

„*Me gustaría regalartelo*", sagte Angel zu Caro.

„*En serio?*", fragte Caro, denn der Künstler hatte ihr gerade seine Absicht mitgeteilt, ihr das Bild zu schenken.

„*Sí! Claro!*", entgegnete Angel, womit von seiner Seite aus der Deal besiegelt war, doch Caro müsse sich noch ein wenig gedulden, da das Werk noch nicht vollendet sei.

„Was für tolle Gemälde und erst deines", sagte Cynthia, als sie sich auf dem Rückweg zur Rezeption befanden. „Wo möchtest du es hinhängen?"

„Eine gute Frage." Caro war in der Lobby stehen geblieben. „Was hältst du von der Wand?"

„Perfekt!", entgegnete Cynthia, deren Blick Caros Zeigefinger gefolgt war, der auf die Wand des Raumes wies, die gegenüber dem Eingang lag. „Dann werden die Gäste sogleich davon empfangen."

„Unglaublich", sagte Caro. „Noch vor einigen Monaten habe ich gebangt, ob dieses Hotel, mein Traum, zu realisieren ist, und heute dient es als Vorlage für Kunstwerke."

Cynthia trat neben sie und legte den Arm um ihre Schultern. Beide blickten auf die leere Wand, als würde das Gemälde bereits dort hängen.

Das ist einer dieser Augenblicke, die einfach perfekt sind, dachte Caro.

19

Elena hatte wenig geschlafen in der vergangenen Nacht. Zu viele Dinge gingen ihr durch den Kopf, und als sie endlich den Weg in den Schlaf gefunden hatte, griffen die Träume ihre Grübeleien auf und strickten daraus krude Geschichten.

Zwar hatte es keine geschafft, sich in ihrem Gedächtnis zu verankern, doch das Wissen, dass es stets um Jonas und dessen Absichten ging, fand Einzug in ihre Erinnerung. Dort nährte es das Verlangen, mit ihm zu sprechen. Seine wahren Beweggründe zu erfahren.

„Du siehst müde aus", sagte Larissa, als sie wenige Minuten nach Elena im Tierheim eintraf.

„Mir geht die Sache mit Jonas nicht aus dem Kopf. Habe gestern lange wach gelegen und mir darüber Gedanken gemacht."

„Kann ich verstehen."

„Soll ich ihn zur Rede stellen oder zuerst versuchen, mehr zu erfahren?"

Larissa wiegte den Kopf. „Schwierig. Wenn du ihn bereits besser kennen würdest, wäre die Sache für mich klar, aber da ihr einander kaum kennt – du wirst mehr herausfinden können, wenn er nichts von deinem Verdacht weiß.“

Darüber musste Elena kurz nachdenken und nickte dann. „Vielleicht könnte Juan sich auf der Baustelle vorstellen. Quasi von Kollege zu Kollege, um zu erfahren, wer dort verantwortlich ist. Wollte er das nicht ohnehin tun?“

„Stimmt“, entgegnete Larissa.

„Gestern Abend habe ich nicht daran gedacht, ihn danach zu fragen. Außerdem meldet sich gerade mein Gewissen, weil er ohnehin bereits so viel für uns erledigt.“ Sie sah zu den Hundeboxen. Gestern hatte Juan sämtliche bereits bestehenden Käfige mit neuen Gittern versorgt und wollte heute mit dem Bau neuer beginnen.

„Er kann immer noch ablehnen“, sagte Larissa. „Fragen kannst du ihn.“

„Oder ich frage Caro? Sie kann sicherlich auch abschätzen, ob das für Juan okay ist. Bei ihm habe ich das Gefühl, dass er selten eine Bitte ausschlägt, und würde ihn ungern in diese Lage versetzen.“

„Verstehe, was du meinst. Genauso würde ich ihn ebenfalls einschätzen.“

„Ich versuche mal, ob ich sie erreiche.“ Elena zog das Handy aus der Tasche und wählte Caros Kontakt, die den Anruf bereits nach dem zweiten Klingeln entgegennahm.

„Meine Oma ist sehr glücklich, und ich habe die kleine Hundedame auch schon ins Herz geschlossen“, entgegnete Caro auf Elenas Eingangsfrage, wie sich Amor eingelebt hätte.

„Das freut mich, hatte aber von Anfang an ein gutes Gefühl bei euch Dreien", sagte Elena und machte eine kurze Pause. „Ich rufe wegen etwas anderem an. Es geht um die Baustelle nebenan."

„Gutes Stichwort. Dazu wollte ich dir auch noch etwas erzählen. Ich habe gestern auf dem Weg zum Einkaufen etwas beobachtet."

„Tatsächlich?" Elena runzelte die Stirn. „Was denn?"

„Bist du später noch da? Wenn Juan zu euch kommt?"

„Na klar."

„Dann werde ich ihn begleiten und erzähle es dir persönlich. Würde dich ohnehin gerne noch mal sehen", sagte Caro.

„Ich freue mich. Bis nachher dann."

„Und?", fragte Larissa, nachdem Elena aufgelegt hatte.

„Sie kommt später mit Juan vorbei."

„Dann entfällt also das vorher Nachfragen."

Elena zuckte die Achseln. „Sie will mir etwas erzählen. Hörte sich wichtig an und geht wohl auch um die Baustelle. Zumindest fiel es ihr wieder ein, als ich die erwähnt habe. Dann wird das Thema ohnehin angesprochen, und vielleicht entwickeln wir ja gemeinsam einen Plan."

„Hört sich gut an." Larissa sah auf die Uhr. „Gleich müsste auch der Interessent für die Galgos kommen."

„Endlich kann ich mal beobachten und Sprüche von mir geben." Elena grinste Larissa an.

„Wir werden sehen. Bislang kenne ich ja nur seine Stimme."

„Die dir aber gefällt."

„Das schon, aber ich möchte ja niemanden daten, dem ich nur mit Augenbinde begegnen will."

Elena lachte. „Spinnerin."

„Bin nur ehrlich."

„Und hast schon recht. Das Gesamtpaket muss passen, wozu auch mehr gehört als nur das Äußere, selbst, wenn es ansprechend ist."

Larissa legte den Kopf schief. „Gerne ein authentischer und ehrlicher Kerl in attraktiver Hülle. Man müsste sich die backen können."

„Das wäre was. Aber irgendwie auch langweilig, oder?", fragte Elena.

Dieses Mal war es Larissa, die mit den Schultern zuckte. „Nach all den Erfahrungen, die ich gemacht habe, oder habe machen müssen, hätte ich nichts dagegen, es in Liebesdingen etwas einfacher zu haben."

„Da sagst du was." Elena ging zu den Boxen herüber, um zu prüfen, ob die sauber waren und die Bewohner ausreichend Wasser hatten. „Ja, auf Drama kann ich auch verzichten. Und irgendwie habe ich das Gefühl, dass es mir nicht vergönnt ist." Sie drehte sich zu Larissa um. „Vielleicht ziehe ich das ja an?"

„Was denn? Das Drama?"

„Genau."

„Hmm. Ist womöglich die Bürde, die besondere Menschen tragen müssen."

„Na, herzlichen Dank dafür." Elena seufzte, bevor sie Linos Box öffnete. Der kleine Hund sprang sogleich auf sie zu und an ihr hoch, so dass sie sich herunterbeugte, um ihn auf den Arm zu nehmen. „Soll ich nicht einfach bei dir bleiben? Du betrügst mich sicherlich nicht, und ich kann mich darauf verlassen, dass deine Zuneigung echt ist."

Larissa, die neben sie getreten war, legte ihr eine Hand auf die Schulter. „So sehr ich das auch unterschreiben kann und nach wie vor dafür bin, dass Lino bei dir bleibt – du wirst keine dieser Frauen, die keinen Kerl mehr an sich ranlassen und mit zehn Katzen in ihrer Wohnung versauern."

„Keine Katzen!", rief Elena gespielt empört aus. „Nur Hunde!"

Das brachte beide zum Lachen.

„Wenn sich die Stimmung auf die Hunde überträgt, bin ich wohl absolut richtig hier", sagte der dunkelhaarige Mann mittleren Alters, der eingetreten war.

„*Señor Jotas?*", fragte Larissa.

„So ist es. Dann sind Sie die freundliche *Señora*, mit der ich telefoniert habe."

Der hat nicht nur eine angenehme Stimme, schoss es Elena in den Kopf. Zwar war *Señor* Jotas kein klassisch schöner Mann, aber die Art, wie er lächelte, war äußerst sympathisch. Außerdem hatte er das richtige Maß an Selbstsicherheit, wie er hereinkam und sogleich das Wort ergriffen hatte, ohne dass es arrogant wirkte.

Elena wusste, dass ein solcher Männertypus nicht nur ihr gefiel, und sah sich bestätigt, als sie das Leuchten in Larissas Augen sah. „Dann lass ich euch mal in Ruhe schauen. Sie interessieren sich ja für die Galgos, falls ich das richtig im Kopf habe?", fragte sie den Mann.

„Einen von denen. Zwei wären etwas viel. Meine Frau und ich haben eine Wohnung."

Das erschien ihr bedauerlich. Doch es war zu spät, die Einleitung zu ihrem Weggang war ausgesprochen, und zog sie das jetzt nicht durch, würde es seltsam wirken. „Und Ihre Frau wollte nicht mitkommen, um sich die Hunde anzuschauen?", fragte sie.

„Es ist eher mein Wunsch. Also, nicht, dass Sie denken, Sie hätte etwas dagegen, aber ich arbeite von zu Hause aus, deshalb werde ich auch derjenige sein, der sich primär um den Hund kümmert."

„Aber Ihre Frau muss ebenfalls ein Verhältnis zu dem Tier aufbauen. Das wissen Sie schon?", fragte Larissa, und Elena fand, dass sie einen ziemlich scharfen Tonfall anschlug.

Schwer zu sagen, ob das alleinig der Sorge um das Tierwohl oder auch ein wenig der Enttäuschung geschuldet war, dass der Mann in festen Händen war. Letztlich auch egal, befand Elena, denn Larissa hatte recht.

Sie hatten bereits zuvor in anderen Tierheimen geholfen und kannten diese Fälle. Wenn von einem Paar nur eine Person auftauchte zu einem derart wichtigen Termin, um den Hund auszusuchen, oder zumindest den ersten Kontakt herzustellen, ließ das meist nichts Gutes erwarten.

Meist hatte der hundeunwillige Partner irgendwann eingelenkt, um Streit zu vermeiden, oder aus Resignation, vielleicht sogar, um den anderen glücklich zu machen, aber ein Hund zog in einen Haushalt ein. Und wenn der aus mehr als einer Person bestand, mussten alle involviert sein. Ansonsten war vorprogrammiert, dass dem armen Tier nur ein kurzer Aufenthalt vergönnt war, bevor es zurückgebracht oder, schlimmer noch, aus Scham irgendwo ausgesetzt wurde.

„Meine Kollegin hat recht", sagte Elena, die immer noch Lino auf dem Arm hielt. Der blickte sie traurig an, da er bemerkte, wie die Stimmung umgeschlagen war und dies womöglich auf sich bezog. „Wenn Sie zu zweit leben, müssen beide in den Prozess einbezogen werden und das auch aktiv wollen. Es bringt nichts, wenn der andere den Hund nur duldet."

„Aber ich sagte doch bereits, dass ohnehin nur ich mich um ihn kümmern werde." Seinem Tonfall war zu entnehmen, dass nun auch Jotas angespannt war.

„Hören Sie! Wir meinen das nicht böse, aber uns ist daran gelegen, die Hunde nur in ein Zuhause zu geben, wo sie auch möglichst, bis sie von uns gehen, bleiben können und geliebt werden."

„Das heißt nicht, dass wir nicht glauben, dass Sie das tun. Aber was ist, wenn Sie krank sind, und Ihre Frau sich um den Hund kümmern muss, das aber nicht möchte, und auch keinen wirklichen Bezug zu dem Tier aufgebaut hat?", fragte Larissa.

„Dann geben Sie also keine Hunde an Singles ab?", fragte Jotas.

„Doch. Natürlich", entgegnete Elena.

„Und warum nicht an eine Person, die einen Hund möchte und eine Partnerin hat, für die das okay ist, die aber eben nicht hundebegeistert ist?"

„Weil das keine vergleichbare Situation ist", entgegnete Caro. „Die Dynamik innerhalb eines Haushalts mit zwei Personen ist doch eine völlig andere als in einem Einpersonenhaushalt."

„Eben." Jotas verschränkte die Arme vor der Brust. „Im Gegensatz zum Single ist der Hund viel seltener allein, weil sich zwei Leute um ihn kümmern können."

„Wenn aber nicht beide das wollen, gelangen wir wieder zum Anfang dieses Gespräches." Larissa reckte das Kinn vor.

„*Señor* Jotas", ergriff Elena das Wort, sie hatte den Eindruck, die Situation auflösen zu müssen, um eine weitere Eskalation zu verhindern. „Ich unterbreite Ihnen folgenden Vorschlag. Sie können sich gerne für einen neuen Termin bei uns melden, wenn Ihre Partnerin bereit ist, sich ebenfalls bei uns vorzustellen. Ohnehin geben wir die Hunde nur ab, wenn wir alle Menschen kennengelernt haben, die in einem Haushalt leben."

„Und sicher sind, dass die Tiere auch in ein gutes Zuhause kommen", sagte Larissa, und Elena hielt die Luft an.

Warum kann sie es nicht einfach gut sein lassen?, fragte sie sich, wandte sich dann an Jotas. „Was natürlich nicht bedeutet, dass Ihr Zuhause kein gutes für einen Hund ist. Aber das sind unsere Vorgaben, die im Übrigen für jede Person, die einen Vierbeiner bei uns adoptieren möchte, gleich sind."

Jotas, dessen Augen sich unter den zusammengezogenen Brauen bei Larissas Einwurf verengt hatten, starrte Elena einen Augenblick wortlos an. Schließlich zuckte er die Achseln. „Dann viel Glück bei der Vermittlung, *señoras*. Immerhin gibt es eine Vielzahl an Hunden und Tierheimen mit weniger seltsamen Betreibern." Er wandte sich zum Gehen, und Elena hob die Hand, um

Larissa, die bereits Luft geholt hatte, Schweigen zu gebieten.

„Dem hätte ich gerne noch das ein oder andere mit auf den Weg gegeben", polterte Larissa los, kaum dass die Tür ins Schloss gefallen war.

„Zum einen haben wir das und zum anderen, was hätte es gebracht, einen Streit vom Zaun zu brechen?"

„Aber diese arrogante Art?", stieß Larissa wie eine Verwünschung aus.

„Fand ich ehrlich gesagt nicht. Du wirst das nicht verstehen können, aber ich kann seinen Ärger nachvollziehen, denn letztlich ist es auf unserem Mist gewachsen."

Mit aufgerissenen Augen starrte Larissa sie an. „Du hast vollkommen recht, das kann ich überhaupt nicht verstehen!"

„Wir müssen einige Punkte von vornherein abklopfen, bereits im Erstkontakt am Telefon. Es ist frustrierend, wenn sich jemand die Mühe macht, herzukommen, und dann, wie unser *Señor* Jotas mit Fragen und Anforderungen konfrontiert wird, die zuvor nicht zur Sprache kamen. Oder hattest du die Punkte bereits mit ihm besprochen?" Was Elena nicht aussprach und so elegant umgehen wollte, war, dass dies einzig Larissa passierte. Sie sprach stets genau dies an, und zwar gleich zu Beginn, um die Spreu vom Weizen zu trennen und die eigene Zeit und die des Bewerbers zu schonen.

Sie hatte Larissa bereits freundlich darauf hingewiesen, aber der Rat haftete nicht in deren Gedächtnis, oder die häufig entstehende Diskussion, ähnlich wie die mit *Señor* Jotas, war ihr zuwider. So sehr sie ihre Freundin schätzte, die durch ihre burschikose Art meist tougher imponierte als Elena, im Grunde scheute Larissa Streitgespräche.

„Nein", entgegnete Larissa und schob die Unterlippe vor. „Und du hast recht und es mir außerdem schon mal gesagt."

Elena entließ Lino auf den Boden und fasste sie an den Schultern. „Ich mag diese Gespräche auch nicht. Besonders, wenn jemand Feuer und Flamme ist, und ich dann die Erwartungen dämpfen muss. Da ist man gleich die Spaßbremse."

Larissa sah sie an. „Irgendwie schon."

„Aber es geht hier eben nicht um Spaß, oder dass sich die Bewerber oder wir gut fühlen. Zumindest nicht primär." Sie nickte in Richtung der Hundeboxen. „Die sind es, denen es gut gehen muss, und das auf lange Sicht." Sie beugte sich zu Lino herunter, um dem das Köpfchen zu streicheln.

„Weiß ich doch. Und ebenso, dass es mein Fehler war." Larissa seufzte. „Meinst du, ich soll diesen Jotas noch mal anrufen und mich entschuldigen?"

Elena schüttelte den Kopf. „Deine Absicht ist löblich, in dem Fall glaube ich aber, dass es keinen Zweck hat oder in die falsche Richtung geht. Natürlich hätten wir ihn früher damit konfrontieren müssen, aber letztlich hat er nicht verstanden, worum es ging, und was der Grund war und ist, dass wir so handeln müssen. Mit so jemandem kannst du nicht diskutieren, beziehungsweise kommst du zu keinem Ergebnis." Sie nahm Lino erneut auf den Arm und ging mit ihm zu seiner Box, in den sie den Hund setzte. „Insofern war der Verlauf zwar suboptimal, das Ergebnis aber wäre auch bei einem anderen dasselbe."

Larissa nickte stumm, und ihr war anzusehen, dass sie sich noch schämte, einerseits ob des Fehlers, Jotas nicht vorher informiert zu haben, aber sicherlich auch, da sie sich falsche Hoffnungen gemacht hatte hinsichtlich eines möglichen Flirts.

„Komm! Wir machen unseren Spaziergang, das bringt uns auf andere Gedanken, und dann werden bald auch Juan und Caro eintreffen", sagte Larissa.

20

„Und morgen Abend steht?", fragte Caro Cynthia, als sie an die Rezeption trat.

„Aber klar doch. Babysitterin hat Zeit, insofern stehe ich bereit."

„Super. Du kommst dann direkt mit zu mir?"

„Gerne."

„Wenn das nicht die attraktivste Hoteldirektorin mit ihrer bezaubernden Mitarbeiterin ist", ertönte es vom Eingang.

Die beiden Frauen drehten die Köpfe in die Richtung, und Caro erblickte Juan, der soeben eingetreten war.

„Ich hoffe, ich darf die Chefin entführen?", fragte Juan Cynthia, nachdem er neben Caro getreten, die Arme um sie gelegt und sie zur Begrüßung geküsst hatte.

„Solange du sie wieder zurückgibst. Zumindest morgen früh", erwiderte Cynthia grinsend.

Juan sah Caro an. „Mal sehen. Mal sehen."

„Wir sehen uns dann morgen", schaltete Caro sich ein. „Wenn irgendetwas ist, erreichst du mich auf dem Handy. Sind ja nur nebenan im Tierheim."

„Was sollte sein?", fragte Cynthia. „Macht ihr euch einen schönen Abend, ich schaffe das schon."

„Schöner Abend? Ich muss mal wieder arbeiten", sagte Juan in gespielt leidendem Tonfall. „Versklavt von den Frauen."

„Wir brauchen definitiv mehr Männer von deiner Sorte", sagte Cynthia grinsend.

„So ein Haussklave hat durchaus was für sich." Caro tätschelte Juan die Schulter und lächelte ebenfalls.

„Sieh dich lieber vor, sonst zettele ich noch eine Rebellion an." Juan stieß Caro den Finger in den Bauch, er wusste, dass sie kitzelig war, und so fuhr sie kichernd zusammen.

„Okay, okay", stieß sie aus. „Ich werde mich wieder benehmen."

„Du hast keine Brüder, oder?", fragte Cynthia, die die beiden betrachtete.

„Leider nein. Bist du denn auf der Suche?", fragte Juan.

„Ehrlich gesagt, nein", entgegnete Cynthia. „Oder zumindest ..." Sie vollführte eine wegwerfende Handbewegung. „Ist jetzt auch nicht wichtig. Außerdem will ich euch nicht aufhalten."

„Morgen haben wir ausreichend Zeit, um alles zu besprechen", versprach Caro, womit sie sich bei Cynthia verabschiedeten.

„Ich mag sie", sagte Juan auf dem Weg zum Tierheim.

„Ich auch. Sehr sogar. Sie ist nicht nur eine gute Mitarbeiterin, sondern wir sind auch dabei, uns anzufreunden." Sie sah zu Juan herüber, der ihre Hand ergriffen hatte. „Kann ich dich mal was fragen?"

„Keine Ahnung. Kannst du?"

„Blödmann." Kichernd rempelte sie ihn sanft an. „Im Ernst. Du arbeitest doch häufig mit Freunden zusammen?"

„Häufig und Freunde ist natürlich Definitionssache, aber es stimmt, dass ich zu einigen Mitarbeitern ein freundschaftliches Verhältnis pflege, falls du das meinst?"

„Genau. Gibt das Probleme? Ich habe das Thema mit Cynthia bereits besprochen, und im Grunde ist es zu spät für diese Frage, aber es würde mich dennoch interessieren."

Juan zuckte die Achseln. „Pauschal ist das sicherlich schwierig zu beantworten. Jeder Mensch und jede Beziehung ist anders. Ich habe bereits Probleme mit Freunden gehabt, mit denen ich gearbeitet habe, und natürlich auch mit Nicht-Freunden. Den umgekehrten Fall natürlich auch. Und sogar mit denselben Leuten kann es bei einem Projekt super funktionieren, und das nächste ist eine Katastrophe. Die Umstände sind ebenfalls ein wichtiger Faktor."

„Stimmt."

„Aber falls deine Frage ist, ob ich generell davon abraten würde, sich mit einer Mitarbeiterin anzufreunden, sage ich dir, nein. Soweit ich dich bereits kennenlernen durfte, hast du ein gutes Gespür für so was, und falls das dir sagt, dass es okay ist, kannst du es sicherlich wagen. Im schlimmsten Fall verlierst du eine gute Mitarbeiterin, und im besten Fall gewinnst du zusätzlich eine Freundin."

Caro führte seine Hand zum Mund und küsste sie. „Danke."

„Wofür?"

„Für diesen pragmatischen und klaren Rat.“

„Immer gerne.“

Sie legten die letzten Meter schweigend zurück. Caro wurde bewusst, welches Glück sie hatte, auch in diesem Punkt Juan an ihrer Seite zu wissen. Einen Mann, der sich mit seinen Ratschlägen nicht aufdrängte und diese zudem nicht bevormundend formulierte. Außerdem versuchte er stets, sich in sie und ihre Situation zu versetzen.

„Schön, dass ihr da seid!“, rief Elena aus, und begrüßte Juan und Caro mit Wangenküssen. Larissa tat es ihr gleich.

„Dann mach ich mich gleich an die Arbeit“, sagte Juan und ging zu den Boxen.

„Ich kann dir leider nur einen Klappstuhl anbieten“, sagte Elena. „Wir müssen unbedingt an weitere Einrichtung kommen. Aber ich wollte mich da noch mit Juan absprechen. Je nachdem, was er sich für ein Konzept überlegt hat.“

„Kein Problem.“ Caro nahm auf dem angebotenen Stuhl Platz.

Larissa setzte sich auf den neben ihr, und Elena rollte den Schreibtischstuhl heran. „Was wolltest du mir erzählen?“, fragte sie.

„Keine Ahnung, ob das wichtig ist, aber gestern Nachmittag bin ich an der Baustelle vorbeigefahren und habe dort einen Mann gesehen, der mir irgendwie ins Auge fiel. Vielleicht, weil ich meine Erfahrungen mit attraktiven Bauleitern habe.“ Den letzten Satz sprach sie bewusst lauter aus und in Juans Richtung, der an den Hundeboxen arbeitete.

„Hört! Hört!“, entgegnete der und lachte.

Elenas Gesicht jedoch zeigte eine ernste Miene. „Wie sah er aus, der Mann?"

„Attraktiv!", entgegnete Caro prompt.

„Na, na, na", erschallte es von Juan.

Vom Grinsen Caros ob Juans Äußerungen ließ sich Elena nicht anstecken. „Kannst du das genauer sagen?"

„Blonde Haare, sportliche Figur. Es war vor allem die Art, wie er sich bewegt hat."

„Elegante, fließende Bewegungen?", fragte Elena.

„Woher weißt du das?"

„Trug er eine Jeans und ein weißes Hemd?"

„Jetzt sag nicht, dass du Wahrsagerin bist, oder so etwas Ähnliches." Caro stimmte ein Lachen an, ohne dass Elena in dieses einfiel. „Elena, was ist los?"

„Ein Verdacht, den ich bereits hatte, scheint sich zu bestätigen. Und gestern Nachmittag passt auch." Sie sah zu Larissa, und erst jetzt bemerkte Caro deren ebenfalls versteinertes Gesicht. „Jetzt erzähle ich dir etwas, dann weißt du, was mit mir los ist."

Elena berichtete, wie sie Jonas Bauer bei dessen seltsamem Besuch im Tierheim kennengelernt hatte, und dass sie immer noch nicht wusste, weshalb er wirklich da war, sich dies nun jedoch zusammenreimen konnte.

Obwohl Caro den Eindruck hatte, dass Elena ihr nicht alles erzählte, sogar eine wesentliche Information wegließ, wollte sie nicht danach fragen. Es bedeutete einen großen Vertrauensbeweis, ihr und auch Juan, der alles mit anhörte, gegenüber, dass sie ihr überhaupt von den Geschehnissen und ihren Sorgen erzählt hatte.

„Es muss nur kurze Zeit nach unserem Treffen im Restaurant gewesen sein, dass du ihn auf der Baustelle gesehen hast", schloss Elena ihre Ausführungen.

„Dann ist dieser Jonas Bauer nicht nur der Bauleiter, sondern war hier, um sich ein Bild vom Tierheim zu machen?“, fragte Caro.

Juan hatte seine Arbeiten unterbrochen, um sich zu den Frauen zu gesellen. Er zog seine Hose hoch und legte die Stirn in Falten. „Wenn er es auf das Grundstück abgesehen hat, ist das einer der Schritte. Womöglich war er unsicher, wie er bei einem Tierheim, also einer gemeinnützigen Einrichtung, vorgehen kann. Von außen ist ja nicht zu erkennen, dass es sich nicht mehr um die Minigolfanlage handelt. Das hat ihn überrascht und vielleicht aus dem Konzept gebracht.“

„Hast du schon mit der Bank gesprochen?“, fragte Caro.

„Noch nicht. Aber das werde ich gleich morgen machen. Auch wenn ich schon beim Gedanken daran Bauchschmerzen bekomme.“

„Kann ich gut verstehen. Aber es ist sicherlich das Beste, vorbereitet zu sein und nicht erst zu reagieren, wenn Bauer sich an die Bank wendet und der ein Kaufangebot unterbreitet“, sagte Caro.

„Ich kann mich morgen mal umhören, was meine Freunde und Bekannten in der Baubranche über diesen Jonas Bauer wissen“, bot Juan an.

„Das wäre toll. Vielen Dank“, sagte Elena.

„Ich bin mir sicher, dass es eine Lösung gibt.“ Larissa legte Elena die Hand aufs Knie und tätschelte es.

„Hoffentlich. Es wäre wirklich eine Katastrophe, wenn wir alles aufgeben müssten. Wo wir doch noch nicht mal richtig angefangen haben.“

„Wie wäre es mit einer Unterschriftensammlung? Oder Online-Petition?“, fragte Caro. „Ein Tierheim ist doch etwas, das einen breiten Rückhalt in der Bevölkerung hat, warum die nicht mit ins Boot holen?"

„Keine schlechte Idee", sagte Larissa. „Überhaupt könnte man die Sache öffentlich machen und die Medien an Bord holen, sollte es wirklich zum Verkauf kommen. Wäre nicht das erste Bauprojekt, das am Druck der Öffentlichkeit scheitert."

Elena hob abwehrend die Hände. „Auch wenn das an sich gute Ideen sind, sollten wir diese Strohhalme als allerletzte ergreifen. Wenn wir einmal auf Konfrontation zum Bauträger und auch der Bank gehen, gibt es kein Zurück mehr."

„Elena hat recht", sagte Juan. „Ich würde auch zunächst alle diplomatischen Möglichkeiten ausschöpfen, bevor ich in den Krieg ziehe."

„Wenn wir Unterschriften sammeln, ziehen wir doch nicht in den Krieg", protestierte Larissa.

„Aber wir schalten die Öffentlichkeit ein und lassen den Eigentümer, also die Bank, schlecht dastehen", sagte Elena.

Caro nickte. Zu gerne wollte sie Elena helfen und hoffte, dass sich alles zum Guten wenden würde.

21

Das gestrige Gespräch hatte Elena einen Albtraum beschert, in dem auf das Gelände des Tierheims Bagger fuhren, die das Gebäude einreißen wollten, während sie im Innern versuchte, die Hunde aus ihren Boxen zu lassen. Als das Dach über ihr einstürzte, war sie schreiend erwacht.

Beim Betreten des Gebäudes hatte sie die Bilder des Traumes nicht nur im Hinterkopf, sie wuchsen sich sogar zu einem Gefühl der Vorahnung aus, das sie nur mühsam beiseiteschieben konnte. Sie war bewusst früh gekommen, um mit der Bank zu telefonieren. Das hätte sie zwar auch von zu Hause aus erledigen können, aber dort hatte sie nicht den Vertrag, in den sie im Bedarfsfall schauen wollte.

Gut, dass Larissa noch nicht da ist, dachte sie. Ihre Freundin meinte es nicht böse, hatte aber die Angewohnheit, bei wichtigen Gesprächen reinzureden, oder sie bei Telefonaten ständig zu fragen, was gesagt wurde. Außerdem wollte sie ein derartiges Gespräch alleine führen. Immerhin war sie diejenige, die den Vertrag unterschrieben hatte.

„Ich weiß nicht, ob du von der Baustelle nebenan weißt?“, fragte sie Alejandro, ihren Bankberater.

„Elena, ich wollte dich deshalb ohnehin anrufen.“

Ihr sank der Mut. Diese Ankündigung verhieß nichts Gutes.

„Wie du weißt, hat der Pachtvertrag eine Klausel, die uns erlaubt, den einseitig aufzukündigen, wenn uns ein Kaufangebot für die Anlage vorliegt.“

„Das glaube ich nicht“, flüsterte sie.

„Wie bitte?“, frage Alejandro.

„Sag mir nicht, dass euch ein Angebot von Jonas Bauer vorliegt.“

„Elena, du weißt, dass ich dir aus Datenschutzgründen nichts Genaueres sagen darf.“

„Selbstverständlich nicht.“

„Hey. Elena, du weißt, dass ich auf deiner Seite bin. Immerhin habe ich mich für dich und das Tierheim stark gemacht. Ohne meinen Einsatz hättest du den Pachtvertrag nicht bekommen.“

„Der jetzt hinfällig ist.“

„Das ist nicht fair.“

Elena schluckte. „Du hast recht. Tut mir leid. Es ist nur, wir haben kaum richtig angefangen und werden jetzt schon vor die Tür gesetzt?“

„Ich kann versuchen, mit meinem Chef zu sprechen, aber ich will dir keine falschen Hoffnungen machen.“

„Vor allen Dingen nicht, wenn es darum geht, Geld zu machen.“

Alejandro seufzte. „Auch das ist nicht gerecht. Immerhin sind wir auf einer ganzen Menge ausstehender

Zahlungen sitzen geblieben, als der Vorbesitzer Insolvenz anmeldete. Da ist nachvollziehbar, dass die Bank versucht, ihre Außenstände zurückzubekommen."

„Es ist nur ..." Sie räusperte sich. „Es ist enttäuschend."

„Das verstehe ich und werde definitiv schauen, ob es nicht eine Alternative für euch gibt."

„Hmm", machte Elena. Und sprach den Gedanken, dass sie dann nur fürchten mussten, erneut bei einem Kaufangebot vor die Tür gesetzt zu werden, nicht aus. Alejandro war wirklich einer von den Guten, der sich für sie eingesetzt hatte, und dem es nicht leicht fiel, Überbringer schlechter Kunde zu sein.

„Ich setze mich wirklich ein, das verspreche ich dir."

„Vielen Dank! Das weiß ich wirklich zu schätzen." Nachdem sie das Gespräch beendet hatte, saß Elena einfach da und starrte in die Luft, stand dann auf, ging zu den Boxen und ließ die Hunde raus, die sie begeistert umringten. „Wie viel einfacher hätten wir Menschen es, wenn wir so pur und ehrlich wären wie ihr?", fragte sie die Vierbeiner.

Lino platzierte die Vorderbeine auf ihrem Knie, da sie sich hingehockt hatte, und schleckte ihr über die Wange.

„Genau das meine ich", sagte Elena mit einem Lachen und kraulte Lino hinter den Ohren.

„Störe ich?", ertönte es hinter ihr, und als Elena sich umdrehte, erkannte sie Larissa, die eingetreten war.

„Du doch nie", entgegnete sie.

„Meine ich doch." Larissa stellte ihre Tasche ab und sah sich um. „Spaziergang?"

„Gute Idee. Dann kann ich dir auch von meinem Telefonat mit der Bank erzählen."

„Gibt es Grund zur Beunruhigung?“

Elena seufzte. „Leider ja.“ Sie erhob sich aus der Hocke. „Lass uns erst die Hunde fertig machen und rausgehen. Die Armen müssen bestimmt dringend mal. Dann berichte ich dir vom Gespräch.“

Nachdem sie ihre Schützlinge angeleint hatten, marschierten sie los. Das helle, nicht blendende Licht, der blaue Horizont mit der sanft wogenden See und das Gemisch aus Meeresrauschen und den Rufen fröhlicher Menschen war normalerweise ein Garant dafür, Elenas Laune zu heben. Heute jedoch vermochte diese Symphonie des Sommers nicht den Graben zu überwinden, den die Angst davor, alles zu verlieren, um sie herum ausgehoben hatte.

„Jetzt erzähl schon“, sagte Larissa, als sie den Strand zu ihrer Linken passierten, auf dem eine Gruppe junger Leute Beachvolleyball spielte.

„Es gibt ein Kaufangebot, und Alejandro, mein Kontakt bei der Bank, geht auch davon aus, dass es angenommen wird.“

„Mist!“

„Allerdings. Er hat mir zwar versprochen, alles in seiner Macht Stehende zu tun, um das abzuwenden, beziehungsweise sich dafür einzusetzen, dass wir bleiben können, aber die Chancen sind gleich null.“

„Jetzt kann ich verstehen, dass du so schlecht gelaunt bist.“

„Alejandro hat gesagt, dass er schauen kann, ob wir ein anderes Objekt bekommen, aber was soll das bringen?“

Sie waren am Hundestrand angelangt und ließen die Hunde von der Leine, die sogleich ins Wasser stürmten.

„Aber ist das keine Option? Dass wir woandershin umziehen?", fragte Larissa.

„Und dann? Zunächst mal fangen wir dann noch mal ganz von vorne an, und das Grundproblem bleibt. Die Bank wird uns sicherlich wieder nur einen Pachtvertrag anbieten, der diese Klausel enthält, und sobald jemand Interesse auf das Grundstück anmeldet, sind wir wieder raus."

Larissa blickte grimmig drein und nickte.

„Das ist kein Konzept, mit dem wir arbeiten können. Leider ist mir das nicht bereits klar gewesen, bevor ich den ersten Vertrag unterschrieben und alles angeleiert habe."

„Was sollen wir machen?", fragte Larissa, deren Blick zu den im Wasser spielenden Hunden ging.

„Wenn ich das wüsste." Elena stemmte die Hände in die Hüften. „Zumindest werde ich ihn zur Rede stellen."

„Wen?" Larissa sah sie fragend an.

„Jonas. Ich will, dass er weiß, dass ich sein falsches Spiel durchschaut habe. Vielleicht bekommt er dann wenigstens ein schlechtes Gewissen."

„Würde ich genauso machen." Larissa legte ihr einen Arm um die Schultern. „Und wer weiß, womöglich kannst du ihn ja überzeugen, das Angebot zurückzuziehen."

Elena lehnte den Kopf an Larissas Schulter. „Dachte ich auch schon. Wobei auch das nicht das Problem behebt. Selbst, wenn ich Jonas davon überzeugen könnte, jederzeit könnte ein anderer Interessent auftauchen."

„Und wenn wir der Bank ein Angebot unterbreiten?"

Elena hob den Kopf, um Larissa anzusehen. „Hast du eine Bank ausgeraubt oder irgendwo Geldreserven, von denen ich nichts weiß?“

„Leider nein. Aber die Idee von Caro, die Öffentlichkeit zu informieren war doch nicht schlecht. Anstatt einer Petition könnten wir doch auch Geld sammeln, um das Grundstück zu kaufen.“

„Sei mir nicht böse, aber das ist nur etwas, das in einem Film oder Buch funktionieren würde. Wir bekommen gerade mal so ausreichend Spenden rein, um das Nötigste abdecken zu können. Die Summen, die wir dafür benötigen, sind utopisch. Vor allem müssten wir das Geld sehr zügig zusammenbekommen.“

Schweigend betrachteten sie die Hunde, und Elena wünschte sich die Unbeschwertheit dieser Tiere, die, ohne über düstere Themen nachdenken zu müssen, umhertollen und diesen wunderschönen Tag genießen konnten.

Nachdem die vier sich ausgetobt und Larissa und sie ausreichend mit einbezogen hatten, mehrere Duschen über Fellausschütteln in unmittelbarer Nähe inklusive, begaben sie sich auf den Heimweg. Die Sonne gab ihr Möglichstes, Elenas trübes Gemüt aufzuhellen, auch die vorbeikommenden Touristen, die sich an der bunten Hundeschar erfreuten, doch der Graben war weiterhin zu tief.

„Ich werde jetzt zu ihm gehen“, sagte Elena, kaum, dass sie zur Tür rein waren. Sie übergab Larissa die Leinen, die die widerspruchslos entgegennahm.

Sicherlich hatte sie in Elenas Gesicht gelesen, was die fühlte: Du musst das jetzt hinter dich bringen – sofort!

Mit jedem Schritt versuchte sie, den Ärger zu schüren. Wut war eine gute Triebfeder und würde sie hoffentlich fokussiert halten, wenn sie in Jonas' blaue Augen sah. Jetzt spinn nicht rum, die werden dich doch wohl nicht weich werden lassen! Sie straffte den Rücken, während sie die Straße herunterlief, und ihr Kampfgeist weiter wuchs.

An der Baustelle angekommen, musste sie nicht lange suchen. Jonas stand vor der Grube, die von einem Bagger ausgehoben wurde, und sprach mit einem Arbeiter.

Obwohl er ihr nur die Seite zugewandt hatte, spürte Elena ein Kribbeln im Magen, das ihr verriet, dass ihr Vorsatz auf wackeligeren Füßen stand, als sie sich hatte weismachen wollen.

„Elena. Was für eine Überraschung", sagte Jonas, als sie nur noch wenige Schritte von ihm entfernt war und er sie erblickte.

Der freudige Blick, mit dem er sie anschaute, ließ sie zweifeln, ob nicht tatsächlich sie diejenige war, die etwas nicht mitbekommen hatte. Hatte er ihr alles offenbart, und sie überhörte es oder vergaß es anschließend? Oder wie war diese Reaktion zu erklären? Sollte er sich nicht ertappt fühlen?

„Du leitest hier die Bauarbeiten."

„Ganz recht", entgegnete er, obwohl sie die Aussage nicht wie eine Frage intoniert hatte.

„Warum hast du mir das nicht erzählt? Was für ein Spiel treibst du? War das der Grund, warum du ins Tierheim gekommen bist? Um uns auszuspionieren und hinter meinem Rücken zu versuchen, mir das Grundstück wegzunehmen? Die Grundlage für unsere Arbeit?" Wütend registrierte sie die verschwimmende

Sicht, die belegte, dass sich ihre Augen mit Tränen füllten. Du darfst nicht heulen!, schrie sie sich innerlich an, wusste jedoch sogleich, dass es dafür zu spät war. „Was für ein Mensch muss man sein, um ein Tierheim zu zerstören?" Ihre Lippen bebten.

„Elena. Es tut mir leid. So war das nicht geplant." Er schluckte. „Ich wollte dir davon erzählen, aber dann haben wir uns so gut verstanden, und das wollte ich nicht gefährden."

„Wie bitte?", spie sie aus. Der Arbeiter, der zuvor mit Jonas gesprochen und sich, als der Elena begrüßte, einige Schritte entfernt hatte, drehte sich zu ihnen um. „Du hast dir natürlich gedacht, warum nicht alles bekommen. Das Grundstück und die, die ich in den Abgrund reiße, gleich noch mit."

Er hob beschwichtigend die Hände. „Elena, ich weiß, wie das wirkt, aber so ist es nicht. Bitte, das musst du mir glauben. Ich bin auch nicht frei bei allen Entscheidungen und wollte das nicht."

„Na klar!", höhnte sie. Sein leidender Gesichtsausdruck traf sie mehr, als sie sich eingestehen wollte, worüber sie sich erneut ärgerte.

„Können wir uns nicht später in Ruhe unterhalten? Wir finden bestimmt eine Lösung."

„Ich sage dir, wie die Lösung ist. Du ziehst dein Kaufangebot zurück." Sie machte eine ausholende Handbewegung. „Am besten wäre es, wenn ihr das alles hier einstellt."

„Elena. Du weißt, dass das nicht geht."

Erneut dieser leidende Blick Jonas', und die widerstreitenden Gefühle in ihrer Brust drohten sie zu zerreißen. Einerseits wollte sie ihm die Augen auskratzen, andererseits sah sie in seinen Augen den Mann vom gemeinsamen Essen, auf den sie einen kurzen Blick hatte erhaschen können, begierig darauf, ihn weiter kennenzulernen.

Ist es nicht befremdlich, dass du so denkst? Dass du ihn immer noch kennenlernen willst, obwohl er dir so übel mitgespielt hat? Die Fragen fachten die Wut an.

„Du kannst dich warm anziehen!" Den Zeigefinger wie einen Speer gereckt, stach sie auf ihn zu. „Wir werden die Öffentlichkeit informieren über deine Machenschaften. Wollen wir mal sehen, wie gut ein Hotel anläuft, das ein Tierheim auf dem Gewissen hat."

Jonas öffnete den Mund, schloss ihn dann wieder.

„Ich hoffe, das war es wert!" Ein letzter Dolchstoß mit ihrem Zeigefinger in seine Richtung, dann machte sie auf dem Absatz kehrt und stürmte davon. Die Feuchtigkeit der Tränen überstieg die Kapazität ihrer Augen, so dass die ihre Wangen hinabbrannen, während sie hörte, wie Jonas hinter ihr herrief. Sie bat zu warten und mit ihm zu sprechen.

Genug gesprochen, dachte sie trotzig. Jetzt wird es Zeit, zum Gegenangriff überzugehen.

22

„Das ist in Spanien nicht üblich, da die Strände Allgemeineigentum sind. Da kann ich keine Liegen unseres Hotels aufstellen oder sogar einen Bereich für Sie abtrennen." Ruhe bewahren! Bereits zum zweiten Mal wiederholte Caro diesen Hinweis wie ein Mantra in ihrem Kopf.

So viele freundliche Gäste es auch gab, hin und wieder tauchten auch solche auf wie der untersetzte Herr Mitte sechzig, dessen salopp auf dem Haupt sitzender Sonnenhut eine Lockerheit suggerierte, die allenfalls Fassade war.

Gestern hatte Herr Hohnreiter, wie der Gast hieß, den zu späten Frühstücksbeginn moniert. Denn Rodrigo hatte die Frechheit besessen, erst um fünf nach sieben an Hohnreiters Tisch zu treten, um die Bestellung entgegenzunehmen. Dabei war der Frühstücksbeginn auf sieben Uhr terminiert, wie der klaren Regelungen anhaftende Gast es formulierte.

Ein Fauxpas, den der Gast sogleich bei Caro meldete. Schließlich befand er sich im Urlaub und damit im

Terminstress, da waren minutenlange Verzögerungen beim Frühstück nicht hinnehmbar. Und das, wo er vorgestern überhaupt erst angereist war.

Heute galt der Ärger dem Strand, wo er, Hohnreiter, einen eigenen Bereich nebst Liegestühlen der Villa Caro vermisst hatte. Wahrscheinlich sogar den „Hohnreiter-VIP-Bereich" mit halbnackten Jungfrauen, die ihm Luft zufächeln und Weintrauben reichen, dachte Caro und musste grinsen.

„Sie machen sich wohl über mich lustig?", fragte Hohnreiter spitz.

Caro lief rot an und schüttelte energisch den Kopf. „Ganz und gar nicht, Herr Hohnreiter. Entschuldigen Sie." Sie rieb sich die Stirn. „Sie können sich aber einen Liegestuhl und Sonnenschirm am Strand mieten."

„Das habe ich gesehen. Für fünf Euro. Wobei das nur der Liegestuhl ist. Drei weitere für den Sonnenschirm. Das macht acht. Acht Euro. Da muss eine alte Dame lange für stricken." Er warf die Hände in die Luft, um seine Fassungslosigkeit zu unterstreichen. „Ich bin noch acht Tage hier. Rechnen Sie das mal hoch."

Caro hoffte, dass die schnell verstreichen würden und bemerkte, dass Hohnreiter sie erwartungsvoll ansah. „Ja … also das", begann Caro, die nicht wusste, was der Gast von ihr erwartete. Mitgefühl oder dass sie die gestellte Rechenaufgabe löste?

„Vierundsechzig!", rief Hohnreiter aus. „Ja, bin ich denn Krösus?"

Erneut überlegte Caro, ob er eine Antwort erwartete, und zog die Stirn kraus. „Sie können sich auch an unseren Pool legen. Da sind die Liegen umsonst und auch ausreichend vorhanden."

„Pool?" Er verzog das Gesicht, als habe Caro ihm einen Liegestuhl auf einer Mülldeponie angeboten. „Werte Dame, ich fahre doch nicht ans Meer, um dann am Pool zu liegen."

„Ich unterbreche nur ungern", ertönte Cynthias Stimme von hinten, und Caro drehte sich zu ihr um. „Aber ich benötige ganz dringend die Hilfe meiner Chefin." Sie wandte sich an Hohnreiter. „Ich fürchte, es duldet keinen Aufschub."

Caro wäre ihr am liebsten um den Hals gefallen. Das war der Rettungsring in tosender See, und sie würde den auch ergreifen. Sie drehte sich ein wenig zurück, gerade so weit, um Hohnreiters Gesicht aus dem Augenwinkel betrachten zu können. Ich hoffe, er schluckt es, dachte sie.

„Na, dann werde ich Sie selbstverständlich nicht aufhalten", sagte der schließlich, was zwar pikiert klang, aber zumindest ließ er dem auch Taten folgen, indem er zur Tür hinausstürmte.

„Danke", flüsterte Caro.

„Nicht dafür. Furchtbarer Typ." Cynthia schlug sich die Hand vor den Mund, was Caro zum Lachen brachte.

„In dem Fall durchaus angebracht", sagte sie. „Und vielen Dank, dass du mich gerettet hast."

„Sehr gerne. Ich hatte gestern auch schon das Vergnügen."

„Wirklich? Was war es denn da?", fragte Caro.

„Der Duschkopf, der unbedingt entkalkt gehörte."

„Nicht dein Ernst. Hast du ihm gesagt, dass die Bäder, das ganze Hotel, überhaupt noch nicht alt genug sind, um zu verkalken?"

„Am liebsten hätte ich ihm gesagt, dass es wohl nur einen Ort gibt, an dem sich zu viel Kalk angesammelt hat.“

Das brachte Caro zum Lachen, in das Cynthia einstimmte.

„Julia war so lieb, den Duschkopf in Essig einzulegen, und danach habe ich ihn tatsächlich mal zufrieden erlebt.“ Cynthia räusperte sich. „Oder zumindest forderungsfrei.“

„Ich denke, das ist in seinem Falle bereits das Optimum.“ Caro sah auf die Uhr. „Im Grunde könnten wir in zwei Stunden Feierabend machen. Oder bist du bis dahin noch nicht fertig?“

„Doch. Ich denke schon.“ Cynthia kratzte sich am Hinterkopf. „Ich befürchte nur, dass, wenn unser werter Ehrengast zurückkehrt und niemanden an der Rezeption sieht, es gleich auf der Notfallnummer klingelt.“

„Heute kann uns das noch passieren, aber für die Zukunft ...“ Caro zwinkerte ihr zu. „Es könnte sein, dass ich eine kleine Überraschung bereithalte.“

„Tatsächlich?“

Erneut sah Caro auf die Uhr. „Sollte jeden Augenblick soweit sein.“

Als habe sie damit das Stichwort gegeben, trat eine reifere Dame ein, die das grau-weiße Haar offen trug und dadurch elegant und stilvoll wirkte. Ein Eindruck, der außerdem durch ihren aufrechten Gang, die aufmerksam Cynthia und Caro anblickenden Augen und das dezentem Make-up unterstrichen wurde.

„Frau Gerst?“, fragte Caro, als sie auf die Ankommende zuging und ihr die Hand entgegenstreckte.

„So ist es. Aber Sie können gerne Gertrud sagen.“

„Gerne und umgekehrt Caro und am liebsten du“, entgegnete Caro grinsend, was Gertrud veranlasste, ihrerseits zu lächeln.

„Einverstanden und auf der Insel ohnehin Usus“, sagte sie.

„Das ist Cynthia, meine rechte Hand.“ Mit den Fingerspitzen der seitlich ausgestreckten Hand wies Caro auf ihre Mitarbeiterin, um sich kurz darauf an sie zu wenden. „Gertrud verstärkt uns an der Rezeption.“

„Das ist großartig.“ Cynthia sprang auf und reichte der Dame über den Tresen die Hand, die die freudig schüttelte. „Verstärkung ist gut.“

„Vor allem, da Gertrud gerne abends arbeiten möchte, und ich dachte, dass das insbesondere dir entgegenkommt?“, fragte Caro Cynthia.

„Allerdings. Das ist eine schwierige Zeit, um Tim irgendwo unter zu bekommen.“ Cynthia sah Gertrud an. „Das ist mein kleiner Sohn.“

„Ich verstehe“, sagte Gertrud freundlich. „Bei mir sind die Kinder schon lange aus dem Haus. Tagsüber veranstalte ich hin und wieder Touren mit Touristen über unsere schöne Insel, aber natürlich nur zur Saison. Somit ist es insgesamt schwer absehbar, wie sich meine finanzielle Situation im Laufe des Jahres entwickelt. Ich habe zwar meine Rente, aber fürstlich ist die nicht, und außerdem ist eine regelmäßige Beschäftigung, bei der ich unter Leute komme, etwas Wunderbares.“

„Das hört sich doch prima an. Dann folge mir kurz in mein Büro.“ Caro ging voraus, und Gertrud folgte ihr.

Nachdem sie auf dem angebotenen Stuhl Platz genommen hatte, legte sie die gefalteten Hände auf den

Oberschenkeln ab. „Ich freue mich wirklich, dass du mich eingeladen hast“, sagte sie.

„Und ich freue mich, dass du gekommen bist“, sagte Caro und beugte sich über den Schreibtisch vor. „Ich bin ein Mensch, der auf sein Bauchgefühl vertraut, und das hat sich sofort positiv gemeldet, als ich deine Bewerbung gelesen habe, und der persönliche Eindruck rundet das Bild ab.“ Als sie Gertruds irritierten Blick bemerkte, musste Caro lachen. „Alles in Ordnung?“, fragte sie.

„Ich verstehe nur gerade nicht. Das heißt, ich habe den Job? Ohne Vorstellungsgespräch?“, fragte Gertrud.

„Das hatten wir doch gerade. Mir war wichtig, dass die Dame in der Realität ebenso sympathisch ist wie in ihrer Bewerbung. Außerdem erkenne ich an Cynthias Reaktion, dass sie meinen Eindruck teilt. Ob wir zueinander passen, lässt sich dann ohnehin erst nach etwas Zeit sicher sagen, deshalb würde ich eine Probezeit von drei Monaten vereinbaren.“

„Selbstverständlich.“

„Wir haben einen vertrauensvollen, fast familiären Umgang miteinander. Schließlich sind wir ein kleines Team und das ist es auch, was unsere Gäste schätzen.“

„Das finde ich toll.“ Gertrud nickte eifrig. „Gerne möchte ich ein Mitglied dieser Familie werden.“

„Na dann.“ Caro erhob sich und streckte Gertrud erneut die Hand hin, die die schüttelte. „Willkommen in der Familie.“

23

„Hast du ihn gesehen?" Elena wusste, dass die Frage überflüssig war, denn sicherlich hätte sich Larissa in diesem Falle bereits bei ihr gemeldet.

Erwartungsgemäß schüttelte die den Kopf. „Er ist nicht auf dem Gelände."

„Das gibt es doch nicht." Zum zweiten Mal für heute schossen Elena die Tränen in die Augen. „Das ist zu viel für einen Tag!" Mit dem Handrücken wischte sie sich über die Wangen.

„Hey Süße!" Larissa nahm sie in den Arm. „Ich bin mir sicher, dass es ihm gut geht. Vielleicht sitzt er auch in irgendeinem Versteck, wo wir ihn nicht vermuten, und taucht jeden Augenblick wieder auf."

Elena nickte, auch wenn ihr das unwahrscheinlich erschien. Denn bislang war Lino nur ausgebüxt, wenn sie nicht da war, als habe er sie in diesen Augenblicken gesucht. Heute aber hatte er sich bewusst dazu entschieden, sie zu verlassen, was sie sich nicht erklären konnte.

„Es ist meine Schuld. Warum habe ich ihn auch frei herumlaufen lassen?" Sie schluchzte.

„Weil du das nicht geahnt hast. Wie ich auch nicht. Immerhin hat er das noch nie gemacht."

„Wo will er nur hin?"

Larissa löste sich von ihr und zuckte die Achseln. „Womöglich hat er etwas gewittert. Eine läufige Hündin zum Beispiel." Sie fasste Elena an den Schultern. „Ich weiß, dass das nicht gerade ein toller Tag war heute."

„Das ist sehr diplomatisch ausgedrückt."

„Na gut. Es war ein beschissener Tag. Aber du darfst die Hoffnung nicht aufgeben. Ich bin mir sicher, dass er zurückkommt."

Das Handy in Elenas Tasche läutete, und der Blick aufs Display verriet ihr, dass es sich um die Tierklinik handelte, die anrief.

„Mist", murmelte sie. Ein Anruf in ihrem Urlaub ließ nur eines vermuten.

„Ich weiß, dass du Urlaub hast, aber Jesus ist krank. Magen-Darm und fällt deshalb kurzfristig aus. Wir brauchen dringend jemanden, der die heutige Nacht übernimmt", ertönte die Stimme ihrer Kollegin Isabel aus dem Smartphone.

„Kann das niemand anderes machen? Bei mir ist es heute wirklich ganz schlecht", sagte Elena.

Ein Seufzen ertönte. „Du weißt, dass ich dich niemals in deinem Urlaub stören würde, wenn du nicht die einzige Möglichkeit wärest."

Elena rieb sich mit der freien Hand die Augen. „Okay", sagte sie. Zwar widerstrebte ihr, fortzugehen, ohne zu wissen, was mit Lino war, aber sie war auf den Job in der Tierklinik angewiesen und wollte außerdem ihre Kollegen dort nicht hängen lassen.

„Was ist los?", fragte Larissa, nachdem sie aufgelegt hatte.

„Die Klinik. Ich muss heute Nacht einspringen."

„In deinem Urlaub?"

„So ist das leider in dem Job." Sie ließ den Blick über die Anlage schweifen. „Am liebsten würde ich zwar hierbleiben, in der Hoffnung, dass Lino zurückkommt, aber ich kann meine Kollegen nicht im Stich lassen."

„Verstehe ich. Und um ehrlich zu sein, dass du hier Wache hältst, wird auch nicht unbedingt dazu führen, dass Lino früher zurückkehrt." Larissa räusperte sich. „Wir stellen ihm sein Körbchen und den Wassernapf vor die Tür, dann hat er einen Anlaufpunkt, und ich werde durch den Ort laufen und Passanten ansprechen. Ein Foto von ihm habe ich auf dem Handy. Sollte das nichts ergeben, können wir morgen Flugblätter verteilen, aber vielleicht müssen wir das gar nicht."

„Hoffentlich."

„Was ist los?"

Die Stimme ließ beide Frauen herumfahren. Es war Juan.

„Einer unserer Hunde, der kleine Lino. Er ist abgehauen", entgegnete Elena.

„Das ist natürlich tragisch, aber so ein Straßenhund ist doch sicherlich robust genug, um eine Nacht da draußen durchzustehen?", fragte Juan.

„Das sicherlich", sagte Larissa.

„Wenn ihn nicht ein Auto erwischt." Elena presste die Lippen zusammen.

„Jetzt mal nicht zu schwarz sehen“, sagte Larissa. „Juan hat recht. Lino weiß, wie es draußen zugeht. Immerhin hat er doch dich gefunden?“

„Stimmt.“ Elena schlug die Augen nieder.

„Den erwischt kein Auto. Und vielleicht finde ich ihn ja auch später.“ Larissa zupfte ihr Marylin Manson T-Shirt zurecht, das für Elena stets wie ein Fremdkörper an ihr wirkte. „Wir machen noch die Abendrunde mit den verbliebenen Herrschaften, und dann machst du dich auf den Heimweg. Vielleicht kannst du dich noch mal hinlegen, bevor du deinen Nachtdienst antrittst.“

Gemeinsam mit Juan betraten sie das Gebäude, und der widmete sich sogleich seinen Aufgaben, während Larissa und Elena die Hunde für den Gassi-Gang vorbereiteten.

„Wie konnte ich das vergessen“, sagte Juan plötzlich, als die Frauen bereits die Hunde an den Leinen hielten, um mit denen jeden Augenblick das Gebäude zu verlassen. „Ich habe etwas über die Baustelle herausgefunden.“

Sofort schlug Elenas Herz schneller. „Wirklich?“ Ihre Stimme klang tonlos.

„Ein Bekannter von mir, der ebenfalls in der Baubranche ist, hat mir erzählt, dass dieser Bauer nicht nur der Bauleiter ist. Er hat sich damit wohl übernommen.“

„Was bedeutet das?“, fragte Elena.

„Er hat das Grundstück gekauft, nebst einer Finanzierung für den Bau. Dann aber hat es einige Probleme gegeben. Die erste Baufirma aus Deutschland meldete Insolvenz an, noch bevor sie überhaupt angefangen hatte, zu dem Zeitpunkt hatten die aber bereits Vorschüsse kassiert.“

„Wirklich?", fragte Elena, nicht, weil sie Juans Erzählung anzweifelte, sondern um überhaupt etwas zu sagen, in der Hoffnung, es überspiele das Gefühl, das sie angesichts dessen empfand: Er tut dir leid. Jonas.

„Leider ja, und verständlicherweise hat ihn das in die Bredouille gebracht, denn die Bank will ihre Darlehensraten bedient sehen. Außerdem hatte er nicht mehr ausreichend Geld, um ein anderes Bauunternehmen zu engagieren, deshalb hat er das einzig Vernünftige getan und einen Investor gesucht."

„Und den hat er auch gefunden?", fragte Larissa.

„Hat er." Juan legte die Zange, die er noch in der Hand hielt, auf den Boden. „Und hier wird es noch mal interessant. Der Investor ist ein Unternehmen aus den USA, das bislang noch keine Hotels in Europa betreibt, und damit sozusagen einen Fuß in den europäischen Markt bekommen will." Er kratzte sich an der Augenbraue. „Sie betreiben Luxusresorts in den Staaten und der Karibik und sind laut meinem Bekannten nicht unbedingt dafür bekannt, einen besonders sanften Kurs zu fahren."

„Was heißt das?", fragte Elena.

„Mein Bekannter ist wirklich gut vernetzt, aber was ich jetzt äußere, lässt sich nicht alles belegen. Fakt ist aber, dass es auch in anderen Ländern Probleme gab mit Eigentümern, die nicht verkaufen wollten. Es waren ebenfalls Anlagen, die in der Nähe von Naturschutzgebieten errichtet wurden. In einigen Fällen wurde sich nicht an die Baugenehmigung gehalten."

„Also gab es jedes Mal Ärger?", fragte Larissa.

Juans Zeigefinger schnellte nach oben. „Und erneut wird es spannend. All diese Vorwürfe kamen auf und verliefen dann schließlich im Sande."

„Warum das?", fragte Elena.

„Und ab hier kommen wir in den Bereich der Vermutungen. Wenn Proteste verstummen, dann nur, weil die Protestanten ihr Ziel erreicht haben. Oder ..." Den Zeigefinger führte er an die geschlossenen Lippen.

„... da sie ruhiggestellt wurden", sagte Elena und spürte, dass sich ihr die Nackenhärchen aufstellten beim Gedanken daran, wie so etwas erreicht wurde.

„Das heißt natürlich nicht, dass man sie gekillt hat." Juan lachte kurz auf. „Aber Schmiergeldzahlung, Korruption, Einschüchterung, es gibt einige Wege für jemanden mit großen Geldmengen, um das zu erreichen, was er oder sie möchte."

„Und diese Typen sind jetzt an der Baustelle beteiligt?" Larissa riss die Augen auf.

„Leider ja. Und nicht nur das. Mein Bekannter sagt, dass sie sogar Mehrheitseigner sind."

„Das bedeutet", sagte Elena, ohne den Satz zu Ende zu führen, da ihr in diesem Augenblick klar wurde, was das hieß.

„Vom Mann mit der Vision oder demjenigen, der den Ton angibt, wurde Bauer zwar nicht zum Angestellten, aber zumindest wird er sich an die Vorgaben von Paradise Resorts halten müssen. So heißt der Investor." Juan griff nach der Zange, die er zuvor abgelegt hatte.

Das wollte er dir wahrscheinlich sagen, dachte Elena, und mit einem Mal fiel die brodelnde Wut wie ein Kuchen, den man zu früh aus dem Backofen holte, in sich zusammen. Den entstehenden Freiraum nutzte ihr

Gewissen, um sich auszubreiten und ihr eine Frage zu stellen: Warum hast du ihm nicht zumindest die Möglichkeit gegeben, sich zu erklären?

„Dann lass uns mal los“, sagte Elena. Mehr als Aufforderung an sich selbst, in der Hoffnung, sich von den Selbstvorwürfen ablenken zu können. „Du kommst alleine zurecht?“, wandte sie sich an Juan.

„Aber klar doch“, entgegnete der.

„Danke, dass du dich umgehört hast“, sagte Elena noch, bevor sie mit Larissa und der Hundemeute das Gebäude verließ.

„Das ist ja echt mal ein Ding.“ Larissa pfiff durch die Zähne, während sie die Straße hinuntergingen.

Die Hunde schienen es kaum erwarten zu können und zogen aufgeregt an den Leinen, und Elena wäre ihnen am liebsten gefolgt, um ihre Freundin hinter sich zu lassen. Ich will jetzt nicht darüber reden, sagte sie sich und wusste, dass es unnütz war, das auszusprechen. Larissa würde nicht locker lassen. Und warum hörst du dir nicht ihre Meinung an?

„Vielleicht hätte ich mir doch anhören sollen, was er zu sagen hatte.“

Larissa legte den Kopf schief. „Ich kann dich gut verstehen. Also auch, wie du reagiert hast. Immerhin hat er dich belogen oder zumindest nicht die volle Wahrheit erzählt, was im Grunde dasselbe ist.“

„Aber?“

Pablo hatte einen besonders wohlriechenden Laternenpfahl entdeckt, und seine eingehende Inspektion führte dazu, dass auch Mario daran schnuppern wollte. Nur Casas beobachtete lieber eine Chihuahua-Dame, die an der Leine ihrer Besitzerin stolz vorbeitippelte.

„Kein aber."

„Das kann ich kaum glauben."

Larissa grinste. „Ist aber so. Ich weiß, dass ich ansonsten von der ‚Ich-habe-es-dir-gesagt-Fraktion' bin, aber in diesem Fall ..." Sie zuckte die Achseln.

Sie stiegen die Treppe zum felsigen Hundestrand hinab, wo sie die Hunde in die zeitlich begrenzte Freiheit entließen, um sie dann schweigend beim Herumtollen zu beobachten.

„Soll ich noch mal mit ihm reden?", fragte Elena schließlich.

Larissa ließ sich einen Augenblick Zeit mit der Antwort. „Schwierig. Der Beginn ist irgendwie schon so verkorkst." Sie legte Elena den Arm um die Schultern und drückte sie kurz an sich, bevor sie sie wieder losließ. „Sorry, das war etwas zu direkt."

„Nein." Elena verschränkte die Arme vor der Brust. „Ich denke, genau das brauche ich. Schonungslose Ehrlichkeit. Die Zeit für Traumschlösser ist vorbei. Bin auch nicht mehr in dem Alter dafür."

Erneut legte Larissa den Arm um sie und ließ den dieses Mal auch dort. „So solltest du nicht denken. Für Träume und Wünsche ist man nie zu alt. Und auch nicht für eine Schwärmerei."

„Aber zumindest dafür, an der festzuhalten, wenn sie sich als falsch herausstellt."

„Natürlich spricht momentan nicht viel für diesen Jonas, aber zumindest ist ihm etwas gelungen, was einige Jahre nicht mehr passiert ist. Dass du an einem Mann Interesse zeigst. Zumindest mehr als für ein Techtelmechtel." Mit der Hüfte rempelte sie Elena sanft an, was die zum Grinsen brachte.

„Auch Techtelmechtel waren da nicht viele", sagte E-
lena.

„Hört sich enttäuscht an."

Elena beugte sich zu Pablo runter, der begeistert mit
einem Stöckchen angelaufen kam, um das entgegenzunehmen und sogleich ins Wasser zu schleudern. „Ja, ich
bin auch enttäuscht. Um ehrlich zu sein, ich wollte die
Hoffnung zwar nicht zulassen, aber sie war doch da,
dass ich wieder jemanden kennenlerne."

„Kann dich gut verstehen. Die Kandidaten dafür sind
selten. Und wenn dann mal einer auftaucht, fällt es
schwer, nicht gleich Feuer und Flamme zu sein."

Sie riefen die Hunde zu sich, um sie wieder anzuleinen und sich auf den Rückweg zu begeben. An der Promenade stellte sich die Geschäftigkeit des ausgehenden
Tages ein. Menschen, die vom Strandtag zurück zu ihrem Hotel strebten, und diejenigen, die dies bereits hinter sich hatten. Frisch geduscht, nach Sonnenbad und
After Sun Lotion duftend, hielt dieser Teil der Touristen
in den Restaurants nach einem Tisch Ausschau.

Ist es zu früh, Jonas als geeigneten Kandidaten aufzugeben, fragte sich Elena. Oder ist er nie ein solcher gewesen?

24

„Wirklich schön habt ihr es hier", sagte Cynthia, nachdem sie den Blick über die Dachterrasse hatte schweifen lassen.

„Klein aber fein." Caro hob ihr Glas. „Schön, dass du da bist, und dass es endlich mal klappt, dass wir Zeit außerhalb des Hotels miteinander verbringen."

„Endlich mal so richtig über die Chefin herziehen!", rief Cynthia aus, schlug dann, gespielt entsetzt, die Hand vor den offenen Mund. „Ups!"

„Warte. Das vermerke ich direkt in der Personalakte."

„Gibt es eine?" Die Überraschung in Cynthias Gesicht wirkte echt, weshalb Caro lachen musste.

„Keine Sorge", entgegnete sie abwinkend. „Notizen habe ich höchstens hier oben." Mit dem Zeigefinger tippte sie sich an die Schläfe.

„Dann weiß ich ja, wo ich einbrechen muss." Cynthia lachte.

„Ich kann dich beruhigen." Caro nahm einen Schluck von ihrem Wasser. Da Cynthia noch fahren musste, hatte auch sie beschlossen, heute antialkoholisch zu bleiben. „Bislang kann ich nichts Negatives vermerken, was nicht nur daran liegt, dass ich dich mag. Wie bereits gesagt. Du erledigst deine Arbeit gründlich und engagiert, bist bei Gästen und Kollegen beliebt." Erneut hob sie das Glas, um Cynthia zuzuprosten.

„Zum zweiten Mal?", fragte die grinsend.

Caro zog die Schultern hoch. „Das ist doch etwas, worauf man anstoßen kann."

„Na dann."

Die Gläser prallten klirrend aneinander, und einige Minuten unterhielten sie sich über die Arbeit, vor allem ihren Lieblingsgast Herrn Hohnreiter. Bis Caro sich kurz entschuldigte, um nach dem Essen zu sehen.

In der Küche traf sie auf ihre Großmutter. „Warum kommst du nicht zu uns?", fragte sie.

„Ach, mein kleiner Schmetterling. Ich will euch doch nicht stören."

„Quatsch. Du störst doch nicht. Außerdem weiß ich, dass Cynthia dich gerne mag. Sie hat bereits nach dir gefragt."

„Tatsächlich."

Caro freute sich, dass sich die Miene ihrer Oma aufhellte. „Was essen musst du doch auch, und Amor freut sich doch bestimmt ebenfalls, noch ein wenig Sonne zu tanken."

Wie aufs Stichwort tapste die Dackeldame in die Küche und blickte zunächst ihre Großmutter, dann Caro mit ihren braunen Augen an.

„Geht ruhig schon nach oben. Ich komme dann mit dem Essen nach." Es erfüllte sie mit Freude zu sehen, wie ihre Oma vorausging und Amor ihr folgte.

Obwohl sie erst vor Kurzem bei ihnen eingezogen war, hatte sich die Hündin bereits eingelebt, was vor allem ihrer Großmutter Agatha zu verdanken war. Caro hatte vermutet, dass diese die Dackeldame zu sehr verwöhnen würde, aber Agatha beherrschte die liebevolle Strenge, die die Führung eines Hundes benötigte.

Um ehrlich zu sein, musste Caro zugeben, dass sie diejenige war, die Amor mehr durchgehen ließ, wenn die sie mit ihrem Hundeblick taxierte. Da kann man doch nicht schimpfen, dachte sie dann und schon wurden die Erziehungsgrundsätze der tierischen Freude geopfert.

Sie beugte sich herunter, um die Klappe des Backofens zu öffnen und die dampfende Auflaufform herauszuholen, die sie auf dem Ceranfeld des Herdes abstellte.

„Ich dachte, ich helfe dir", ertönte es von der Treppe, und Caro sah, dass Cynthia Selbige hinabstieg.

„Das brauchst du nicht."

„Mache ich aber gerne und bin ja nicht als dein Hotel- oder Restaurantgast hier, sondern privat."

„Na, dann." Caro wies auf zwei Teller, auf denen sie bereits je ein Stück der Lasagne, die sie zubereitet hatte, drapiert hatte. „Die sind bereit zum Mitnehmen. Dann kann ich noch eine Flasche Wasser mit hochbringen. Besteck sollte oben sein."

Obwohl Caro glaubte, an alles gedacht zu haben, war ein weiterer Treppengang notwendig, da auch noch Amor mit Wassernapf und Körbchen versorgt werden musste.

„Wir müssen unserer Kleinen unbedingt ein Zweitkörbchen und weitere Näpfe für oben besorgen", sagte

Caro, als sie mit der, wie sie hoffte, letzten Fracht die Terrasse betrat. „Ihr hättet doch schon anfangen können."

„Doch nicht ohne dich, mein kleiner Schmetterling." Kaum hatte sie das ausgesprochen, schlug Caros Oma den Blick nieder. „Ist mir so rausgerutscht", sagte sie dann leise zu Caro.

„Ach, Oma. Das ist doch nicht schlimm." Caro ergriff deren Hand, die auf der Tischplatte lag, und drückte die kurz. „Cynthia ist nicht nur eine Mitarbeiterin, sondern auch eine Freundin. Da darf sie das ruhig hören."

„Und ich finde es auch sehr schön." Cynthia lächelte Agatha an. „Kleiner Schmetterling, woher kommt das, wenn ich fragen darf?"

Ihre Oma warf ihrer Enkelin einen versonnenen Blick zu, der Caros Herz wärmte. „Weil sie das für mich ist. Ein schöner Schmetterling, der umherflattert, um die Menschen zu erfreuen." Sie sah Cynthia an. „Klein ist sie natürlich nicht mehr. Aber diesen Kosenamen trägt meine liebe Enkelin bereits seit einigen Jahren."

„Das ist sehr schön", sagte Cynthia und sah von Agatha zu Caro. „Ich beneide euch um das gute Verhältnis, das ihr habt."

„Hast du keines zu deinen Großeltern?", fragte Caro.

„Leider habe ich die nur zum Teil überhaupt kennengelernt, und die Mutter meiner Mutter, sozusagen die letzte Verbliebene, starb, als ich zwölf war."

„Das ist aber schade", sagte Agatha.

„Besonders, da ich meine Eltern ebenfalls verloren habe. Aber ich möchte nicht schon wieder für düstere Stimmung sorgen." Cynthia lächelte verlegen.

„Du kannst alles erzählen." Agatha sah ihre Enkelin an. „Stimmt doch, Caro?"

„Selbstverständlich", schaltete die sich ein. „Wenn du das möchtest."

Einen Augenblick überlegte Cynthia, dann winkte sie ab. „Ein anderes Mal." Mit der Gabel schob sie sich einen Bissen Lasagne in den Mund und kaute mit geschlossenen Augen. „Lass uns lieber darüber sprechen, wie grandios du kochen kannst. Selten habe ich eine derart grandiose Lasagne gegessen."

„Vielen Dank. Dann bin ich doch noch nicht aus der Übung. Seit ich die Küche mehr oder weniger an Rodrigo abgegeben habe, koche ich ja nicht mehr für andere, außer meiner Oma und mir."

„Die Sorge musst du nicht haben." Cynthia spießte das letzte Stück auf ihrem Teller mit der Gabel auf.

„Es gibt noch mehr", sagte Caro.

Cynthia rieb sich kauend den Bauch. „Da passt nichts mehr rein. Leider."

„Willst du etwas mitnehmen? Auch für Tim?", fragte Caro.

„Das ist eine großartige Idee."

„Geht es ihm gut? Habe ihn lange nicht mehr gesehen." Caro trank einen Schluck von ihrem Wasser.

„Der hat schon einige Freunde gefunden." Cynthias Blick ging in die Ferne, während sie lächelte. „Kinder sind da wirklich problemlos."

„Und die Sprache?", fragte Agatha. „Kann er schon Spanisch sprechen?"

„Da ist er mir weit voraus. Und Kinder haben auch hier ihre eigenen Methoden. Er hatte gleich Spielkameraden, mit denen er sich irgendwie verständigt hat."

Cynthia legte Gabel und Messer nebeneinander auf ihrem Teller ab. „Und seine *profesora*, also seine Lehrerin, sagt, dass er in der Vorschule gut mitkommt.“

„In dem Alter lernen sie eine neue Sprache auf ganz natürliche Art. Nicht so wie unsereins, das Grammatik und Vokabeln pauken muss“, sagte Caro.

„Das müsste ich auch unbedingt mal wieder. Aber ich weiß nicht, woher ich die Zeit nehmen soll.“ Cynthia seufzte.

Caro erhob sich, um die Teller abzuräumen. „Deshalb verstärkt uns Gertrud. Dann kannst du dir auch mal einen Tag frei nehmen. Außerdem können wir uns dann ohnehin noch mal Gedanken zu deinen Arbeitszeiten machen. Mich plagt mein schlechtes Gewissen, wenn du als Mama immer bis abends noch im Hotel sitzt.“

„Aber die Arbeit macht mir viel Spaß, und es ist auch nicht jeden Tag so, dass ich länger bleiben muss.“ Cynthia erhob sich ebenfalls. „Wie hast du Gertrud eigentlich gefunden?“

„Das ist irgendwie komisch. Bevor wir beide uns kennengelernt haben und ich dachte, dass du eine gute Hilfe sein könntest, habe ich in einem Portal eine Anzeige geschaltet.“ Caro stellte die Teller aufeinander. „Um ehrlich zu sein, habe ich die völlig vergessen. Es war so viel los, und du hast angefangen. Vor zwei Tagen bekam ich dann eine Mail mit einer total lieben Bewerbung und habe Gertrud gleich eingeladen.“ Sie sah Cynthia an. „Das war zwar nicht ganz so schicksalhaft wie das Zusammentreffen mit dir, aber ich hatte gleich den Eindruck, dass mir das Universum wieder jemanden schickt, den wir dringend benötigen.“

„Vielen Dank." Cynthia erhob ihr Glas. „Wenn das nicht ein weiterer Grund ist, um anzustoßen."

Die Gläser der drei Frauen trafen einander, und Caro war dankbar für diesen Augenblick mit Menschen, die ihr Herz berührten.

25

„Das hast du prima gemacht", sagte Elena und reichte dem Chihuahua ein Leckerli, das der begeistert verspeiste. Oder vielmehr begann er mit dieser Aufgabe, was sie zum Schmunzeln brachte, denn für die Patienten vor ihm, allesamt deutlich größere Rassen, war es nur ein Häppchen gewesen. Hingegen musste Gollum, wie der kleine Kerl gerufen wurde, einiges an Kauarbeit erledigen, um die Leckerei Stück für Stück in seinen Magen zu befördern.

„Sie geben ihm jeden Tag eine Tablette des Antibiotikums für eine Woche. Dann möchte ich ihn noch einmal sehen", sagte sie zu Gollums Besitzerin und händigte der den Tablettenblister aus.

Kaum hatten Chihuahua und Frauchen das Behandlungszimmer verlassen, steckte Carmen, die Helferin, die mit Elena Nachtdienst hatte, den Kopf zur Tür hinein. „Ich weiß, du wolltest erst Pause machen, aber der nächste Fall sieht dringend aus."

Carmen war Anfang fünfzig und verfügte über mehr als dreißig Jahre Berufserfahrung, weshalb Elena nicht nur gerne mit der besonnenen und kompetenten Helferin zusammenarbeitete, sondern ebenso deren fachliche Meinung schätzte, mit der sie selten falschlag.

„Was ist denn passiert?", fragte sie.

„Der Herr wirkt etwas überfordert. Ich glaube nicht, dass es sein Hund ist. Um ehrlich zu sein, er scheint keine Erfahrung mit Hunden zu haben. Hat das arme Kerlchen in eine Schüssel gesetzt."

„Eine Schüssel?" Elena runzelte die Stirn.

„Mehr oder weniger. Ich weiß nicht, wie man das nennt. Größer als eine Küchenschüssel und auch nicht besonders sauber. Ich glaube, das benutzt man auf Baustellen." Sie trat ins Zimmer und schloss die Tür hinter sich, als wolle sie Elena noch etwas Vertrauliches mitteilen. „Du bist doch Single, oder?"

„Öh!" Elena zog die Nase kraus. „Ich fürchte, ich verstehe die Frage nicht."

„Na ja. Der Mann ist wirklich ein Hübscher." Carmen lief rot an. „Das ging jetzt zu weit, oder?"

„Ach Quatsch!" Elena lachte. „Obwohl mir wichtiger ist, was denn das Tier hat."

„Natürlich." Carmen wurde noch roter. „Das kommt davon, wenn man sich ablenken lässt." Sie räusperte sich. „Er sagt, der Hund sei in eine Grube gestürzt."

„Eine Grube?"

„Seltsam, oder? Ich wollte ihn noch fragen, was er damit meint, dachte aber, ich sage dir direkt Bescheid."

„Danke. Du kannst ihn direkt reinschicken. Dann kläre ich das."

„Alles klar." Die Hand auf der Türklinke, drehte sich Carmen noch einmal zu ihr um. „Ist wirklich ein Hübscher. Wollte es nur noch mal gesagt haben."

„Jetzt aber zurück an die Arbeit!“ Elena setzte eine übertrieben strenge Miene auf und hob drohend den Zeigefinger, was Carmen zum Lachen brachte, in das Elena einstimmte.

Kurz nachdem Carmen den Raum verlassen hatte, klopfte es an der Tür, und nachdem Elena die Aufforderung zum Eintreten ausgesprochen hatte, erstarrte sie, als der nächste Patient hineingetragen wurde.

Der Hundeträger schien seinerseits noch nicht erkannt zu haben, wen er vor sich hatte. Erst ging er zum stählernen Behandlungstisch herüber, um den schwarzen Bottich abzustellen, in dem kein Geringerer als Lino saß. Traurig blickte er Elena aus seinen braunen Augen an.

Dies löste Elena aus ihrer Paralyse. Sie griff nach dem Hund und hob ihn behutsam aus der Schüssel, die tatsächlich nicht besonders sauber, sondern mit eingetrockneten Resten Mörtels verschmutzt war.

„Ich wusste nicht, wie ich ihn sonst transportieren sollte“, murmelte der Mann, dessen Blick den Boden fixierte, weshalb er Elena wohl immer noch nicht erkannt hatte.

„Lino, was ist dir denn passiert?“, fragte Elena den Hund, und schließlich weckte die Nutzung des Namens die Aufmerksamkeit des Begleiters, der sie endlich ansah.

„Elena?“ Entgeistert riss Jonas die Augen auf, und einen Augenblick schien es, als würde er jeden Augenblick die Flucht ergreifen. „Mit dir habe ich nicht gerechnet.“

„Und ich auch nicht mit dir. Noch viel weniger mit euch.“ Sie sah von Jonas zu Lino, den sie noch in den

Händen hielt. „Kannst du das Ding von der Liege nehmen?", wandte sie sich an Jonas, der der Aufforderung nachkam.

Vorsichtig setzte sie Lino auf die Liege. „Was ist geschehen?"

Jonas verzog das Gesicht. „Er kam einfach auf die Baustelle gelaufen heute. Einige Stunden, nachdem du da warst. Ich wollte ihn zurückbringen, aber ich glaube, er wollte spielen oder so etwas. Weißt ja, dass ich mich mit Hunden nicht auskenne." Er rieb sich den Nacken und wirkte, als müsse er eine Verfehlung beichten. „Auf jeden Fall lief er vor mir weg und fiel in die Baugrube. Ich wusste nicht, wie ich ihn besser transportieren konnte."

Und da sagst du nicht Bescheid? Obwohl die Frage unmittelbar in ihren Kopf geschleudert wurde, sprach sie die nicht aus. Vorwürfe nutzten nichts.

„Hauptsache, du hast ihn in die Klinik gebracht, damit wir schauen können, was ihm fehlt", sagte sie daher stattdessen.

„Ich hoffe, er wird wieder." Jonas betrachtete Lino traurig, der zusammengekauert auf der Liege hockte und am ganzen Körper zitterte. „Das habe ich doch nicht gewollt."

Da siehst du, wo deine Baustelle hingeführt hat!, meldete sich erneut die Stimme in ihrem Kopf, doch auch diesen Vorwurf würde sie nicht aussprechen. Nicht nur, weil Jonas ehrlich betroffen und Lino ein Häufchen Elend war. Sondern auch, da sie an das denken musste, was Juan erzählt hatte. Zu wissen, dass Jonas nicht der Entscheidungsträger war, sondern mitmachen musste, was von ihm verlangt wurde, änderte vieles.

„Jetzt schauen wir erst mal, was ihm fehlt, und dann werden wir ihn bestmöglich versorgen." Elena gelang es sogar, Jonas ein Lächeln zu schenken, was der dankbar erwiderte. Sie trat an die Liege heran und strich dem Hündchen sanft über den Kopf. „Wird schon wieder, mein Kleiner." Sie sah Jonas an. „Komm doch mal näher."

„Okay?" Zögerlich trat er an den Untersuchungstisch heran.

„Näher. Stell dich hierhin und streichel Lino das Köpfchen. Das mag er."

Es hatte etwas Rührendes, wie Jonas neben Lino Stellung bezog, um unbeholfen die Hand nach ihm auszustrecken. Es wurde nur noch übertroffen von der Reaktion des Hundes, der nicht nur die Augen schloss, sondern sich in Richtung Jonas' Finger streckte.

„Siehst du? Und du hast behauptet, Hund und du seien", einen Augenblick musste sie nach dem Wort suchen, „inkompatibel, wenn ich mich richtig erinnere."

Anstatt etwas zu entgegnen, warf Jonas ihr einen kurzen Blick zu, der mehr sagte, als Worte es vermocht hätten. Es lag Dankbarkeit und Verzückung darin, aber auch Angst. „Ich hoffe wirklich, dass es nichts Schlimmes ist."

Elena begann mit der Untersuchung. „Wir müssen die Hinterläufe röntgen, ich vermute, dass die gebrochen sind."

„Oh Mann! Da kann man doch was machen?" Jonas' Hand zitterte, als er das nächste Mal ausreichte, um Lino zu streicheln.

Der Hund bemerkte dessen Anspannung und schleckte ihm liebevoll die Finger, was Elena fast zu Tränen rührte. Auch, da sie Jonas ansehen konnte, dass er ebenfalls mit denen kämpfte.

„Ich muss Lino ein Beruhigungsmittel geben, damit er bei der Untersuchung still hält. Kannst du ihn halten? Oder soll ich Carmen rufen?"

Anstatt zu antworten, legte Jonas seine Arme um das Hündchen, umschloss ihn regelrecht damit. Das Hündchen schien in seiner unangenehmen Situation glücklich darüber und legte seine Schnauze in Jonas' Ellenbeuge ab, um den mit seinen braunen Augen zu betrachten.

„Wir bekommen dich wieder hin, mein Kleiner", sagte er und strich Lino vorsichtig über das Köpfchen.

„Auf jeden Fall", sagte Elena, während sie die Spritze mit dem Beruhigungsmittel aufzog. Als sie mit dieser zum Behandlungstisch zurückkehrte, sah sie Jonas an. „Bereit?", fragte sie ihn, da sie tatsächlich mehr um dessen Contenance fürchtete als die Linos.

Die verspannten Gesichtszüge Jonas' bestätigten ihre Vermutung, obwohl die wohl seinem Bemühen, sich nichts anmerken zu lassen, geschuldet waren. „Ich bin da", sprach er in Richtung Lino.

Das Hündchen zuckte noch nicht mal zusammen, als Elena die Injektion verabreichte. Er schien vollauf zufrieden zu sein, in Jonas' Armen liegen zu können.

„Jetzt wird er gleich müde", sagte Elena und beobachtete, wie Jonas mit zunehmender Entspannung Linos unruhiger wurde. „Mach dir keine Sorgen. Es geht ihm gut." Sie trat an den Hund heran. „Ich nehme ihn jetzt."

Es fiel Jonas sichtlich schwer, Lino freizugeben, und, wie dieser zuvor, waren es nun Jonas' blaue Augen, die Elena und vor allem das Hündchen begleiteten, als sie es auf den Arm nahm. Und sie war zudem sicher, den Blick des Bauunternehmers im Rücken zu spüren, während sie mit Lino das Zimmer verließ.

Mit Carmens Hilfe war das Röntgenbild zügig aufgenommen und entwickelt, und Elenas Verdacht wurde bestätigt. Der rechte Hinterlauf wies eine Fraktur auf, offenbar verursacht durch den Sturz des Hundes in die Grube. Da Lino noch unter dem Beruhigungsmittel stand, verabreichte Elena zusätzlich ein Schmerzmittel, bevor sie den Bruch richtete und mit einem Gips versorgte.

„Wie geht es ihm?" Jonas sprang vom Stuhl auf, auf dem er im Gang gesessen hatte, und kam auf sie zu.

„Er hat es gut überstanden. Ich konnte das Bein richten und mit einem Gips versorgen."

„Ein Gips? Das wird ihm sicherlich nicht gefallen."

Vom Mann, der nichts mit Tieren zu tun haben wollte, zum Hundeversteher, dachte Elena und musste grinsen.

„Warum lachst du?", fragte Jonas.

Sie winkte ab. „Nichts. Und zu deiner Anmerkung – Hunde kommen in der Regel gut mit einem Gips zurecht. Natürlich kann er damit nicht laufen wie vorher, und ich muss ihn auch in seinem Bewegungsdrang bremsen, aber das klappt schon."

„Kann ich zu ihm?" Er sah wohl die Überraschung in Elenas Gesichtsausdruck, denn er schlug die Augen nieder und fuhr leiser fort: „Nur, um mich von ihm zu verabschieden."

Es kostete sie Willenskraft, den Drang, Jonas in die Arme zu schließen, niederzukämpfen. Sein Verhalten war zwar herzerwärmend und unerwartet, löschte jedoch nicht den Konflikt aus, den sie wegen seiner Übernahme des Grundstücks ausfochten. Wobei dies unzutreffend war. Denn ein auszufechtender Konflikt setzte voraus, dass die Kontrahenten auf Augenhöhe agierten. Dies war hier nicht gegeben, da die Angelegenheit entschieden war. Und das über ihren Kopf hinweg.

Doch selbst das Nachdenken darüber brachte die Wut nicht zurück, die der zunehmenden Sympathie gewichen war, die sie für Jonas angesichts seines Verhaltens gegenüber Lino empfand. Du kannst es dir nicht so einfach machen, ihn als Unmensch abzustempeln, befand ihre innere Stimme.

„Komm mal mit." Sie ging einige Schritte den Flur hinunter und wandte sich zu ihm um. „Schauen wir mal nach unserem Patienten."

Mit Jonas im Schlepptau betrat sie den Raum, in dem Lino auf einer Decke lag. Kaum, dass dessen selbst gewähltes Herrchen sich ihm näherte, begann er, mit dem Schwanz zu wedeln, und hob sogar das Köpfchen. Alles wirkte noch schwach, dennoch war Elena beeindruckt, wie deutlich Lino auf Jonas reagierte.

„Er hat dich wirklich gern", sagte sie und strich dem Hund über das Köpfchen. Sie und Jonas waren neben dem Tier in die Hocke gegangen.

„Weißt du ..." Jonas brach ab. Ihm war anzumerken, dass er mit den Tränen kämpfte. „Er ist einfach auf mich zu. Als hätte er mich ausgesucht."

„Ja, so ist er. Und dabei wählerisch."

Einen Augenblick schwiegen sie.

„Es bleibt doch nichts zurück? Also, er wird doch wieder laufen können wie vorher?“

„Ich denke schon. Es war glücklicherweise kein komplizierter Bruch, der sollte gut verheilen.“

„Da bin ich froh.“ Jonas hatte sich an Linos Köpfchen im Schneidersitz niedergelassen.

Als Elena sah, dass der Hund dies unmittelbar nutzte, um die Schnauze auf Jonas’ Unterschenkel zu legen, war sie es, die fast vor Rührung heulen musste. „Möchtest du noch etwas bei ihm bleiben? Bis er richtig wach ist?“

„Unbedingt“, entgegnete Jonas, und in seinen Augen konnte sie es sehen: Lino hatte sein Herz gestohlen.

26

„Und dann klickst du auf dieses Symbol", sagte Caro und wies dabei auf den Bildschirm.

Gertrud bewegte den Mauszeiger an die entsprechende Stelle und betätigte die Taste. „Ich stelle mich sicherlich total dämlich an."

„Ganz im Gegenteil. Du machst das super. Vor allem dafür, dass du behauptet hast, keine Ahnung von Computern zu haben."

Gertrud strahlte über das ganze Gesicht. „Das höre ich gerne. Dann hat sich der Einsatz meiner Enkel doch gelohnt."

„Leben deine Kinder auf Mallorca?", fragte Cynthia, die mit ihnen an der Rezeption stand, wo Caro heute Morgen mit der Einarbeitung Gertruds begonnen hatte, um die später Cynthia zu überlassen.

Da sie sich jedoch selbst ein Bild von der neuen Mitarbeiterin machen wollte, hatte sie zumindest einen Teil davon selbst übernehmen wollen.

„Nein", entgegnete Gertrud kopfschüttelnd. „Meine Tochter lebt in Deutschland. In Heidelberg, so wie mein Mann und ich ebenfalls, bevor wir ausgewandert sind."

„Eine schöne Stadt", sagte Caro.

„Hat ihre guten Seiten, aber dennoch bin ich dort nie so angekommen wie hier nach kürzerer Zeit. Irgendwie habe ich mich dort bis zuletzt als Zugezogene gefühlt."

„Du hast dort studiert, wenn ich deinen Lebenslauf noch richtig im Kopf habe?", fragte Caro.

„So ist es. Zumindest angefangen habe ich an der PH, der pädagogischen Hochschule, Lehramt zu studieren. Dann wurde ich mit meiner Tochter schwanger und habe das Studium unter- und schließlich abgebrochen. Was ich niemals bereut habe."

„Ja, das Leben ist stets für eine Überraschung gut", sagte Cynthia.

Gertrud stieß ein Lachen aus. „Sag mal, meine Liebe. So ein Ausspruch von einem jungen Ding wie dir und gegenüber eines deutlich gereifteren Modells?"

Das brachte wiederum Cynthia und Caro zum Lachen.

„Sorry. Ich wollte nicht altklug klingen", sagte Cynthia im Anschluss.

„Meine Liebe", Gertrud wedelte kurz mit den Fingern durch die Luft, „es ist ja nicht so, dass ich dir nicht zustimmen würde."

Hast du tatsächlich ein so gutes Gespür, oder wirst du wahllos?, fragte sich Caro, als sie die Sympathie registrierte, die sie gegenüber Gertrud empfand. Natürlich ließ sich das nach dem kurzen Kennenlernen nicht sicher sagen, aber es schien, als verfüge sie, nach ihrem

Fehlgriff mit Benjamin, mittlerweile über ein gutes Geschick in der Mitarbeiterauswahl.

„Wie alt ist deine Tochter denn?", fragte Caro.

„Älter als ihr beiden jungen Hüpfer, aber mit fünfundvierzig natürlich immer noch jung."

„Und deine Enkel?", fragte Cynthia.

„Bastian ist zweiundzwanzig und Finn zwanzig. Beide studieren und haben dennoch Zeit, hin und wieder mit ihrer Oma zu skypen." Gertruds Miene verriet, dass sie vor allem auf die Verwendung des letzten Wortes stolz war.

„Ich kann mich nur wiederholen." Caro grinste. „Und du behauptest, keine Ahnung von Computern zu haben."

Ihr Handy klingelte, und der Blick aufs Display verriet ihr, dass es sich um Ann Norfolk handelte, der das Haus links neben ihrem gehörte. Ohne sich erklären zu können, weshalb, schnellte Caros Puls in die Höhe.

„Agatha ist bei mir", sagte Ann, und Caro benötigte einen Moment, um zu realisieren, dass sie von ihrer Großmutter sprach, deren Namen Caro aufgrund der englischen Aussprache dessen nicht gleich zuordnen konnte. „Ich habe sie am Strand getroffen, und sie schien nicht zu wissen, wie sie nach Hause kommen soll."

„Ihr geht es gut?", fragte Caro.

„Ich habe ihr einen Tee gemacht, und ihre Begleitung hat etwas Salami bekommen", verkündete Ann.

Erneut benötigte Caro einen Augenblick, um zu begreifen, wen die Engländerin meinte. Normalerweise fand sie deren Humor amüsant, aber in dieser Situation, mit Aufregung, die im Magen rumorte, war der überflüssig. Dennoch war sie ihrer Nachbarin dankbar und wollte deshalb durch einen entsprechenden Hinweis keinen Ärger auslösen.

„Dann geht es meiner Großmutter und dem Hund gut.“

„So ist es. Aber es war dennoch seltsam. Als wüsste sie überhaupt nicht, wo sie ist. Ich denke, es wäre besser, wenn du sie mal untersuchen lässt.“

„Okay.“ Caro sah auf ihre Armbanduhr. „Ich bin in zwanzig Minuten bei dir, falls das in Ordnung ist?“

„Selbstverständlich.“

Sie beendete das Gespräch und wandte sich an Cynthia, die sie fragend ansah. „Das war meine Nachbarin. Hat meine Oma eben am Strand aufgegriffen, da die nicht mehr wusste, wie sie nach Hause kommen sollte.“

Cynthia schürzte die Lippen. „Ihr geht es hoffentlich gut?“

„Das ja, aber Ann sagt, sie sei ihr komisch vorgekommen, und da wir häufig Kontakt miteinander haben, kann sie sich da ein Urteil erlauben. Außerdem ist es natürlich seltsam, dass meine Oma den Weg nach Hause nicht mehr gefunden hat.“

„Ich kann mit Gertrud weitermachen, und du schaust nach Agatha“, sagte Cynthia. „Richte ihr Grüße von mir aus.“

Caro nickte und verabschiedete sich von den beiden.

Bevor sie ging, kam Cynthia noch mal auf sie zu. „Falls ich dir irgendwie helfen kann, lass es mich wissen.“

„Danke“, sagte Caro, bevor sie sich zum Gehen wandte.

Den Weg nach Hause legte sie grübelnd zurück. Was war los mit ihrer Oma? Sogleich lieferte ihr früheres

Berufs-Ich die entsprechenden medizinischen Antworten: Demenz oder Schlaganfall. Wobei Ersteres auch die Folge des Letztgenannten sein konnte, wobei jede Ursache für sich ihr bereits die Beine schwächte. Sie setzte sich auf eine der Bänke an der Promenade, nicht, um den malerischen Blick auf Strand und Meer zu genießen, sondern da es ihr schlicht den Boden unter den Füßen wegriss. Wie bereits beim Oberschenkelhalsbruch ihrer Oma half es wenig, sich zu sagen, dass man in deren Alter mit so etwas rechnen musste.

Eine solche Diagnose würde alles ändern. Den Alltag, den sie beide liebten, über den Haufen werfen.

Du hast denselben Fehler wieder begangen, sagte eine innere Stimme, die wie ihre Mutter klang, doch die hatte recht. Ein weiteres Mal hatte sie das Alter ihrer Großmutter zwar nicht ignoriert, aber nicht wirklich wahrgenommen. Besonders, da Agatha auf Mallorca aufgeblüht war, als sei sie jünger geworden.

Aber sie ist nicht jung, sondern fast einundneunzig, sagte die Stimme ihrer Mutter in Caros Kopf im klassischen „Ich-habe-es-dir-doch-gesagt-Tonfall", was Ärger in ihr aufflammen ließ. Auf sich selbst, ihr Verschließen der Augen vor einer Möglichkeit, der stets eine hohe Wahrscheinlichkeit innegewohnt, und die sich nun zur Realität manifestiert hatte.

„Das bringt jetzt nichts", flüsterte sie sich selbst zu. „Für Selbstvorwürfe ist jetzt keine Zeit. Du musst das jetzt in Ordnung bringen." Sie nickte sich selbst zu und erhob sich von der Bank.

Obwohl sie nicht wusste, wie sie die Aufforderung an sich selbst umsetzen sollte, hatte sie sich dadurch einen Handlungsimpuls versetzt, was besser war, als zu jammern. Ja, du trägst eine Mitschuld daran, aber es ist nicht zu spät, das Ruder herumzureißen, sagte sie sich, während sie ihre Schritte beschleunigte.

Endlich erreichte sie die Wärme der Sonne wieder, und ihre Miene hellte sich auf beim Anblick eines älteren Herrn, der grinsend seinen Enkel an der Hand die Promenade entlangführte. Sie erinnerte sich an die junge Caro, die durch ihre Großmutter in ähnlicher Weise auf den ersten Schritten begleitet wurde.

Falls nun der Zeitpunkt gekommen war, dass sie die Rollen tauschen müssten, würde sie nicht zögern, dies zu tun. Es gibt immer eine Möglichkeit!, rief sie sich ins Gedächtnis und ebenso, dass sie bislang stets einen Weg gefunden hatte.

27

„Der arme Kerl.“ Larissa strich Lino über das Köpfchen und betrachtete dabei traurig dessen eingegipstes Bein. „Ich hoffe, das heilt schnell.“

„Sechs Wochen in der Regel“, sagte Elena.

Larissa pfiff durch die Zähne. „Das ist ganz schön lange. Aber er scheint gut damit zurecht zu kommen.“ Sie sahen Lino dabei zu, wie der zur Tür humpelte. „Wo will er denn hin?“, fragte Larissa.

„Ich denke, das weiß ich“, entgegnete Elena, und ein Lächeln umspielte ihre Mundwinkel.

„Das Grinsen verrät dich.“ Larissa betrachtete sie prüfend. „Scheint, als hättest du das Kriegsbeil begraben?“

Elena zuckte die Achseln. „Natürlich ist die Situation unverändert, aber du hättest miterleben müssen, wie er mit Lino umgegangen ist. Wie das Kerlchen Jonas’ Herz erobert hat. Das hat mich tief berührt.“ Sie rieb sich das Kinn. „Ich kann mir kaum vorstellen, dass Lino ihm diese Begeisterung entgegenbringen würde, wäre Jonas ein schlechter Mensch.“

„Wahrscheinlich hast du recht. Habt ihr denn noch mal über den Verkauf gesprochen?"

„Haben wir. Und er hat im Grunde das bestätigt, was wir von Juan erfahren haben. Dass es nicht mehr seine Firma ist. Oder dass er nur Minderheitseigner ist und damit nicht die Entscheidungsgewalt hat. Er hat zwar zugegeben, dass er anfangs hinter der Idee stand, unser Grundstück noch hinzuzukaufen, aber seit er mich kennt und weiß, was wir hier tun, versucht hätte, seine Chefs davon abzubringen."

„Ist womöglich nur eine Ausrede."

Elena schob die Unterlippe vor. „Mag sein. Aber meine Intuition sagt mir, dass er die Wahrheit gesagt hat. Er war gestern ohnehin sehr offen. Die Sache mit Lino hat ihn sehr mitgenommen und bewegt." Sie konnte Larissa ansehen, dass die nicht ganz überzeugt war. „Wahrscheinlich würde ich das auch anders sehen, wäre ich nicht dabei gewesen."

„Wir sollten nur vorsichtig sein", sagte Larissa. „Ich will dir glauben, und es stimmt, was du sagst, ich war nicht dabei. Andererseits hast du dich wohl auch in den Typ verknallt. Zumindest ein wenig, und egal, wie aktiv er an der Entscheidung beteiligt war oder ist, er arbeitet für den Betrieb, der uns heimatlos machen wird."

„Du hast ja recht." Elena seufzte. Sie ging zur Tür und nahm Lino auf den Arm. „Also sollen wir das mit dieser Unterschriftensammlung angehen?"

„Wäre einen Versuch wert, denke ich. Wobei wir irgendwas brauchen, was uns mehr Aufmerksamkeit sichert. Eine Veranstaltung oder so was."

„Nur, wie sollen wir die finanziell stemmen? Spenden sammeln, um eine Spendengala oder ähnliches zu finanzieren, erscheint mir wenig sinnvoll. Zumal wir auch an einen Alternativort denken sollten. Also zumindest müssen wir uns danach umschauen, sonst stehen wir blöd da, wenn wir den Verkauf nicht verhindern können."

„Wie ist denn der Stand?", fragte Larissa.

„Das könnte ich bei Alejandro erfragen. Er wollte auch noch mal ein gutes Wort für uns einlegen. Da ich aber bislang nichts von ihm gehört habe, denke ich, dass dabei nichts herausgekommen ist." Sie sah zu ihrem Schreibtisch. „Dabei haben wir bereits Anfragen von anderen Tierheimen, ob wir Tiere übernehmen, da die an ihre Kapazitätsgrenzen stoßen."

„Was ist denn mit dem, was Juan gesagt hat? Wenn wir uns an die Gemeinde wenden und auf den dringenden Bedarf hinweisen?"

„Da müssten wir auf einen Tierfreund treffen, ansonsten sehe ich da wenig Chancen. Aber selbstverständlich können und sollten wir das versuchen."

Larissa nickte.

„Wir müssten etwas schaffen, das so wichtig ist, dass es sich verbietet, es monetären Interessen zu opfern", sagte Elena.

„Aber was soll das sein? Wenn bereits ein Tierheim nicht ausreichend ist?" Larissa runzelte die Stirn.

„Das ist die Frage", murmelte Elena und entließ Lino auf den Boden. Kaum war der wieder frei in der Bewegung, humpelte er erneut auf die Tür zu. „Da will jemand zu seinem Wahl-Herrchen."

„Er scheint noch verrückter nach diesem Jonas zu sein als nach dir", bemerkte Larissa, was etwas spitz klang.

„Ob es uns gefällt oder nicht. Zwischen den beiden besteht eine Verbindung, und abbringen können wir Lino davon nicht." Dass sie dankbar dafür war, dass das Hündchen ihr damit eine Ausrede lieferte, den Kontakt zu Jonas zu halten, sprach sie nicht aus. Ohnehin wusste Larissa das bereits, und die Äußerung dessen würde nur weiteren Zündstoff liefern.

„Hoffen wir mal, dass in ihm wirklich das steckt, was ihr beide in ihm seht", sagte Larissa.

Lino hatte sich mittlerweile zu ihnen umgewandt und bedachte sie mit einem tieftraurigen Blick aus seinen braunen Augen.

„Dann kümmer dich mal um unseren Patienten." Mit dem Kinn deutete Larissa auf den Hund.

„Was meinst du?"

„Na, was wohl? Er kann es anscheinend kaum erwarten, Jonas zu treffen, und man muss keine Kristallkugel haben, um zu wissen, dass es dir nicht anders geht."

Anstatt zu widersprechen, was sinnlos gewesen wäre, verrieten ihr dankbares Grinsen und die zarte Röte, die ihr ins Gesicht stieg, doch eindeutig, das Larissa recht hatte, nickte Elena.

„Was meinst du, Lino?", fragte sie den Hund. „Sollen wir Jonas mal einen Besuch abstatten?"

Bei den ersten Worten legte Lino den Kopf schief, um bei Erwähnung des Namens zum Schwanzwedeln überzugehen.

„Ganz ruhig", sagte Elena. „Wir gehen ja schon, und du musst schließlich aufpassen mit deinem Beinchen." Vorsichtig nahm sie ihn auf den Arm und verließ so das Gebäude.

28

„Es handelt sich also um Durchblutungsstörungen im Gehirn?", fragte Caro.

„So ist es. Die kleinen Blutgefäße setzen sich bei vielen Menschen im Alter zu, was zu Mikroinfarkten führt, und das kann Gedächtnisstörungen verursachen. Wir nennen das vaskuläre Demenz", entgegnete Dr. Bader.

Es war Juan zu verdanken, dass sie sofort für ihre Oma einen Termin bei dem Neurologen erhalten hatte, denn Juan hatte dessen Praxis umgebaut. In gewohnt guter Weise und zum Vorteilspreis, so dass der Mediziner gerne bereit war, sich mit einem umgehenden Behandlungstermin zu revanchieren.

„Das bedeutet, dass ihre Beschwerden zunehmen werden?", fragte Caro.

„Sicher kann ich das nicht beantworten. Auf jeden Fall verschreibe ich ihr ein Mittel zur Blutverdünnung, das reduziert das Risiko weiterer Infarkte."

Caro strich ihrer Großmutter, die zusammengesunken auf der Kante der Behandlungsliege saß, über den Rücken. „Hast du das verstanden, Oma?“

„Habe ich, mein kleiner Schmetterling. Vor allem, dass ich dir noch mehr zur Last werde.“

„So ein Quatsch!“ Energisch schüttelte Caro den Kopf. „Du bist mir bisher nicht zur Last gefallen, und auch in Zukunft wird das nicht so sein. Ich bin gerne für dich da. Jetzt und auch in Zukunft.“ Sie gab ihr einen Kuss auf den Kopf.

„Haben Sie nicht erzählt, dass Sie einen Hund haben?“, fragte Dr. Bader.

Das verwunderte Caro, weshalb sie ihn konsterniert ansah.

„Sorry! Da fehlt der Kontext.“ Der Mediziner lehnte sich auf seinem Stuhl zurück. „Hunde lassen sich zu allem Möglichen ausbilden. Sicherlich kennen Sie Blindenhunde, aber das ist nur eine Möglichkeit. Neben der Tatsache, dass Tiere erwiesenermaßen Gesundheit und Wohlbefinden verbessern, können sie viele Aufgaben übernehmen und damit entlasten. Aber man kann ihnen auch antrainieren, dass sie im Notfall Alarm geben.“

„Verstehe“, sagte Caro, der langsam dämmerte, worauf der Arzt hinaus wollte. „Sie glauben also, dass unsere Amor zu einem Therapiehund ausgebildet werden kann?“

„Zumindest kenne ich eine sehr gute Hundetrainerin, mit der ich viel zusammenarbeite. Ist sozusagen mein Steckenpferd, da ich selbst Hundehalter und -liebhaber bin, und das ein Konzept ist, das sich bereits in vielen Fällen bewährt hat.“ Er wandte sich seinem Schreibtisch zu und entnahm einer Halterung eine Visitenkarte, die er Caro reichte. „Sie können sich bei Yvonne auf mich berufen und mit ihr die Details absprechen. Auch, ob sich ihr Hund dafür eignet. Aber Yvonne sagt stets, dass die Fähigkeit dazu in jedem treuen Begleiter steckt, man nur herausfinden muss, wie man sie ausbildet.“

„Das hört sich gut an“, sagte Agatha, und Caro war froh, sie lächeln zu sehen. Die Aussicht, dass die heißgeliebte Amor ihre Helferin werden könnte, stimmte sie verständlicherweise glücklich.

„Die Hunde lernen zum Beispiel, ihr Frauchen nach Hause zu führen, wenn das den Weg nicht findet. Und man kann sogar eine Notruffunktion einrichten, die sie auslösen können, wenn etwas passiert“, fuhr Dr. Bader fort.

„Sie haben uns bereits überzeugt“, sagte Caro lächelnd.

„Das weiß ich, spreche aber zu gerne darüber, da es mich jedes Mal fasziniert, zu was die Tiere fähig sind. Nach Yvonnes exzellentem Training selbstverständlich.“ Er griff nach seinem Rezeptblock. „Ich rezeptiere Ihnen etwas, davon nehmen Sie täglich eine Tablette und sind bitte vorsichtig. Da das Medikament das Blut verdünnt, werden Sie länger bluten, falls Sie sich verletzen, und leichter blaue Flecken bekommen.“

Agatha nickte. Caro sah ihr an, dass sie in Gedanken bereits bei ihrer neuen Krankenschwester Amor war und konnte es ihr nicht verdenken. So hatten der Schreck über das Geschehene und die Diagnose einen positiven Ausgang. Zumindest hoffte Caro das, als sie die Visitenkarte in die Gesäßtasche ihrer Jeans schob.

Sie verabschiedeten sich von Dr. Bader und verließen, nachdem sie einen Kontrolltermin in zwei Wochen vereinbart hatten, dessen Praxis, die am *Paseo Maritimo* in Palma lag.

„Wie wäre es mit einem Eis?", fragte sie ihre Oma und war froh, dass die fröhlich nickte.

„Du weißt doch, mein kleiner Schmetterling. Ein Eis geht immer."

„Sollen wir zu Fuß ins Zentrum gehen?"

„Auch wenn der mich wohl ab und zu im Stich lässt", mit dem Zeigefinger tippte sich Agatha an die Schläfe, „bin ich noch keine Tatter-Greisin." Sie grinste.

„Auf gar keinen Fall", erwiderte Caro, die ebenfalls lächelte.

Von unterwegs informierte sie Juan und Cynthia über das Ergebnis. Ihre neue Freundin versicherte ihr, dass alles in Ordnung sei und sie mit ihrer Oma noch Zeit in Palma verbringen konnte.

Das ließen sie sich nicht zweimal sagen, sondern erklommen die Stufen, die zur Kathedrale Palmas hinaufführten. Caro liebte den gotischen Bau, der von seiner erhöhten Position aus Wache über die Stadt hielt.

Doch nicht nur der Blick auf die Kirche, sondern auch von dieser hinunter auf das in der Sonne glitzernde Meer, beschwor das jähe Glücksgefühl in ihr herauf, das sie immer wieder auf der Insel heimsuchte, und jedes Mal aufs Neue das Herz vor demütiger Freude zu zerreißen drohte. In diesen Augenblicken wurde ihr nicht nur die Kostbarkeit, hier leben zu dürfen, bewusst, sondern auch die Zerbrechlichkeit. Als wäre das Dasein in ihrem kleinen Paradies in einer Seifen-blase eingeschlossen, die eine sanfte Brise durch das

Universum trieb, ohne erahnen zu können, wann diese an einem scharfkantigen Unglück zerplatzen würde.

„Das ist wunderschön, mein kleiner Schmetterling", flüsterte ihre Großmutter und lehnte den Kopf an Caros Schulter, der erst in diesem Moment bewusst wurde, dass sie zum ersten Mal hier war.

In der Tat hatte ihre Großmutter Palmanova noch nicht verlassen, seit ihrer Ankunft am Flughafen in Palma, die sie wohl kaum zählen konnte. Sanft strich Caro ihr mit den Fingerspitzen über den Kopf und nahm sich vor, das zu ändern.

So sehr sie ihr Hotel liebte, ihre Oma liebte sie mehr, und es stand in ihrer Verantwortung, ihr diesen Lebensabend zu bereiten, den sie ihr versprochen hatte. Und glücklicherweise hast du nun fleißige Helfer, dachte sie. Falls sich ihr Eindruck über Gertrud bestätigte, wollte sie deren Tätigkeit weiter ausbauen.

„Sollen wir weiter?", fragte sie ihre Oma, deren verzückter Blick immer noch dem Meer mit den Palmen davor galt.

„Gerne."

Sie passierten die Kathedrale und folgten der *Carrer del Palau Reial,* die sie an alten Gebäuden, teilweise mit Ladengeschäften im Erdgeschoss, bis zur *Plaza de Cort* führte.

„Was für ein wunderschöner Baum!", entfuhr es ihrer Großmutter beim Anblick des großen Olivenbaumes, dessen knorriger und vielfach gewundener Stamm Blickfang und Zentrum des Platzes darstellte. Umgeben wurde die *Plaza* vom Rathaus auf der einen Seite und Cafés, Restaurants und Geschäften dem gegen-überliegend. Eines davon war das Eiscafé, das Caro wohl bekannt war und dessen Eis für sie zu einem der besten in der Stadt gehörte.

Sie fanden freie Plätze an einem der Tische und sahen dem munteren Treiben der Touristen zu, bis die Bedienung ihnen ihre Bestellung servierte.

„Das war eine tolle Idee, mein kleiner Schmetterling. Vielen Dank!“, sagte ihre Oma zwischen zwei Löffeln dunklen Schokoladeneises.

„Ich dachte, dass wir beide ein wenig Nervennahrung vertragen können.“ Caro schöpfte Pistazieneis auf ihren Löffel, beließ den dann aber im Becher. „Sobald wir zu Hause sind, rufe ich diese Yvonne an. Ich möchte, dass sie Amor so schnell wie möglich trainiert.“ Sie griff erneut nach dem Löffel, führte den jedoch auch dieses Mal nicht zum Mund. „Ich glaube, es ist besser, wenn du bis dahin nicht alleine unterwegs bist.“ Endlich hatte der Satz, mit dem sie bereits einige Zeit kämpfte, ihren Mund verlassen.

„Du hast sicherlich recht, mein kleiner Schmetterling.“

Im Gesicht ihrer Oma suchte sie nach Verärgerung, konnte die jedoch nicht ausmachen. Sie begibt sich einfach in deine Hände, dachte sie, und die Woge der Zuneigung war so stark, dass sie ihr einen Arm um die Schultern legte und sie sanft an sich zog, um ihr einen Kuss auf die Schläfe zu geben.

Ihre Großmutter betrachtete sie lächelnd.

„Du bist damit einverstanden?“, fragte Caro.

„Kind. Das Alter hat mich eines gelehrt. Nämlich offen zu sein für die Veränderungen, die unabdingbar eintreten. Was würde es nutzen, mich zu ärgern über etwas, das sich nicht ändern lässt? Vor allem weiß ich doch, dass du nur das Beste für mich möchtest, und außerdem wissen wir, dass mein Kopf mich jederzeit wieder im Stich lassen kann." Sie ergriff Caros Hand. „Du hast bereits so vieles für mich getan, und ich werde alles tun, um es dir so leicht wie möglich zu machen mit mir." Sie zwinkerte Caro zu, was die dazu veranlasste, ihrer Oma einen weiteren Kuss, dieses Mal auf die Wange, zu geben.

Als eine Gruppe reifere Herrschaften nebst Fremdenführerin vorbeiflanierte, erkannte Caro im Gesicht ihrer Oma den Ausdruck, der die Empfindung spiegelte, die auch sie stets in diesen Momenten verspürte: Die Dankbarkeit, im Gegensatz zu diesen Menschen nicht in einigen Tagen oder Wochen die Koffer packen zu müssen, um diesen Ort zu verlassen.

Nein, dachte Caro, du bleibst genauso wie ich hier, und wir finden eine Möglichkeit, um das bestmöglich zu gestalten.

29

Elena traute ihren Augen kaum und hätte Selbige am liebsten gerieben. Denn immer noch erschien schwer vorstellbar, dass der Mann, der ihr noch vor Kurzem mitgeteilt hatte, dass er mit Tieren nicht kompatibel sei, mit seligem Gesichtsausdruck Lino im Arm hielt. Ein Arrangement, das auch dem Hund sichtlich zusagte. Der hatte die Augen geschlossen und genoss die Streicheleinheiten, die Jonas ihm spendierte.

„Schwer zu glauben, oder?", fragte Jonas, der ihre Gedanken erraten hatte.

„Um ehrlich zu sein – ja. Aber es ist etwas, das mich sehr freut", entgegnete Elena.

Sie hatten sich in einen Teil der Baustelle zurückgezogen, an dem weniger Lärm und Betrieb herrschte. Obwohl die Atmosphäre dennoch deutlich unruhiger war als bei ihrem Treffen im Restaurant und selbst in der Klinik gestern, schienen sie daran anzuknüpfen.

Jonas wirkte auch heute gelöst, und der anfängliche Ärger verschonte Elena weiterhin. Im Gegenteil, die Sympathie machte weiter Boden gut und stand kurz davor, in eine stärkere Emotion dem hübschen Deutschen gegenüber umzuschlagen.

Dies bescherte ihr ambivalente Gefühle. Einerseits dachte sie an Larissas Aussage, wie bemerkenswert und erfreulich es war, dass ein Mann dies wieder bei ihr auslöste, andererseits wollte ihr diese Frage nicht aus dem Kopf gehen: Darfst du das zulassen?

„Ich würde mich gerne mit dir treffen. Also an einem Ort, der dafür besser geeignet ist." Er hob abwehrend die Hand, mit der er zuvor Lino gestreichelt hatte. „Kein Date!" Er räusperte sich und fügte deutlich leiser hinzu: „Falls du nicht willst, dass es eines ist." Als er anschließend den Blick niederschlug und seine Wangen eine diskrete Rötung annahmen, musste Elena sich beherrschen, ihm nicht einen Kuss auf diese zu geben.

Das kann nicht gespielt sein!, sagte sie sich und war bereit, ihren Widerstand aufzugeben. „Wenn du möchtest, können wir uns für heute Abend zum Essen verabreden. Und wir können ja den Ausgang abwarten und im Nachgang festlegen, ob wir es als Date gelten lassen oder nicht." Sie zwinkerte ihm zu, was Jonas' Gesichtsrötung verstärkte.

„Einverstanden." Er fuhr fort, Lino zu streicheln. „Geht auch ein Dreier-Date?"

Elena lachte. „Davon bin ich ohnehin ausgegangen. Bin ja kein Unmensch, der trennt, was offenbar zusammengehört."

„Ich möchte auch über etwas mit dir sprechen." Er sah sich um, als fürchte er, dass sie belauscht wurden. „Das geht hier nicht, aber es könnte von Nutzen sein für eine gewisse Angelegenheit."

Mit dieser Ankündigung verabschiedeten sie sich voneinander, und Elena machte sich auf dem Rückweg zum Tierheim, während sie darüber nachdachte, was Jonas gemeint hatte. Im Grunde konnte er nur vom Verkauf gesprochen haben. Und wenn er von etwas sprach, was ihr von Nutzen sein könnte, musste es sich um eine Möglichkeit handeln, den zu verhindern.

Es ist das Eine, dass er begeistert von Lino ist und möglicherweise von dir, aber sein eigenes Bauvorhaben zu sabotieren – ist das nicht mindestens eine Nummer zu groß?, fragte sie sich.

Andererseits war es nicht mehr zu Einhundertprozent sein Projekt, das hatte er ihr bereits in der Klinik vermittelt. Und sie konnte es auch in seinen Augen sehen, wenn er darüber sprach. Die Enttäuschung war sichtbar, da daraus etwas geworden war, was nur noch in Teilen seiner Vision entsprach. Außerdem hielt sie ihn nicht für den eiskalten Geschäftsmann und hatte den Eindruck, dass er in seinen Investoren an solche geraten war.

„Anhören solltest du es dir auf jeden Fall, aber sei vorsichtig", riet ihr Larissa, nachdem Elena ins Tierheim zurückgekehrt und ihr sowohl vom Gespräch mit Jonas als auch ihren Gedanken dazu berichtet hatte. „Auch wenn ich deiner Einschätzung vertrauen möchte, denk daran, dass er anfangs nicht ehrlich war und das hier eine Masche sein könnte, um an Informationen zu kommen, ob und was wir vorhaben."

„Stimmt." Elena presste die Lippen zusammen, um sich daran zu hindern, anzufügen, dass sie sich das nicht vorstellen konnte. Denn Larissas Einwand war nicht unberechtigt, zumal sie Jonas inzwischen keine schlechten Absichten mehr unterstellte. Daher war es umso wichtiger, dass ihr nicht versehentlich etwas herausrutschte.

„Ich meine das nicht böse. Oder, dass ich dich nicht verstehen kann." Larissa legte den Kopf schief.

„Weiß ich doch. Und ich werde ihm nichts von unseren Ideen erzählen." Sie nahm Lino auf den Arm, der sich erneut an der Tür positioniert hatte und so unmissverständlich klarmachte, wohin und vor allem zu wem er wollte.

„Lass ihn doch draußen, dann können wir direkt unsere Runde machen", sagte Larissa, als Elena Linos Box geöffnet hatte, um ihn hineinzusetzen.

„Schaffst du die auch alleine? Dann würde ich in der Zwischenzeit mit der Bank telefonieren. Dann haben wir hoffentlich zumindest Klarheit und können überlegen, wie wir weitermachen."

„Klar schaffe ich das alleine." Larissa leinte Mario, Casas und Pablo an, bevor sie sich als Letzten um Lino kümmerte. „Ihn trage ich wohl am besten das größte Stück?"

„Wäre besser." Elena kratzte sich am Hinterkopf. „Geht das wirklich? Du bist ganz schön bepackt. Lass Lino doch hier. Der hat eben schon alles gemacht."

„Ja, das vereinfacht das Ganze tatsächlich." Larissa nickte, und ihr war die Erleichterung anzumerken.

Elena kannte die übermäßig ausgeprägte Hilfsbereitschaft ihrer Freundin nur zu gut. Eher würde die sich abrackern, als eine Aufgabe zu Gunsten des eigenen Wohlbefindens abzulehnen.

Kaum war Larissa zur Tür hinaus, rief Elena Alejandro an. „Ich wollte fragen, ob du bereits mit deinem Chef sprechen konntest?"

Das Seufzen und die darauf folgende Pause ließen nichts Gutes vermuten. „Es tut mir leid, Elena, aber die Bank wird das Angebot annehmen. Das Einzige, was ich für euch rausholen konnte, war eine verlängerte Übergangsfrist. Normalerweise würde die einen Monat betragen. Also bis ihr das Grundstück räumen müsstet. Jetzt sind es zumindest drei Monate."

Das war ein Hammerschlag, der hart gegen ihren Schädel prallte und sie sprachlos zurückließ.

„Elena? Bist du noch dran?"

„Ähm." Sie schnappte nach Luft und konnte nur mit Mühe ein Schluchzen zurückhalten.

„Das muss niederschmetternd sein. Und es tut mir wirklich leid. Ich hätte gerne mehr für euch getan. Wenn es nach mir ginge …", erneut seufzte Alejandro, „aber das weißt du sicherlich. Hoffentlich."

„Ja", flüsterte sie.

„Ich verspreche dir, mich so schnell wie möglich nach einer Alternative umzuschauen. Etwas, das besser geeignet ist. Um ehrlich zu sein, die Minigolfanlage hat doch ohnehin gestört."

Mechanisch hielt Elena das Handy ans Ohr und gab ebenso einsilbige Antworten auf Alejandros weitere Ausführungen zur Suche einer neuen Immobilie, ohne dass der Inhalt des Gesagten wirklich zu ihr durchdrang. Es ist vorbei!, war der einzige Gedanke, der, einem blinkenden Signalschild gleich, ihre Aufmerksamkeit an sich riss.

Nachdem sie das Gespräch beendet hatte, nahm sie Lino auf den Schoß und kraulte ihm den Kopf. „Was sollen wir jetzt nur machen, Lino?"

Das Hündchen hob den Kopf und sah sie mit seinen braunen Augen an, als wolle er sagen: „Gute Frage. Nächste Frage."

Als Larissa zurückgekehrt war und sie die Hunde in ihren Boxen mit frischem Wasser und Futter versorgt hatten, war Elena endlich bereit, ihr die Hiobsbotschaft zu übermitteln.

„Das ist übel, aber leider war damit zu rechnen", sagte Larissa.

„Du steckst das ja locker weg."

„Mitnichten!" Larissa sah sie böse an. „Und es ärgert mich, dass du denkst, es würde mich nicht ebenso treffen wie dich. Schließlich steckt auch mein Herzblut hier drin."

„Es tut mir leid. Das war dumm und unangebracht." Elena erhob sich und entließ Lino auf den Boden, bevor sie an ihre Freundin herantrat, um die an der Schulter zu berühren. „Natürlich betrifft es uns beide und das gleich hart."

„Danke." Larissa stemmte die Hände in die Hüften. „Umso wichtiger ist es jetzt, nicht in resignierte Apathie zu verfallen, sondern etwas zu tun."

„Definitiv bleiben uns noch drei Monate. Warum sollen wir nicht zumindest die noch bestmöglich nutzen?" Elena deutete auf ihren Schreibtisch. „Ich rufe jetzt erst mal die Tierheime an, die bei uns angefragt haben, und vereinbare die Aufnahme weiterer Hunde."

„Noch haben wir für die aber keine Kapazitäten."

„Juan kommt gut voran. Er hat gesagt, dass er mindestens eine neue Box jeden Abend fertigstellen kann. Das heißt, dass wir in einer Woche bereits einiges frei haben."

„Super. Dann leg mal los. Den PC brauchst du doch nicht, oder?"

„Nein. Kannst ran."

„Dann suche ich mal nach Möglichkeiten für Petitionen und Stellen bei der Gemeinde, an die wir uns wenden können."

Elena nickte, während ihr Blick zu den Hunden in den Boxen ging. Für euch werden wir unser Möglichstes versuchen, dachte sie.

30

„Und es ist wirklich okay, wenn ich heute gar nicht mehr reinkomme?", fragte Caro. Bereits zum zweiten Mal, denn ihr Gewissen plagte sie, nicht nur die Arbeit, sondern auch die Einarbeitung Gertruds auf Cynthia abgewälzt zu haben.

„Jetzt mach dir keine Gedanken. Dass ihr die Chance habt, euch gleich mit dieser Hundetrainerin zu treffen, ist großartig. Natürlich müsst und sollt ihr das nutzen", erklang Cynthias Stimme über die Freisprecheinrichtung des Autos.

„Ich danke dir. Und bin morgen selbstverständlich wieder da."

„Keine Sorge, Chefin. Du hast gute und engagierte Mitarbeiter, die sich auch mal freuen, beweisen zu können, was in ihnen steckt." Cynthia stieß ein Lachen aus, und Caro musste schmunzeln.

„Das weiß ich doch, dass ich ein tolles Team habe." Sie setzte den Blinker, um die Spur zu wechseln. „Du kannst dich jederzeit melden."

„Und das weiß ich wiederum. Ich drücke euch die Daumen, dass eure Dackeldame sich würdig erweist." Cynthia war anzuhören, dass sie grinste. „Irgendwie muss ich an Star Wars und die Ausbildung zum Jediritter denken."

„Das ist auch nicht abwegig." Caro lächelte ebenfalls. „Ich melde mich." Als sie aufgelegt hatte, bemerkte sie den Blick ihrer Großmutter. „Du siehst aus, als hättest du eine Frage."

„Wer ist denn dieser Star Wars?"

„Eher was. Das sind Filme, in denen sogenannte Jediritter ausgebildet werden, und dafür müssen die über bestimmte Fähigkeiten verfügen. Deshalb fiel Cynthia der Vergleich ein."

„Ach so." Ihre Großmutter schmunzelte. „Ich mag sie. Cynthia. Eine wirklich liebe Frau und gescheit."

„Das ist sie allerdings. Für mich ein echter Glücksgriff. Wie alle meine Mitarbeiter. Ich habe da wirklich ein tolles Team, das mit Begeisterung arbeitet."

„Mehr kann man sich nicht wünschen."

Caro sah in den Rückspiegel, um nach Amor zu sehen, die angeschnallt auf der Rückbank saß und erwartungsvoll hechelte. „Hoffentlich hält Yvonne unser Mädchen tatsächlich für geeignet."

Ihre Oma wandte sich zu der Hündin um. „Ganz bestimmt. Amor ist geduldig und klug. Sie kann sich auch um eine alte, senile Frau kümmern."

„Hörst du wohl auf damit!", rief Caro übertrieben ernst aus, was beide zum Lachen brachte.

Caro bog in eine Straße ein und erblickte eine Finca mit weitläufigem Grundstück, auf dem sich mehrere Hunde tummelten. „Ich denke, hier sind wir richtig", sagte sie. Auf gut Glück hatte Caro es bei Yvonne auf dem Heimweg von Palma versucht und sie nicht nur erreicht, sondern das Angebot bekommen, sofort mit ihrer Oma und selbstverständlich Amor vorbeizukommen.

Den Wagen parkte sie am Straßenrand vor dem Gebäude und stieg aus, um das Auto zu umrunden und Amor vom Rücksitz zu holen. Ihre Großmutter war ebenfalls ausgestiegen und betrachtete das Haus verzückt.

„Das ist wirklich schön", sagte sie.

„Sehr, ja. Außerhalb der Städte und wenn es nicht an der Küste liegt, bekommt man deutlich mehr für sein Geld", entgegnete Caro.

Die Finca Yvonnes lag etwas vor Santa Ponsa und damit unweit Palmanovas, was Caro erfreute, denn die Hundetrainerin hatte ihr bereits mitgeteilt, dass die Ausbildung Zeit benötige.

„Dann lass uns mal Bescheid sagen." Caro trat an das Holztor im Zaun, der, wie das gesamte Anwesen, in die Jahre gekommen, aber nicht verwittert war, was dem Ganzen ein rustikales und anheimelndes Flair verlieh.

Das Hunderudel, ein Australian Shepherd und drei gleichgroße Mischlingshunde, kam sogleich begeistert an den Zaun gerannt, wobei Caro imponierte, dass die Hunde nicht kläfften, sondern einzig interessiert ihre Schnauzen durch die Lücken des Zaunes steckten.

„Da seid ihr ja schon", ertönte es vom Haus.

Caro, die die Hunde betrachtet hatte, sah auf und erblickte eine freundlich lächelnde Frau mit blondem langen Haar, das zu zwei Zöpfen geflochten war, was ihr eine Ähnlichkeit mit Pippi Langstrumpf verlieh.

Wohl auch, da sie eine Latzhose über einer knallgelben Bluse trug.

„Jetzt lasst unseren Besuch doch erst mal reinkommen", sagte sie in Richtung der Hunde, während sie sich den Weg zum Tor bahnte, das sie öffnete.

Sofort hefteten sich vier schnuppernde Nasen an Amor, die das Ganze erstaunlich gelassen über sich ergehen ließ.

„Vier Rüden. Das ist natürlich viel für eine Dame", sagte die Frau, die immer noch breit grinste und im nächsten Moment Caro die Hand hinstreckte. „Ich bin Yvonne, wie du dir sicherlich bereits gedacht hast."

Nachdem sie einander begrüßt hatten, folgten Caro und ihre Großmutter Yvonne ins Haus, das im Innern die Gemütlichkeit bot, die von außen zu erwarten war.

Mittlerweile hatten sich die Herren ob des Damenbesuchs weitestgehend beruhigt und bezogen ihre Plätze in vier Körbchen, die im Wohnzimmer standen. Amor, ganz die Grande Dame, behielt ihre Stellung neben Frauchen Agatha ein, ohne die weiterhin begierig starrenden Rüden auch nur eines Blickes zu würdigen.

„Setzt euch", sagte Yvonne und wies auf ein Sofa, sie selbst nahm im Sessel gegenüber Platz, um einen Augenblick später wieder aufzuspringen, da sie auf ihre Nachfrage dem Wunsch ihrer Gäste nach zwei Gläsern Wasser nachkam.

„So", sagte sie, als sie zum zweiten Mal saß, „wie ich dir bereits sagte, Caro, muss ich eure Amor ein wenig testen, um festzustellen, ob sie sich als Therapiehündin eignet." Sie betrachtete die Dackeldame, die zu Agathas Füßen saß und dabei Würde verströmte. „Auf den ersten Blick habe ich aber ein gutes Gefühl. Sie hat sich

nicht ablenken lassen und ist auch jetzt primär auf A-
gatha fokussiert. Das sind gute Grundvoraussetzungen,
denn ein Therapiehund muss sein Frauchen oder Herrchen noch mehr im Blick haben, als es ohnehin wün-
schenswert ist. Schließlich soll sie bereits kleine Veränderungen bemerken und darauf reagieren." Sie beugte
sich vor und stützte sich mit den Unterarmen auf den
Oberschenkeln ab. „Da bei dir, Agatha, das Gedächtnis
hin und wieder Probleme machen kann, werde ich
Amor beibringen, dass sie aktiv werden muss, wenn du
orientierungslos erscheinst. Hunde merken sich Wege
gut, deshalb wird es kein größeres Problem sein, sie darauf abzurichten, dass sie dich nach Hause bringt, solltest du nicht mehr wissen, wie du dort hingelangst." Sie
sah Caro an. „Wenn ich es richtig verstanden habe, ist
das mit das Wichtigste?"

„So ist es", entgegnete Caro.

„Gut." Yvonne nickte. „Natürlich können wir Amor
auch noch weitere Dinge beibringen. Zum Beispiel,
dass sie sich bemerkbar macht, sogar Hilfe verständigt,
sollte Agatha stürzen." Sie blickte zu Agatha. „Was wir
natürlich nicht hoffen wollen."

„Dennoch kann es passieren, und wir sollten darauf
vorbereitet sein", sagte Agatha.

„Genau. Und natürlich müsst auch ihr beide in die
Schulung einbezogen werden, damit ihr wiederum
Amors Zeichen deuten könnt und so weiter."

„Hört sich gut an", sagte Caro. Obwohl sie momentan
nicht wusste, wie sie die Zeit für eine regelmäßige
Schulung aufbringen sollte, wollte sie diesen Punkt
nicht gleich zu Anfang ansprechen. Es muss irgendwie
gehen, sagte sie sich.

„Alles klar." Yvonne lehnte sich zurück. „Ihr wohnt in Palmanova. Das trifft sich gut, dann ist meine Anfahrt nicht allzu lang."

„Deine Anfahrt?", fragte Caro.

„Die Ausbildung findet natürlich bei euch zu Hause statt. Einerseits möchte ich Amor und euch in eurem Umfeld erleben, und gerade dort müssen die Fähigkeiten erlernt werden. Es bringt wenig, wenn wir etwas üben, was woanders gelingt und sich dann nicht in eurem Alltag etabliert."

„Klar. Darüber habe ich nicht nachgedacht", sagte Caro.

„Musst du auch nicht. Das ist meine Aufgabe." Yvonne lächelte sie an.

„Wann beginnen wir?", fragte Agatha, und Caro erfreute das Feuer der Begeisterung, das aus ihren Augen loderte.

„Von mir aus gleich morgen", entgegnete Yvonne. „Passt euch das?"

„Das wäre großartig", sagte Agatha.

„Dazu habe ich eine Frage", schaltete sich Caro ein. „Du hast gesagt, dass wir beide beim Training dabei sein müssen. Für meine Großmutter ist die Terminplanung einfacher als für mich, da ich mich noch um mein Hotel kümmern muss."

„Keine Sorge." Yvonne hob beschwichtigend die Hände. „Wir können die Sitzungen, bei denen du dabei sein solltest, zeitlich so planen, dass sie für dich passen. Und es sind auch nur wenige. Für dich ist hauptsächlich wichtig, dass du verstehst, was Amor dir mitteilt, also dass du und sie miteinander kommunizieren könnt, sozusagen."

Sie sprachen noch über organisatorische Dinge, bevor sich Agatha und Caro verabschiedeten, um voller Vorfreude den Heimweg anzutreten.

31

„Verstehe ich das richtig?" Elena lehnte sich über den Tisch zu Jonas vor, dem sie gegenüber saß. Einerseits, da man das, was er ihr zuvor offenbart hatte, als brisant bezeichnen konnte, andererseits, da die daraus entstehende Möglichkeit mit kribbelnder Aufregung in sie fuhr. „Deine Chefs haben dir gesagt, du sollst es einfach zerstören? Das alleine würde doch reichen, um denen große Schwierigkeiten zu bereiten."

„Ist aber leider nicht zu beweisen. Deshalb wird in diesen Kreisen stets Wert darauf gelegt, was rein mündlich und was schriftlich mitgeteilt wird. Worte sind Schall und Rauch, wenn sie nicht fixiert sind. Ihr Wort steht gegen meines, daher käme ich damit niemals durch."

„Verstehe." Elena nickte und starrte dann in ihr Weinglas. „Aber warum teilst du mir das mit? Schließlich sabotierst du dich selbst." Sie sah auf und in Jonas' blaue Augen.

Der räusperte sich. „Ursprünglich hatte ich eine ganz andere Vision. Ich wollte etwas Besonderes schaffen."

„Kein Hotel?“

„Nein. Oder vielmehr, nicht im klassischen Sinne. Mir schwebte eine Seniorenresidenz vor. Dafür habe ich die Planung entwickelt. Ich habe miterlebt, wie meine Großmutter in einem deutschen Altenheim – sagen wir mal –“, mit der Zungenspitze befeuchtete er seine Lippen, „nicht besonders gut betreut wurde. Ich unterstelle dem Personal keine böse Absicht, leider ist deren Situation prekär. Zu viele Menschen, um die sie sich in zu wenig Zeit kümmern müssen. Fakt ist, dass das allgemein bekannt ist, und sich dennoch wenig ändert. In der Corona-Pandemie wurden dann hehre Versprechungen geäußert, aber geändert hat sich kaum etwas. Das ist bereits einige Jahre her, und ich mache mir immer noch Vorwürfe, das zwar gesehen, aber meiner Oma dennoch keinen besseren Lebensabend bereitet zu haben. Mir war meine Arbeit, die Karriere wichtiger.“ Er seufzte und schüttelte den Kopf. „Ja, das werde ich mir wohl nie verzeihen.“

„Und dann passierte das mit der Insolvenz des Bauträgers?“

„Genau. Ich stand mit dem Rücken zur Wand und benötigte schnellstmöglich einen Investor. Von Anfang an war mir klar, dass Paradise Resorts nicht die passende Wahl war, denn die hatten natürlich kein Interesse an einer Seniorenresidenz, sondern wollten dort ein Hotel bauen. Also musste ich meine Vision aufgeben.“ Er sah Elena traurig an. „Was hatte ich für eine Wahl? Das oder Insolvenz.“

Elena legte ihre auf seine Hand und registrierte den erfreuten und dankbaren Blick, den er ihr daraufhin zuwarf, und der ihr ein Kribbeln im Bauch verursachte.

„Verständlich. Aber es ist eine andere Frage, die mich beschäftigt."

Er legte den Kopf schief. „Welche?"

„Angenommen, Paradise Resorts zieht sich aus dem Projekt zurück, wenn wir das aufdecken, was wird dann aus dir?"

Er legte seine andere Hand auf die ihre. „Mach dir um mich keine Sorgen. Natürlich benötige ich dann einen neuen Investor, aber da habe ich bereits jemanden in petto."

„Du wirkst erleichtert", sagte sie, während sie Jonas' Gesicht betrachtete, das nicht nur aufgrund des verzückten Lächelns, das auch ihr geschuldet sein konnte, eine gelöste Miene zeigte. Seine Augen hatten einen Glanz, wie sie ihn kannte, wenn sich eine neue und willkommene Gelegenheit ergab.

„Ich bin ehrlich. Womöglich ist dies das Beste, was mir passieren konnte." Mit den Fingerspitzen strich er über Elenas Handrücken und grinste verlegen. „Wobei ich das noch mal zurücknehmen möchte." Er schluckte und zarte Röte flutete seine Wangen. „Aber das Zweitbeste."

„Ich möchte dich nicht weiter in Verlegenheit bringen, indem ich nach dem Besten frage." Elena grinste breit und schenkte ihm einen liebevollen Blick. „Deshalb bitte ich einzig um Aufklärung, was das Zweitbeste anbelangt."

„Keine Sorge." Jonas erwiderte das Lächeln, und seine Finger vollführten weiter ihren Tanz, als wäre Elena ein Instrument, dessen Saiten er anschlug, und sie musste zugeben, dass ihm dies gelang. „Ich vergesse nicht, auf das andere in Kürze einzugehen. Wenn du mich lässt."

Nun war es Elena, die die Hitze spürte, die ihr, sicherlich ebenfalls unter Rotfärbung dessen, in den Kopf schoss. „Ich denke schon", sagte sie, was eher einem Murmeln glich.

„Das werte ich mal als Ja." Jonas' Grinsen wurde etwas breiter, und einen Augenblick hielten sie nur Blickkontakt, während Elenas Herz mit jedem Schlag aus ihrer Brust zu springen drohte. „Ich habe dir ja erzählt, wie wichtig mir der Bau der Seniorenresidenz war", sagte Jonas schließlich und zog seine Hände zurück.

Elena ließ ihm Zeit und wertete dies nicht als Zurückweisung. Ganz im Gegenteil. Er offenbarte ihr Intimes. Das war mindestens ein so großer Beweis seiner Zuneigung wie zärtliche Gesten.

„Natürlich habe ich mir gesagt, dass ich keine Wahl hatte. Und das ist noch nicht mal ein Lippenbekenntnis, aber ich hätte auch nach Alternativen Ausschau halten können. Einem anderen Investor, der meinen Traum nicht hätte platzen lassen. Ich hatte Angst, weißt du?"

Elena nickte, und dieses Mal war sie es, die nach seiner Hand ausgriff, um die zu erfassen und sanft zu drücken.

Jonas nickte dankbar. „Trotzdem war es, als hätte ich meine Oma ein zweites Mal im Stich gelassen." Er sah Elena tief in die Augen. „Ich glaube tatsächlich, das ist meine Chance. Ob vom Universum oder woher auch immer – jetzt habe ich die Möglichkeit, einen Fehler zu korrigieren."

„Ich hoffe, du behältst recht." Elena, die seinen Blick erwiderte, räusperte sich. „So sehr ich mir wünsche, dass wir das Tierheim, meinen Traum, nicht aufgeben müssen – ich kenne nun deinen und möchte auch nicht, dass du damit scheiterst."

Er beugte sich über den Tisch zu ihr vor. „Wie ich bereits sagte, mach dir keine Sorgen." Den Kopf schief gelegt, umspielte ein freches Grinsen seine Mundwinkel. „Und um zum ersten Teil zurückzukommen – küsst du mich jetzt endlich mal, oder was?"

Zunächst musste Elena darüber lachen, dann verlor sie sich in seinen blauen Augen, während sich ihre Lippen den seinen annäherten. Als sie einander berührten, löste sich die Welt um sie herum auf, und ihr Kopf, der zuvor noch gegrübelt hatte, ob Jonas' Plan tatsächlich aufgehen würde, schwieg endlich.

Das fühlt sich gut, so richtig an, war der einzige Gedanke, der sich in ihren Kopf wohlig einnistete.

32

„Guten Morgen, meine Schöne."

Der Duft frischen Kaffees, gepaart mit der wohlklingenden Stimme ihres Liebsten, Caro konnte sich keine angenehmere Art vorstellen, um geweckt zu werden. Sie schlug die Augen auf und lächelte Juan an. „Daran könnte ich mich gewöhnen", sagte sie und gähnte. „Und daran ebenfalls." Sie legte ihre Hand auf Juans nackte Brust, der nur mit einem Handtuch um die Hüften bekleidet war.

„Ich mich auch", raunte er ihr zu.

„Am liebsten würde ich dir das vom Körper reißen." Ihre Hand rutschte nach unten und verweilte am Handtuch.

„Was hält dich davon ab?"

Caro seufzte. „Dass wir leider oder viel mehr glücklicherweise heute früh einen Termin mit Yvonne, der Hundetrainerin haben." Sie schlug die Bettdecke zurück. „Wie ich meine Oma kenne, hat die vor Aufregung kein Auge zugetan."

Juan erhob sich, deutete auf seinen muskulösen, von der Feuchtigkeit der Dusche noch glänzenden Oberkörper und sagte: „Und du willst wirklich darauf verzichten?“

Mit einem Grinsen erhob sich Caro und fuhr ihm mit den Fingerspitzen über den straffen Bauch. „Das einzige, das ich entschieden habe, ist, über mein Eigentum etwas später zu verfügen.“

Juan hob eine Braue. „Ich sollte empört sein, aber das macht mich verflucht an.“ Er schnappte sich Caro, um die stürmisch an sich zu drücken. „Und falls dein Eigentum entscheidet, einfach dem nachzugeben, was sich in ihm aufgestaut hat?“

Caro kicherte wie ein Teenager, bevor sie ihm einen innigen Kuss gab. „Heute Abend, mein feuriger Spanier. Da können wir exakt an diesem Punkt weitermachen, aber jetzt geht es wirklich nicht.“

Wie aufs Stichwort klingelte ihr Handy. Sie löste sich aus Juans Umarmung und nahm das Smartphone vom Nachttisch. Das Display verriet, dass es sich um Elena handelte.

„Hey, *buenos diás*“, sagte Caro.

„Es tut mir leid, dass ich so früh anrufe, aber es gibt etwas, wobei wir eure Hilfe benötigen. Also von dir und Juan.“

„Das passt. Der steht nämlich gerade neben mir. Ich mache dich auf Lautsprecher. Okay?“

„Klar.“

Sie lauschten Elenas Schilderungen über ihr gestriges Gespräch mit Jonas und den Plan, den sie gefasst hatten.

„Das könnte tatsächlich funktionieren", sagte Juan schließlich. „Und wie geht es dann für Jonas weiter, wenn der Hauptinvestor wegfällt?"

„Er hat mir versichert, dass es nicht nur einen Plan B gibt, sondern, dass er sogar froh ist, den jetzt quasi realisieren zu müssen", entgegnete Elena.

„Hoffen wir mal, dass das klappt." Juan kratzte sich am Kinn.

„Er wirkte sehr zuversichtlich", sagte Elena. „Und ihr wisst, an wen man sich wenden muss?"

Caro stieß ein Lachen aus. „Wenn du wüsstest. Das wissen wir nur zu gut."

„Hört sich nicht gut an", ertönte Elenas Stimme aus dem Lautsprecher des Handys.

„Sagen wir mal so, letztlich ging alles gut aus, aber es hat mich Nerven gekostet, fast einen Nervenzusammenbruch. Aber ich denke, die Geschichte werde ich dir ein anderes Mal erzählen. Ich bin nämlich leider ein wenig in Eile."

„Na klar. Ich will euch auch nicht weiter aufhalten."

„Ich werde das Ganze um zehn Uhr anleiern. Das sind noch zwei Stunden. Dann habt ihr noch ein wenig Zeit, falls Jonas es sich doch noch anders überlegt", sagte Juan.

„Das ist lieb von dir. Aber ich kann mir nicht vorstellen, dass das eintrifft", sagte Elena.

„Sicher ist sicher." Juan zog sich die Unterhose über, die er mitgebracht hatte.

Bei dem Anblick musste Caro feststellen, dass sie es trotz des angesprochen Themas und anstehenden Termins bedauerte, nicht den Morgen mit ihm im Bett verbringen zu können.

„Auf jeden Fall geben wir dir Bescheid, wenn die Meldung raus ist“, sagte Caro und verabschiedete sich dann von Elena. „Das ist mal ein Hammer“, wandte sie sich an Juan.

„Was davon meinst du?“

„Na, jeder Anteil davon für sich und in der Summe natürlich umso mehr.

Schwer zu glauben, dass diese amerikanische Firma wollte, dass Jonas es einfach zerstören lässt.“ Caro schüttelte den Kopf und zog sich ihren Bademantel über.

„Insofern profitieren viele Seiten davon.“ Juan stieg in seine Jeans. „Ich mache mich dann schon auf den Weg, nachdem die Chefin verfügt hat, dass der Morgensport ausfällt.“

Caro ging zu ihm rüber und strich ihm über die Wange. „Du armer Kerl.“ Sie küsste ihn. „Heute Abend, okay?“

„Da werde ich mit leben müssen“, entgegnete Juan, grinste jedoch dabei.

„Meldest du dich bei mir, wenn du dort angerufen hast?“, fragte Caro.

„Na klar, meine Schöne.“ Er knöpfte das Hemd, das er zuvor übergestreift hatte, zu. „Und euch viel Erfolg beim Training.“

„Danke. Drück mal die Daumen, dass Amor geeignet ist dafür. Ansonsten weiß ich ehrlich gesagt nicht, was wir tun sollen.“

„Wird schon. Mach dir nicht so viele Gedanken.“ Er gab ihr einen Kuss auf die Stirn und verabschiedete sich.

Das ist ein Rat, den niemand befolgen kann, dachte Caro, als sie unter die Dusche stieg. Denn natürlich kam ihr Kopf nicht zur Ruhe, sondern sezierte all die Konsequenzen, die eine Nicht-Eignung Amors zum Therapiehund nach sich ziehen konnte, um dann zum Telefonat mit Elena überzugehen.

Zwar betraf sie diese Angelegenheit nicht annähernd im gleichen Maße wie die Sache mit ihrer Großmutter und das Training, doch sie mochte Elena und hatte den Eindruck, dass dies auf Gegenseitigkeit beruhte.

Die Chancen standen somit nicht schlecht, dass sie sich auch mit ihr anfreunden würde. In jedem Falle wünschte sie ihr und selbstverständlich auch Larissa, dass die ihrer wichtigen Arbeit mit dem Tierheim weiter nachgehen konnten.

Wie sie vermutet hatte, erwartete ihre Oma sie bereits in der Küche. „Ich bin ein wenig aufgeregt, mein kleiner Schmetterling", offenbarte sie ihr, wobei Caro ihr ansah, dass das maßlos untertrieben war.

„Ich habe ein gutes Gefühl", sagte Caro und registrierte freudig, dass dies der Wahrheit entsprach. „Hast du schon gefrühstückt?"

„Nein. Und irgendwie habe ich auch keinen Hunger."

„Das ist die Aufregung. Aber zumindest eine Kleinigkeit solltest du dir reinzwängen. Wir müssen schließlich all unsere Sinne zusammenhalten." Caro öffnete den Kühlschrank, nahm den Orangensaft heraus und schenkte ihrer Großmutter und sich Gläser ein. „Etwas Saft geht immer. Und zumindest eine Scheibe Toast?"

Ihre Großmutter nickte.

Sie sprachen wenig, während sich jeder von ihnen an seiner Toastscheibe abmühte. Um deren Unwillen nicht zu verstärken, hatte Caro ihrer Großmutter nicht mitgeteilt, dass auch sie wenig bis keinen Hunger verspürte.

Das Klingeln, das in dem Moment einsetzte, als Caro den letzten Bissen in den Mund schob, war fast eine Erlösung, und sie beeilte sich, an die Tür zu gelangen.

„Da sieht jemand motiviert aus. Sehr schön!", begrüßte sie eine breit grinsende Yvonne.

„Aufgeregt sind wir vor allem", sagte Caro. „Dass Amor das hinbekommt."

„Verstehe ich. Aber ich habe ein gutes Gefühl nach dem gestrigen Kennenlernen. Es ist auch insgesamt selten, dass ein Hund überhaupt nicht geeignet ist."

„Sorry. Komm doch erst mal rein." Caro trat zur Seite, um Yvonne Platz zu machen.

Nachdem die Amor und Agatha begrüßt hatte, sah sie sich in der Küche um. „Gibt es vielleicht noch einen größeren Raum?"

„Wir können hoch auf die Terrasse", entgegnete Caro.

„Das hört sich gut an. Ist auch nur für die Anfangszeit und für einige Übungen zwischendurch. Den größten Teil des Trainings werden wir draußen absolvieren. Am besten auf eurem Spaziergehweg, den Amor sicherlich bereits kennt. Sie soll aber auch lernen, die Führung zu übernehmen", sagte Yvonne.

Das Training stellte sich als erstaunlich unterhaltsam heraus, und Amor war nicht nur geeignet, sie entpuppte sich laut Yvonne als Naturtalent. Mit ihrer ruhigen und aufmerksamen Art verstand die Hündin schnell, was die Hundetrainerin von ihr wollte, und war in der Lage, die Kommandos umzusetzen.

„Super!“, sagte Yvonne schließlich, als sie eine Stunde trainiert hatten. „Wenn du möchtest, kannst du zur Arbeit“, wandte sie sich an Caro. „Ich denke, wir drei kommen zunächst mal alleine zurecht. Bei dem Tempo, was Amor einlegt, bekommen wir sicherlich noch einiges geschafft, und morgen könnte ich noch mal um dieselbe Zeit hier sein.“

„Prima“, sagte Caro und sah dann ihre Großmutter an. „Bei dir alles in Ordnung?“

Ihre Oma beugte sich zu Amor herunter, die sie hinter den Ohren kraulte. „Ich bin sehr glücklich, habe aber auch nichts anderes erwartet“, sagte sie mit einem Lächeln.

„Ich habe das Handy die ganze Zeit bei mir, falls etwas ist, okay?“, fragte Caro.

„Natürlich, mein kleiner Schmetterling. Mach dir keine Gedanken.“

„Ich bringe sie dann auch wieder heim“, sagte Yvonne.

„Und du bleibst dann im Haus, und die Abendrunde laufen wir gemeinsam?“, richtete sich Caro an ihre Oma, die nickte. „Dann wünsche ich euch noch ein erfolgreiches Training.“

Nachdem Caro sich von den Dreien verabschiedet hatte, begleitete sie das gute Gefühl, auf dem richtigen Weg zu sein. Alle Beteiligten waren motiviert und engagiert, und Yvonne war eine empathische Trainerin, der Caro vertraute. Warum wird nicht viel häufiger auf Therapiehunde zurückgegriffen?, fragte Caro sich. Besonders im Falle älterer Menschen, die meist unter Vereinsamung litten.

Das Klingeln ihres Handys riss sie aus ihren Gedanken.

„Die Meldung ist raus", sagte Juan.

„Und wann geht es los?"

„*Señora* Gasperro hat mir zugesagt, dass sie heute noch auf der Baustelle vorbeifahren wird. Ich rufe gleich Elena an, damit die Jonas vorwarnt."

Caro, die eine Reihe Boote, die vor dem Strand ankerten und sich durch das sanfte Wogen des Wassers hin und her schwankten, betrachtete, zog die Brauen zusammen. „Ich hoffe, alles geht gut. Wenn ich an die *Señora* denke, wird mir immer noch ganz anders."

„Aber in dem Fall wollen wir ja, dass sie möglichst hart durchgreift. Nur wenn sie die Baustelle stilllegt und den Fortgang der Bauarbeiten untersagt, erreichen wir unser Ziel. Oder vielmehr das Elenas und natürlich auch Jonas'."

„Da hast du recht. Hoffen wir das Beste."

„Das tun wir doch ohnehin, meine Schöne. Wie war das Training?"

„Sehr gut. Amor ist ein Naturtalent."

„Dachte ich es mir doch. Dafür bist du mir was schuldig." Das Grinsen war ihm anzuhören.

„Tatsächlich? Dann lasse ich mir besser etwas einfallen." Sie lächelte ebenfalls.

„Überrasch mich, meine Schöne." Ein Rascheln ertönte. „Ich muss dann leider Schluss machen, sonst bin ich nicht rechtzeitig für meine Verfügung fertig."

„Verfügung?" Sie runzelte die Stirn.

Juans Lachen ertönte aus dem Telefon. „Na, die über dein Eigentum. Das ist doch meine Belohnung, oder?"

Nun musste Caro ebenfalls lachen. „Du hast es erfasst."

„Na, dann bis später, meine Schöne. Ich liebe dich."
„Ich liebe dich auch."

33

„Ich halte das kaum noch aus. Sollen wir nicht doch nachsehen gehen?", fragte Elena, die auf und ab lief. Nicht nur Juan, sondern auch Caro waren an diesem Abend ins Tierheim gekommen, um den Ausgang ihres Plans zu erfahren. Jonas hatte Elena zugesagt, sich zu melden, doch bislang war noch kein Anruf eingegangen, so dass sie im Raum des Ungewissen schwebten.

„Keine gute Idee", sagte Juan, was Elena bereits erwartet hatte. „Wenn wir da auftauchen, fällt womöglich der Verdacht auf uns, also, dass wir diejenigen waren, die es gemeldet haben. Dann ist es nicht mehr weit bis zu deiner und Jonas' Verbindung. Ein Unternehmen wie Paradise Resorts, das weltweit agiert, fände dann sicherlich Mittel und Wege, Jonas Vertragsbruch oder Ähnliches vorzuwerfen."

Elena nickte stumm und nahm ihre Marschroute wieder auf, während Lino, der an der Tür saß, ebenfalls in Erwartung seines Herrchens, ihr dabei zusah.

„Wird schon geklappt haben", sagte Larissa, aber auch ihr war die Aufregung anzuhören.

Endlich öffnete sich die Tür, und spätestens an Linos überschwänglicher Reaktion war abzusehen, wer endlich erschienen war.

„Bin ich froh, dass du da bist." Elena fiel Jonas um den Hals.

„Es hat etwas länger gedauert, aber ich wurde nicht festgenommen, falls du das befürchtet hast." Er lachte kurz.

„Komm rein und erzähl uns alles", sagte Elena.

Jonas beugte sich zu Lino runter und nahm den Hund auf den Arm, der sich sogleich an ihn drückte und zufrieden die Augen schloss.

Sie nahmen auf den bereitgestellten Klappstühlen Platz, nachdem Jonas sich Caro und Juan vorgestellt und sie begrüßt hatte.

„Nach dem anonymen Hinweis, dass auf unserer Baustelle etwas aufgetaucht wäre, dass nach dem Überbleibsel eines früheren Bauwerkes aussah", er blickte in Juans Richtung, „danke noch mal für deine Hilfe." Juan nickte. „Erschien *Señora* Gasperra von der Denkmalschutzbehörde und war natürlich überhaupt nicht erfreut, dass wir den Fund nicht gleich und vor allem selbst gemeldet hatten. Ich denke aber, dass ich die Wogen glätten konnte. Ich habe mich ein wenig dumm gestellt. Minderbemittelter Deutscher und so weiter – damit haben die ja Erfahrung."

Alle lachten.

„Und natürlich hat sie angeordnet, dass die Bauarbeiten umgehend gestoppt werden müssen, bis alles ausreichend untersucht und entschieden ist, ob und wie weitergemacht werden kann."

„Es ist ein alter Gewölbekeller?", fragte Caro.

„So ist es. Der gehörte höchstwahrscheinlich zu einem Gebäude, was darüber erbaut war. Warum nur das abgerissen wurde und die *bodega* stehen blieb, wusste auch Gasperro nicht, will das jedoch ebenfalls nachprüfen.“

„Was sagt der Investor Paradise Resorts?“, fragte Juan.

Jonas grinste. „Die Herrschaften sind, gelinde gesagt, verstimmt. Natürlich muss das dort noch besprochen werden, aber die Drohung, dass sie darüber nachdenken, ihre Anteile zu verkaufen, wurde bereits geäußert.“

„Dann drücken wir mal die Daumen“, sagte Elena. „Auch für den Plan B.“

„Plan B?“, fragte Caro.

„Das, was dann stattdessen erbaut wird. Jonas’ ursprüngliche Vision“, sagte Elena, und ein gewisser Stolz schwang darin mit. „Oder möchtest du nicht darüber sprechen?“, fragte sie Jonas.

„Doch“, sagte der. „Ursprünglich wollte ich eine Seniorenresidenz errichten. Was gibt es Schöneres, als seinen Lebensabend an diesem wunderschönen Ort verbringen zu dürfen.“

„Eine tolle Idee“, sagte Caro. „Deshalb habe ich meine liebe Großmutter zu mir geholt.“

„Wow! Das finde ich wiederum großartig.“ Jonas nickte anerkennend.

„Ich will nicht der Spaßverderber sein, aber wie willst du das umsetzen?“, fragte Juan. „Wenn Paradise Resorts aussteigt, steigt ein anderer Investor ein, der dir wiederum seine Vorstellungen aufdrückt.“

„Das ist es ja." Jonas grinste. „Den habe ich bereits. Als ich das Projekt ursprünglich plante, hatte ich einen Partner, der aus anderen Gründen zu dem Zeitpunkt doch nicht miteinsteigen konnte, so dass ich zum Einzelkämpfer wurde."

„Und der würde als Investor einsteigen?", fragte Elena.

„So ist es. Das hat mich die ganze Zeit beschäftigt, denn sein Alternativprojekt, weshalb wir nicht zusammenkamen, zerschlug sich, kurze Zeit nachdem Paradise Resorts bei mir eingestiegen war, oder vielmehr übernommen hatte." Er massierte seinen Nacken. „Das Wissen, dass ich um ein Haar doch mit Philipp hätte zusammenarbeiten und vor allem mein ursprüngliches Projekt hätte umsetzen können, sitzt mir bereits seit Wochen im Nacken."

„Also hat sich letztlich alles so gefügt, wie du es wolltest", sagte Elena, die Jonas tief in die Augen sah. „Das freut mich sehr für dich." Sie beugte sich zu ihm herüber und küsste ihn.

„Na", sagte Larissa, „ich denke, das ist unser Stichwort, um die Turteltäubchen alleine zu lassen."

Das veranlasste auch Caro und Juan, sich zu erheben, um sich von Elena und Jonas zu verabschieden.

Wer hätte das gedacht?, fragte sich Elena, als sie diesem vormals fremden Mann in die blauen Augen blickte. Zugegeben, es hatte sie Zeit gekostet, darin den Menschen zu erkennen, in den sich zu verlieben sie bereits begonnen hatte.

34

„Was für ein Spektakel!", rief Caro verzückt aus und sah sich am Strand um, der bevölkert war von fröhlichen Menschen, die sich um die verschiedenen Feuer versammelt hatten, die entzündet worden waren, und miteinander lachten und tranken.

„Tatsächlich dein erstes *Sant Joan*?", fragte Juan ein wenig belustigt. „Du siehst aus wie ein Kind, das zum ersten Mal dem Weihnachtsmann begegnet."

„So fühle ich mich auch."

Es war die Atmosphäre, die Caro in ihren Bann zog. Der Feuerschein, der die Gesichter in mystische orange-rote Halbschatten tauchte, die Trommeln, die von einigen geschlagen wurden, und die Art, wie andere um die Flammen tanzten.

Als sie sah, dass Menschen nah dem Wasser standen, um dort mit Teelichtern beladene Papierboote in die Fluten zu entlassen, klatschte sie vor Begeisterung in die Hände. „Da müssen wir hin!", rief sie.

Juan lachte laut, schlang dann die Arme um sie und drückte ihr einen Kuss auf die Lippen. „Meine Schöne, du bist so süß. Aber wir müssen noch einen Augenblick warten, bis Elena und Jonas eintreffen."

„Du hast ja recht." Elena erwiderte den Kuss, drehte Juan dann den Rücken zu, der sie mit seinen Armen umfing und festhielt.

Zwei Wochen waren seit ihrem letzten Treffen im Tierheim vergangen, an dem sie den Ausgang ihres Planes geteilt hatten, der Juans Meldung eines denkmalgeschützten Gewölbekellers auf Jonas' Baustelle bei der entsprechenden Behörde beinhaltete. Der Baustopp bestand weiterhin, und wie Elena Caro mitgeteilt hatte, hatte sich auch die Hoffnung erfüllt, dass der Hauptinvestor Paradise Resorts seine Anteile verkauft hatte.

„So schön, euch zu sehen", begrüßte sie Elena, als die mit Jonas an der Hand eintraf.

„Jetzt müsst ihr erst mal erzählen, ob alles geklappt hat", sagte Caro.

„Hat es." Elena warf Jonas einen Seitenblick zu und sah dann wieder Caro an. „Und sogar mehr als das."

„Das heißt?", fragte Juan.

„Selbst nachdem Paradise Resorts das Kaufangebot für das Grundstück des Tierheims zurückgezogen hat – es besteht weiterhin die Gefahr, dass es an jemanden verkauft wird", entgegnete Jonas.

„Deshalb hatte mein Lieblingsarchitekt eine weitere großartige Idee." Elena strich ihrem Partner über den Arm.

„Wir haben das Grundstück tatsächlich gekauft", sagte Jonas. „Und werden es auch in den Bau einbeziehen, aber in völlig neuer und innovativer Weise." Seine Augen leuchteten. „Wir bauen nicht nur eine

Seniorenresidenz oder ein Tierheim, wir werden beides miteinander verknüpfen."

Einen Augenblick blieb Caro stumm, da sie das Bild zunächst zusammensetzen musste. „Das ist ja eine geniale Idee."

„Oder?", frage Elena. „Wir möchten den Bewohnern die Möglichkeit geben, sich an den Arbeiten mit den Tieren zu beteiligen. Immerhin ist ja erwiesen, dass dies sich förderlich auf die Gesundheit auswirkt."

Juan klopfte Jonas auf die Schulter. „Ich gratuliere. Das ist eine wirklich großartige Idee."

„Danke." Jonas grinste.

„Die Gemeinde ist so angetan davon, dass sie Jonas sogar mit Fördergeldern unterstützen wird", sagte Elena.

„Wow! Ich hatte mit guten Neuigkeiten gerechnet. Aber das." Caro breitete die Arme aus und schlang sie dann um Elena. „Das ist fantastisch."

Nachdem sie sich voneinander gelöst hatten, sah Caro, dass Jonas etwas in der Hand hielt. „Was ist das?"

„Das, ihr Lieben, sind die Pläne des Hotels, das Paradise Resorts errichten wollte. Wie mir Elena erzählt hat, kann man heute Nacht altes, das man hinter sich lassen will, im Feuer verbrennen."

„So ist es", sagte Juan, der Caro seinen Arm um die Schultern legte. „Und gleich hier ist ein Feuer. Du musst das aber auch überspringen, während die Pläne brennen."

Jonas warf Elena einen fragenden Blick zu, die nickte. „Also gut."

Sie traten an das Feuer heran, das von weiteren Menschen umstanden wurde, die ihnen bereitwillig Platz machten.

Nachdem er tief Luft geholt hatte, übergab Jonas die Papiere an die Flammen, holte Schwung und sprang darüber. Laut lachend umrundete er anschließend das Feuer und warf sich Elena in die Arme. „Dann steht einem Neuanfang wohl nichts mehr im Wege", sagte er, während er Elena in die Augen sah.

Caro suchte ihrerseits den Blick ihres Liebsten. „Das sehe ich ganz genauso", entgegnete sie.

Mit ihren Freunden an den Händen gingen die beiden Frauen dem Meer entgegen, auf dem mittlerweile unzählige Papierboote tanzten, deren Kerzenschein die Wasseroberfläche in ein Lichtermeer verwandelte. Sie betrachteten das Schauspiel, spürten zugleich, wie die Vergangenheit davongetragen wurde, um Raum zu schaffen für die Gegenwart, die den Boden für die Zukunft bereitete.